Andrea Eichhorn

Herzklopfen am Gardasee

Andrea Eichhorn

Herzklopfen am Gardasee

Roman

rosenheimer

Die nachfolgende Geschichte spielt größtenteils in Bardolino, einem realen Ort in Italien, und der umliegenden Umgebung. Die Personen und Handlungen sind jedoch rein fiktiv. Übereinstimmungen mit lebenden oder verstorbenen Personen wären rein zufällig und sind nicht beabsichtigt.

www.rosenheimer.com

Titelfoto: © Klaus G. Förg
Lektorat und Satz: BuchBetrieb Peggy Sasse, Leipzig
Druck und Bindung: GGP Media GmbH, Pößneck
Printed in Germany

ISBN 978-3-475-54827-7

Kapitel 1

Mit einem tiefen Seufzer ließ sich Sofia Mariani auf ihrer Lieblingsbank am Yachthafen nieder. Ein schöner Zufall, dass genau diese Bank mit dem geradezu perfekten Blick auf den Gardasee und die sanften grünen Hügel, die den größten See Italiens lieblich umrahmten, als eine der wenigen Bänke heute noch nicht besetzt war. Schließlich bummelten im Juni bei strahlendem Sonnenschein, der nun am späten Nachmittag sanfte Schatten auf die Gesichter der Einheimischen und Touristen zeichnete, jede Menge Menschen an Sofia vorbei. Und nicht gerade wenige legten ebenfalls eine kleine Pause ein, um mit meist sehr zufriedener Miene auf das leuchtend blaue Wasser zu schauen. Ein so intensives Blau, dass es dem wolkenlosen Himmel ernstlich Konkurrenz machte. Amüsiert schüttelte Sofia ihre langen dunklen Locken. Natürlich saß man auf jeder Bank im Yachthafen gut und hatte einen schönen Ausblick. Aber hier, auf »ihrer« Bank, fühlte es sich für die dreißigjährige Italienerin, die Zeit ihres Lebens in dem kleinen beschaulichen Ort Bardolino gelebt hatte und die sich auch jetzt keinen besseren Platz zum Leben vorstellen konnte, so richtig heimelig an. Das klang natürlich unsinnig, aber seit einiger Zeit war sie sentimentaler geworden, als es ihr selbst lieb war. Unwillkürlich wurden Sofias eben noch so entspannte Gesichtszüge ernst, dabei wollte sie an diesem wunderschönen Frühsommertag alles andere als Trübsal blasen. Ein vergeblicher Versuch, denn schon füllten sich ihre großen braunen Augen, die ihr Freund Matteo als die schönsten Rehaugen von ganz Italien und dem Rest der Welt bezeichnete, mit Tränen. In Erinnerung daran, dass genau auf dieser Bank Sofia als kleines Mädchen stets mit ihrer Mutter nach dem Einkauf eine kleine Rast eingelegt hatte.

»Was hältst du davon, wenn diese Bank uns gehört? Natürlich ganz geheim?«, hatte Elena Mariani, die bei allen als warmherzige und stets fröhliche Frau bekannt war, einmal mit einem Augenzwinkern erklärt.

Sofia nickte so heftig, dass ihre Mutter lachend weitersprach: »Und deshalb schreiben wir jetzt mit Zaubertinte unsere Namen drauf.«

»Si! Das machen wir!«, juchzte die kleine Sofia begeistert, vielleicht gerade mal fünf Jahre alt, tat es dann ihrer Mutter gleich und zeichnete konzentriert mit leicht herausgestreckter Zunge mit ihrem rechten Zeigefinger die Buchstaben ihres Vornamens auf das Holz der Banklehne.

»Va bene! Ich bin fertig!«, rief sie dann, um sogleich gemeinsam mit ihrer Mutter stolz ihr »Werk« zu betrachten.

Elena lachte ihr perlendes Lachen und drückte ihrer kleinen Tochter einen Kuss auf die haselnussbraunen Locken, die in der Sonne goldig glänzten. »Nur wir wissen, dass es unsere Bank ist, aber das reicht ja auch«, sagte sie danach mit verschwörerischer Stimme, »und natürlich wissen es all die Elfen und Nixen, die unsere Zaubertinte sehen können.«

Sofia kicherte verzückt. »Ja, die können unsere Namen lesen. Und dann schubsen sie die anderen Leute von unserer Bank, wenn sie sich draufsetzen wollen.«

»Nein!«, sagte Elena und schüttelte dabei leicht den Kopf. »Alle Menschen dürfen sich auf unsere Bank setzen.«

»Na gut«, zeigte sich Sofia mit einem Achselzucken einsichtig und deutete dann auf das Wasser. »Können wir dafür vielleicht eine Welle haben? Nur für uns? Als Haustier? So wie unsere Katze Gina?«

Ihre Mutter nickte ernsthaft und deutete ebenfalls aufs Wasser. »Ich nehme die Welle dort hinten und nenne sie ab sofort Luigi.«

»Und meine Welle heißt Rosalinda«, rief Sofia entzückt aus und konnte gar nicht mehr aufhören, zu kichern, »sie darf noch eine große Runde durchs Wasser schwappen, dann muss sie wieder zu mir zurückkommen.«

»Luigi auch. Aber zuerst darf er mit Rosalinda spielen.«

Und beide lachten laut, während Elena ihrer kleinen Tochter, die so fröhlich mit den Beinen baumelte, sanft über den Rücken strich. Dass ihre Mutter mit ihr oft und gern in die verzauberte Welt einer Fünfjährigen eintauchte, war für Sofia völlig normal. Elena hatte offensichtlich selbst Spaß daran gehabt, ihre kleine Tochter zum Staunen und Lachen zu bringen und nahm sich, obwohl sie mit der eigenen Trattoria, die sie mit Sofias Vater Antonio betrieb, mehr als genug um die Ohren hatte, viel Zeit für ihre beiden Kinder. Für Sofia und ihren zwei Jahre jüngeren Bruder Pietro. Erst viel später sollte Sofia merken, dass die liebevolle und verspielte Zuwendung, die ihnen ihre Mamma zukommen ließ, beileibe nicht selbstverständlich war. Die Mütter von Schulfreundinnen waren meist in Eile, stöhnten in Gegenwart ihrer Sprösslinge entnervt auf und nörgelten an ihren Kindern herum. Auch für fantastische Geschichten rund um Zaubertinte und Haustier-Wellen hatten viele wohl noch nie etwas übriggehabt. Sofia strahlte ihre Mamma an, in deren Gesicht alles zu lächeln schien. Nicht nur der volle Mund, den Sofia von ihr geerbt hatte, auch die graublauen Augen, die Brüderchen Pietro abbekommen hatte, funkelten. »Meine süße Bambina«, sagte Elena mit sanfter Stimme und beugte sich zu der vollen Einkaufstasche hinunter, die sie neben der Bank abgestellt hatte, »wir müssen nach Hause. Pappa und Pietro warten schon auf uns.«

Sofia nickte eifrig, griff nach ihrem kleinen Beutel, in dem nicht mehr als zwei Fenchelknollen steckten, um dann rasch auf ihre Füße in den leuchtend roten Sandalen, passend zu ihrem rot getupften Kleidchen, zu springen. »Komm,

Mamma«, rief sie übermütig aus, »machen wir ganz schnell! Die beiden werden staunen, was wir für leckeres Gemüse gekauft haben.«

Und wie Sofia jetzt, so viele Jahre später, an diese glückliche Kindheitsszene dachte, musste sie mehrmals schlucken. Ihre liebe Mamma, für Pietro und sie eindeutig die beste Mamma der Welt – da waren sich die beiden Geschwister einig –, hatte ihr eine wunderschöne Kindheit beschert. Natürlich hatte auch ihr Pappa Antonio sie oft auf den Knien geschaukelt oder Münzen hinter ihren Ohren hervorgezaubert, doch ihre Mamma war schon immer ihr Ein und Alles gewesen. Als Sofia nun doch wieder einmal daran erinnert wurde, dass Elena vor fünfzehn Monaten mit gerade mal sechzig Jahren viel zu früh an einer Krebserkrankung gestorben war, drohten die Tränen nun unweigerlich durchzubrechen. Hastig fischte sie nach einem Papiertaschentuch in der Tasche ihres bunten, weitschwingenden Sommerrocks und putzte sich resolut die Nase. Gut, das klang nun wie das Tröten eines ausgewachsenen Elefanten, und aus dem Augenwinkel bemerkte sie, wie Leute verwundert die Köpfe in ihre Richtung drehten, doch das war immer noch besser, als inmitten der Menschenmenge hier auch noch zu schluchzen anzufangen. Himmel, sie sollte besser nicht so oft an längst vergangene Zeiten denken! Nun ärgerte sie sich regelrecht darüber, dass sie sich an so viele Momente ihrer auch noch recht frühen Kindheit erinnern konnte. »Sei froh darüber«, hatte letztens ihr Bruder Pietro mit einem wehmütigen Klang in der Stimme gemeint, »ich erinnere mich erst seit der Zeit, als ich schon zehn gewesen bin. Die Dinge, die früher passiert sind, scheinen alle wie weggewischt zu sein.«

Vermutlich aus diesem Grund konnte er gar nicht genug davon kriegen, wenn Sofia ihm ausführlich erzählte, wie er als kleiner Junge durch die Gegend getapst war.

»So, jetzt reicht es aber mit dem Selbstmitleid«, murmelte Sofia in der nächsten Sekunde und atmete mehrmals kräftig durch.

Langsam hob sich auch der Trauerschleier, der sich seit Elenas Tod über sie gelegt hatte. Es ergab ja schließlich auch absolut keinen Sinn, sich selbst so gehen zu lassen. Ihr Pappa Antonio brauchte sie gerade jetzt mehr denn je. Denn nach dem Tod seiner Frau führte er mit zwei Angestellten die beliebte Trattoria weiter, war jedoch nicht mehr richtig mit dem Herzen dabei.

»Total mufflig ist er geworden, der Antonio«, hatte Sofia erst unlängst einen Stammgast zu seiner Frau sagen gehört, »früher hat man immer etwas zu lachen mit ihm gehabt, aber jetzt knallt er einem den Teller mit der Pasta auf den Tisch, dass man Angst haben muss, dass er auseinanderspringt.«

Sofia glättete sich den Rock und versuchte, praktisch zu denken. Weinen konnte sie in der Nacht, wenn Matteo schlief. Aber beim Arbeiten musste sie funktionieren – und damit basta!

Auf keinen Fall durfte sie sich tagsüber bei ihrer Stelle im Tourismusbüro von Bardolino hängen lassen, wenn sie Feriengäste mit Urlaubstipps versorgte und für diese die passenden Unterkünfte und Restaurants suchte. Im Grunde war Sofia dankbar dafür, dass es gerade viel zu tun gab, so kam sie während des Tages kaum zum Grübeln. Zumindest so lange, bis doch eine ruhige Minute einkehrte. Wie gerade eben. Aber die endete auch gleich wieder – und das war vermutlich besser so. Denn direkt von hier würde sie jetzt in die kleine Trattoria ihres Vaters eilen, um dort abends beim Servieren zu helfen. »A Elena« – »Bei Elena« hieß das gemütliche Lokal, von dem Sofias Mutter tatsächlich die Seele gewesen war.

»Was? Elena ist gestorben?«, fragten immer noch Urlaubsgäste völlig entgeistert, wenn sie wieder einmal nach Bardolino kamen. »Das ist ja schrecklich! Eine so liebe Frau! Immer ein Lächeln auf den Lippen!«

Diese Aussprüche freuten Sofia, machten sie aber gleichzeitig auch traurig. Natürlich war es schön, dass den geliebten Menschen alle gemocht hatten. Umso mehr tat es jedoch auch weh, dass er unwiderruflich aus dem Leben gerissen worden war. Manchmal brachten die Gäste Sofia jedoch auch zum Schmunzeln, wenn sie zum Beispiel mit Inbrunst erklärten: »Die beste Pasta hat eindeutig Elena zubereitet. Noch Wochen nach dem Urlaub habe ich daran gedacht – und während mir das Wasser im Mund zusammengelaufen ist, war ich wieder ein bisschen in Bardolino.«

Erneut schüttelte Sofia die Locken, um sich von all den trübsinnigen Gedanken zu lösen. Heute stand ihr noch ein langer Abend bevor, an dem sie ihren Freund Matteo leider erst sehr spät würde sehen können. Die Trattoria ihres Vaters war bis auf den letzten Platz reserviert, da musste Beatrice, die sonst kellnerte, dem Koch Francesco in der Küche helfen. Das machte die kleine Blondine, mit der Sofia gut befreundet war, ganz fantastisch. Aber natürlich fehlte sie dadurch im Service, wo nun Sofia einspringen würde.

Leise seufzte sie auf, während sie ein letztes Mal den Blick über das Wasser gleiten ließ. Dermaßen schlecht gelaunt wie Antonio im Moment der Welt gegenübertrat, wäre es fast besser gewesen, wenn er in der Küche aushelfen würde, anstatt die Gäste anzufauchen. Antonio war zwar nicht der beste Koch, konnte aber durchaus passabel zur Hand gehen. Nur eben nicht jetzt.

»Wenn dein Vater noch ein einziges Mal bei mir in der Küche steht, passiert etwas«, hatte erst letztens der Koch Francesco Conti Sofia mit vor Zorn rot glühendem Gesicht erklärt. »Er macht plötzlich nur Unsinn und dann sucht er Streit. Es ist die Hölle! Wenn das noch mal geschieht, kann ich für nichts garantieren. Entweder kündige ich oder ich schnappe mir eines der großen Fleischmesser.« Sofia hatte nach dieser Ansage wohl so entsetzt ausgeschaut, dass er ihr beruhigend auf die Schulter geklopft hatte. »Nein, nein, du brauchst dir keine Sorgen zu machen, ich tue Antonio nichts.«

»Aber kündigen sollst du auch nicht«, hatte Sofia unglücklich geantwortet – und seitdem stets darauf geachtet, dass ihr Vater nun ausschließlich in der Gaststube agierte. Natürlich zum Leidwesen der Gäste, von denen sie bereits einige verloren hatten. Viele zeigten zwar Verständnis dafür, dass Antonio trauerte und eben nicht mehr der Alte war: der fröhliche und gemütliche Wirt. Aber wohl jedem war der anfängliche Trauerzustand des Mannes, als er stumm mit rot geweinten Augen durchs Lokal gelaufen war, wesentlich lieber gewesen als die Faucherei jetzt. Denn auch Sofia musste schweren Herzens zugeben, dass ihr Pappa tatsächlich völlig ungenießbar geworden war. Das konnten selbst die leckere Pasta und andere italienische Spezialitäten, die Francesco ganz wunderbar zuzubereiten wusste, nicht ausgleichen.

»Also, nichts wie hin«, murmelte Sofia und sprang von der Bank hoch.

Im nächsten Moment zuckte sie zusammen, denn fast wäre sie mit einer anderen Frau zusammengestoßen, die wie aus dem Nichts plötzlich vor ihr stand. Erst nach einem kurzen Blinzeln erkannte Sofia Maria Fiori. Die etwa Sechzigjährige besaß eine kleine Modeboutique in der Straße, in der sich auch das »A Elena« befand, und kam seit Ewigkeiten mehrmals die Woche nach Geschäftsschluss in die Trattoria. Sofia konnte sich noch gut erinnern, dass bis vor ein paar Jahren ein gut aussehender Herr an Marias Seite gewesen war. Eines Tages war er jedoch verschwunden, ohne dass Maria ein einziges Wort darüber verloren hätte. Bei einer zaghaften Nachfrage von Antonio hatte sie ihm, anstatt zu antworten, brüsk die Speisekarte aus der Hand gerissen und war darin tief versunken. Und so lebte die durchaus attraktive und stets modisch gekleidete Frau nun allein – oder besser gesagt zusammen mit ihrem kleinen Malteserhündchen, das sie auch jetzt an der Leine hielt. »Ciao Sofia! Schön, dich zu sehen!«, rief sie nun mit ihrer für sie typischen beschwingten Stimme aus. »Ich habe dich doch nicht erschreckt, oder?«

Sofia musste lachen. »Nur ein bisschen. Ich war ganz in Gedanken versunken.«

»Ach, bambina«, seufzte Maria auf und musterte dabei Sofias Gesicht mit prüfendem Blick, »du bist so jung und hübsch und schaust doch so traurig aus. Und du bist schrecklich dünn geworden!«

Sofia, die natürlich selbst gemerkt hatte, dass seit dem Tod ihrer Mutter ihre Kleidung von Tag zu Tag mehr an ihr flatterte, zog eine schiefe Grimasse.

Da kam erneut ein tiefer Seufzer von Maria. »Und diese dunklen Schatten unter deinen Augen möchte ich auch nicht mehr länger sehen. Du musst endlich wieder nach vorne schauen.«

Obwohl sich Sofia mit aller Kraft dagegen wehrte, füllten sich ihre Augen nun erneut mit

Tränen. Marias Mitleid war bestimmt ganz lieb gemeint, führte jedoch nur dazu, dass ihr mühsam aufgebauter Schutzpanzer, mit dem sie ihrer Umwelt gegenübertrat, dahinschmolz wie ein Schneemann im Sommer. Sie warf Maria einen hilflosen Blick zu, die zum Glück zu verstehen schien, und sie wechselte schleunigst das Thema. »Sofia, kannst du bitte deinem Freund ausrichten, dass er ganz wunderbare Arbeit geleistet hat?«

Sie deutete auf ihren kleinen Malteser, der sich inzwischen hingelegt hatte und sein flauschiges weißes Hundegesicht mit geschlossenen Augen in die Sonne hielt. »Otello hatte in den letzten Tagen ganz schlimm gebrochen. Ich dachte schon, der kleine Kerl muss sterben. Aber dein Dottore Fontana ist ein wirklich begnadeter Tierarzt, er hat ihn mit Spritzen und einer Infusion komplett restauriert sozusagen, er ist jetzt wieder ganz gesund.« Mit einem erleichterten Lächeln auf den Lippen bückte sie sich zu ihrem Hund und streichelte sein Köpfchen. »Stimmt's, mein Kleiner? Jetzt ist alles wieder gut.«

»Das freut mich aber«, sagte Sofia und ging in die Knie, um den Hund ebenfalls zu streicheln. »Heute Nacht werde ich Matteo erzählen, dass Otello wieder fit ist.«

Maria Fiori zog eine Augenbraue in die Höhe. »Erst heute Nacht? Die Tierarztpraxis schließt doch schon in einer Stunde. Dann könnte dein Freund dich aufheitern, gerade jetzt scheinst du das zu brauchen.«

Bei jemand anderem hätte Sofia diese Indiskretion vermutlich als ein wenig anmaßend empfunden, aber Maria kannte sie schon, seit sie mit ihr als kleines Mädchen in deren Modeboutique an Tagen, an denen nichts los war, hinter Kleiderständern Verstecken gespielt hatte.

»Nein, ich bin es, die keine Zeit hat. Ich bin eigentlich schon auf dem Weg in die Trattoria, um dort auszuhelfen«, erklärte sie deshalb mit hoffentlich verständnisvoller Stimme. »Matteo kommt manchmal auch vorbei, aber im Grunde fühlt er sich dort nicht so wohl, eher so, als ob er nur im Weg stehen würde. Und meistens ist ja so viel zu tun, dass ich kaum Zeit habe, mich mit ihm zu unterhalten.«

Tief im Herzen wünschte sich Sofia jedoch, dass Matteo öfter in der Trattoria vorbeikäme, vielleicht sogar den einen oder anderen Handgriff erledigen würde. Klar, sie wusste, dass er sich überhaupt nicht fürs Gastgewerbe interessierte. Und außerdem hatte er tagsüber mehr als genug in der Tierarztpraxis, die er gemeinsam mit einem Kollegen betrieb, zu tun. Aber es würde ihr dennoch guttun, wenn Matteo gerade jetzt, wo ihre Familie unter diesem schlimmen Schicksalsschlag litt, manchmal ein bisschen mehr guten Willen zeigte. *Jetzt verlangst du zu viel von ihm*, schoss es ihr in der nächsten Sekunde durch den Kopf. *Matteo hat dich in den letzten schlimmen Monaten sehr wohl unterstützt und getröstet. Ist doch nur verständlich, wenn er auch auf sich selbst achtet, sonst machen wir noch beide schlapp.*

Maria Fiori schaute nachdenklich zum See, es war ihr anzusehen, dass ihr noch die eine oder andere Bemerkung auf der Zunge lag. Offensichtlich entschied sie sich jedoch, diese für sich zu behalten und räusperte sich einige Male. Dann sagte sie: »Ihr macht das schon so, wie es am besten ist. Auf jeden Fall kann dein Tierarzt froh sein, dass er eine so wunderbare Freundin hat.«

»Danke«, lachte Sofia auf, »ich bin aber auch froh, ihn zu haben. Seit drei Jahren klappt es ganz wunderbar zwischen uns. Und als meine Mamma gestorben ist, ist er kaum von meiner Seite gewichen.«

Maria Fiori zupfte sich eine kupferrot gefärbte Haarsträhne zurecht und räusperte sich erneut. Schließlich sagte sie: »Ich hoffe nur, dass ihr auf euren Wegen immer die gleiche Richtung einschlagt. Als ich gestern in der Tierarztpraxis war, habe ich aufgeschnappt, dass es deinem Freund in Bardolino wohl zu eng ist. Es gibt Angebote aus großen Tierkliniken, die offenbar sehr spannend klingen, sagte er.«

Sofia machte eine wegwerfende Handbewegung, so als ob sie diesen Einwand rasch beiseite fegen wollte. »Ach ja, natürlich interessiert er sich für Karrieremöglichkeiten anderswo. Letztens hat er sich eine Ausschreibung von einer Tierklinik in Rom und einer in Deutschland, in Nürnberg, angesehen. Die Angebote waren nicht schlecht, aber im Grunde lebt er sehr gern hier in Bardolino.« Sie zuckte mit den Schultern.

»Außerdem weiß er, dass ich im Moment unmöglich von hier weg kann, selbst wenn ich es wollte. Du weißt doch, wie schlecht es meinem Pappa geht …«

Maria Fiori unterbrach sie mit rollenden Augen: »Und ob ich das weiß! Er macht alle Menschen um sich herum verrückt.«

»Tut mir leid«, sagte Sofia leise, die sich für das unfreundliche Verhalten Antonios gehörig schämte.

»Ach, du kannst ja nichts dafür, dass Antonio am liebsten gerade die ganze Welt verfluchen würde!«, wiegelte Maria sofort ab. »Aber ich hoffe, das vergeht auch wieder. Im Grunde ist er ja ein so feiner und zartfühlender Mensch.«

Verblüfft riss Sofia die Augen auf. Hatte Marias Stimme beim letzten Satz etwa ein wenig verträumt gewirkt? Oder hatte sie sich das nur eingebildet? Wie auch immer, um länger darüber nachzudenken, hatte sie ohnehin keine Zeit, dies verriet ein Blick auf die Uhr. Die letzte halbe Stunde musste gerast sein. Längst hatte sie in der Trattoria sein wollen.

»Ciao, Maria!«, sagte sie nun schnell entschuldigend und umarmte die Boutiquenbesitzerin kurz, die jetzt vielleicht ein wenig peinlich berührt dreinblickte.

Aber auch das bildete sich Sofia womöglich nur ein. Sie winkte der anderen kurz zu, dann lief sie in ihren Ballerinas leichtfüßig ein Stück die Promenade entlang, um kurz darauf in eine kleine Nebenstraße einzubiegen.

Mit erhitzten Wangen kam sie wenig später bei »A Elena« an. Vor der kleinen Trattoria standen eine Handvoll Tische, die von den sanften Strahlen der frühen Abendsonne beschienen wurden und bereits gut besetzt waren. Vor einem der Tische stand Antonio, ein mittelgroßer, schlanker Mann mit kurzen grauen Haaren und sprach mit einem älteren Paar. Bis zum Ausbruch der Krankheit seiner Frau hatte sein schmales Gesicht erstaunlich jugendlich gewirkt, die wenigen Lachfältchen um seine braunen Augen vermochten ihm ein geradezu pfiffiges Aussehen zu verleihen. So mancher weibliche Gast hatte ihn mit kokettem Augenaufschlag einen »bell'uomo, einen schönen Mann« genannt. Sofia beobachtete nicht nur einmal, wie Antonio den flirtenden Frauen dann charmant von seiner wunderbaren Elena erzählt hatte, von der das köstliche Gericht auf den Tellern der Gäste stammte. Das Strahlen in den Augen der Damen war nach einer solchen Ansage naturgemäß schlagartig erloschen, aber Sofia war stolz auf ihren attraktiven Pappa gewesen, der einzig und allein seine Elena liebte.

Doch wenn Sofia ihn jetzt so vor sich sah, zog sich vor lauter Kummer ihr Magen zusammen. Waren da einst bloß die Augenfältchen gewesen, hatten sich nun tiefe Furchen in seine Wangen eingegraben. Bestimmt dadurch, dass Antonio seit Elenas Tod mehr als zehn Kilo Gewicht verloren hatte. Sofia schluckte ein paar Mal, dann bemühte sie sich, ihre Mundwinkel in die Höhe zu ziehen. Schließlich wollte sie ihren Vater aufheitern und nicht wie ein Schatten ihrer selbst hier auftauchen. Doch schon im nächsten Moment erstarb ihr Lächeln, und stattdessen wurde ihr fast die Luft zum Atmen genommen, als ob sich unsichtbare Hände um ihre Kehle legen würden.

»Sie können das doch in jedem Reiseführer nachlesen, dass der Wein in dieser Gegend auch Bardolino heißt. Genau wie der Ort. Eigentlich weiß das jedes Kind!«, blaffte Antonio die Frau, die sich geradezu wegduckte, an. »Was für eine idiotische Frage!«

Laut aufstöhnend pfefferte er der Frau und ihrem Mann, der geschockt aufschaute, die Speisekarten auf den Tisch. Nun schien der männliche Gast seine Sprache wiedergefunden zu haben und erhob sich hastig von seinem Stuhl. »Das müssen wir uns nun wirklich nicht bieten lassen«, zischte er. »Auch wenn uns Ihr Lokal von vielen Seiten empfohlen wurde, gehen wir lieber woanders hin.«

Antonio schnalzte abfällig mit der Zunge. »Dann tun Sie das doch! Sehen Sie hier vielleicht irgendwo Fesseln, mit denen ich Sie am Tisch festgebunden habe?« Er machte eine vage Handbewegung und sich dann daran, die zwei Speisekarten wieder vom Tisch zu nehmen. Doch in diesem Augenblick war bereits Sofia herangesprungen. Ja, es war tatsächlich ein Riesensatz gewesen, mit dem sie sich Richtung Tisch bewegt hatte.

»Buona sera! Guten Abend!«, rief sie ein wenig gekünstelt fröhlich aus und nahm dabei selbst den eher verzweifelten Klang ihrer Stimme wahr.

Mit einem scharfen Blick bedeutete sie ihrem Vater, sich schnellstens zu entfernen, und wandte sich erneut den Gästen zu. »Darf ich mich vorstellen: Ich bin Sofia Mariani, die Tochter des Hauses. Es ehrt uns wirklich sehr, dass wir Ihnen empfohlen worden sind.«

»In mehreren Geschäften«, sagte die Frau, die sitzengeblieben war und nickte, sodass ihre grauen Löckchen vibrierten. »Vom Eisgeschäft an der Promenade zum Beispiel und vom Bootsverleih. Hier soll es ganz fantastische Pasta geben. Hausgemacht.«

Mit widerwilliger Miene setzte sich nun auch der Mann wieder hin, wie Sofia aus dem Augenwinkel mit Erleichterung registrierte. »Das ist sehr nett von den Leuten«, sagte sie ein wenig entspannter. »Ich hoffe, ich darf Ihnen beweisen, dass die hausgemachte Pasta von unserem Spitzenkoch Francesco wirklich grandios schmeckt.«

Der Mann warf der Frau einen fragenden Blick zu, und sie nickte erneut. »Konrad, lass uns hier essen. Vielleicht hat der Chef ja heute einen schlechten Tag.«

Sofia senkte die Stimme. »Ja, so ist es. Ich muss mich wirklich sehr für ihn entschuldigen. Umso mehr würde ich mich freuen, wenn ich Ihnen ein Glas Bardolino aufs Haus servieren dürfte.«

»Ja, gern«, sagte nun der Mann, schenkte ihr sogar ein kleines Lächeln. »Vom Gardasee wurde uns von unseren Nachbarn in Bremen so sehr vorgeschwärmt, dass wir jetzt sogar zum ersten Mal den weiten Weg auf uns genommen haben. Und eigentlich sind wir begeistert …«

Das »aber« lag in der Luft, doch Sofia hoffte, auch dieses schnell entkräften zu können. Mit einem nun ganz natürlichen Lächeln erklärte sie: »Ich hole den Wein und in der Zwischenzeit werfen Sie schon einmal einen Blick in die Speisekarte!«

Dann lief sie mit eiligen Schritten in das Lokal und traf an der Garderobe vor der Küche, an der ihre Schürze hing, auf Francesco. Der vierzigjährige Koch hatte im Grunde gute Nerven – die sprichwörtlichen Drahtseile waren bei ihm besonders dick – aber das durch Antonios miserable Laune hervorgerufene schlechte Betriebsklima machte selbst ihm zu schaffen. Natürlich fehlte auch ihm Elena, eine Chefin wie aus dem Bilderbuch, wie er immer wieder mit warmer Stimme gesagt hatte. Nun war Antonio sein einziger Chef, den er immer mehr als »drago, Drachen« erlebte.

»Ciao, Sofia, wie gut, dass du hier bist!«, rief er mit einem tiefen Seufzer. »Dein Vater benimmt sich heute wieder einmal völlig daneben! Wenn er so weitermacht, verlieren wir noch alle Gäste.«

Er warf Sofia einen bekümmerten Blick zu, der kurz schwarz vor Augen wurde. Den Gedanken, dass die Trattoria vor die Hunde gehen könnte, hatte sie bis jetzt völlig verdrängt. Aber es war natürlich absolut logisch, dass Antonios unfreundliches Verhalten die Gäste verschreckte. Noch waren wenigstens die Stammgäste treu, kamen immer wieder, auch wenn sie dabei immer öfter die Augen verdrehten. Aber sie mochten Antonio und hatten Mitleid mit ihm. Außerdem kannten sie ihn von früher, als er noch ein gutmütiger und liebenswerter Mann war. Jetzt fragte sich natürlich jeder, wo dieser nette Kerl von damals geblieben war und ob er es schaffen würde, unter dem Schutt der Trauer und der Wut wieder hervorzukriechen?

»Ich werde nachher mit ihm sprechen«, sagte Sofia leise. In der nächsten Sekunde drückte sie Francesco kurz an sich, was sie sonst nie tat. Francesco war zwar ein freundlicher Mann, aber für Umarmungen war der zweifache Familienvater nicht unbedingt zu haben. Sogar seine Frau Elisa beschwerte sich manchmal halb im Scherz, halb im Ernst, dass ihr Mann sie ruhig öfters mal in den Arm nehmen könnte. Und jetzt hatte Sofia den armen Kerl völlig überrumpelt. »Tut mir leid, aber das musste mal sein. Ich danke dir wirklich, dass du diese schwierige Situation hier mit uns durchstehst. Ich weiß, dass Pappa seit einiger Zeit schwierig ist.«

Um Francescos Mundwinkel zuckte es. »›Schwierig‹ nennst du das also, wenn Antonio dem Teufel so sehr Konkurrenz macht, dass man ihn am liebsten mit trockenen Spaghetti erstechen möchte.«

Prompt musste Sofia lachen. »Das klingt doch schon viel harmloser. Vor Kurzem war es noch das Fleischermesser, jetzt sind es bloß noch Spaghetti.«

Francesco musste widerwillig mitlachen, dann verschwand er wieder in der Küche, aus der nun Beatrice Rossi den Kopf herausstreckte.

Die Fünfundzwanzigjährige war nicht nur eine gute Freundin von Sofia, sie war auch seit einigen Jahren mit Pietros bestem Freund Alessandro liiert. Schwer zu sagen, ob die beiden miteinander glücklich waren, denn die Stimmung zwischen den beiden wechselte so rasch wie das Wetter in den Bergen. Hier und heute schien alles gut zu sein, zumindest sah die blonde Frau mit dem Pferdeschwanz recht fröhlich aus. »Ciao, Sofia«, sagte sie und winkte der anderen zu.

»Ciao, Beatrice!«, grüßte Sofia zurück. »Du scheinst im Moment die Einzige zu sein, die ihre gute Laune behält.«

»Na ja, nicht immer«, gab Beatrice zu, »aber ich merke, dass mir das Kochen immer mehr Spaß macht und auch immer besser gelingt. Francesco ist ein fantastischer Lehrer.«

»Dann sollten wir uns in Zukunft wohl eher um eine zusätzliche Kellnerin als um einen weiteren Koch kümmern. Ewig können Pietro und ich hier ja nicht aushelfen, wenn wir unsere eigenen Berufe behalten wollen.«

Sie dachte an ihren Bruder, der mit Leib und Seele Grundschullehrer war und nicht eben mit großer Freude zusätzlich in der Trattoria arbeitete. *Obwohl*, dachte Sofia, *in den letzten Wochen schien er eigentlich sehr gern herzukommen und mit einem Dauerlächeln von Tisch zu Tisch zu schwirren. Ein gutes Zeichen*, wie Sofia fand. Wenn sie nur daran dachte, welche Qual es für ihn gewesen war, unmittelbar nach dem Tod von Elena hier zu sein.

»Jeden Moment denke ich, jetzt gleich muss sie aus der Küche kommen«, hatte er nicht nur einmal mit Tränen in den Augen zu seiner Schwester gesagt. »Mamma kommt aus der Küche und lacht uns an. Und dann fragt sie ganz verwundert: ›Warum schaut ihr alle so traurig aus der Wäsche? Am besten ist es wohl, wenn ihr gleich mal jeder ein großes Stück von meiner Lasagne probiert!‹erhalten«

Womöglich hat er diesen ersten großen Schmerz überwunden, stellte Sofia nun im Stillen für sich fest. Dabei merkte sie, wie sich etwas in ihrer Brust ein wenig löste. »Die Zeit heilt alle Wunden«, sagten viele Leute zu ihr. Doch das klang so platt, niemand wusste das besser als sie. Andererseits war es tatsächlich nur die Zeit, die einem helfen konnte, Abstand zu einem Unglück zu gewinnen. Jeden Tag ein kleines Stück mehr.

Gedankenverloren schob sie sich eine dunkle Locke hinters Ohr, bemerkte erst jetzt, dass Beatrice etwas sagen wollte. »Ja?«, fragte Sofia verlegen.

Die andere legte den Kopf schief. »Wenn Antonio damit einverstanden ist und Francesco mit mir zufrieden ist, würde ich gern in der Küche bleiben.«

Hinter ihr erschien der Koch und zwinkerte Sofia zu. »Francesco ist sogar sehr zufrieden mit seiner Schülerin. So viel Talent habe ich bisher selten erlebt.«

Beatrices Wangen begannen vor Stolz zu glühen, wie Sofia gerührt feststellte. »Wenn Francesco das sagt, kannst du echt stolz sein«, erklärte sie mit einem breiten Schmunzeln. »Dieser Mann verteilt sonst keine unnötigen Komplimente!«

Francesco hielt gespielt drohend ein Messer hoch. »Höre ich da Kritik?«

»Kein bisschen!«, riefen Beatrice und Sofia wie aus einem Mund, bevor Sofia gespielt panisch ins Bad rannte.

Kurz darauf kam sie mit hochgestecktem Haar und gewaschen Händen in den Gastraum zurück und servierte rasch den berühmten Bardolino-Wein. Bereits nach dem ersten Schluck schürzten die beiden Gäste aus Bremen entzückt die Lippen. »Wirklich sehr gut«, sagte die Frau, »wenn die Pasta jetzt auch noch so gut schmeckt, kommen wir die ganze Woche. Wir nehmen beide die Tagliatelle con funghi porcini.«

»Gern, mit den Steinpilzen«, sagte Sofia, die sich darüber freute, dass sich das Paar bemühte, italienisch zu sprechen.

Sie selbst hatte in der Schule einige Jahre Deutschunterricht erhalten und danach noch weitergelernt, und das nicht nur aus beruflichen

Gründen, sondern weil ihr die Sprache wirklich Spaß machte. Ihrer Meinung nach sprach sie längst nicht perfekt Deutsch, jedoch reagierten Gäste aus deutschsprachigen Ländern viel gnädiger und lobten sie stets.

Auch jetzt. »Schön, dass Sie deutsch sprechen, und so gut«, sagte nun der Mann aus Bremen und strahlte sie an.

Sofia lächelte zurück und atmete insgeheim erleichtert aus. Zumindest diese heikle Situation konnte sie noch in letzter Minute retten, da hatte Antonio wohl gerade noch Glück gehabt.

»Ciao, mia sorella! Hallo, meine Schwester!«, hörte sie plötzlich hinter sich eine bekannte männliche Stimme rufen. Sie drehte sich um und wurde bereits in der nächsten Sekunde von ihrem Bruder Pietro stürmisch umarmt. »Sofia! Du bist ja heute schon wieder hier! Wollten wir uns nicht abwechseln?« Prüfend hielt der schlanke Mann mit den graublauen Augen – tatsächlich exakt die gleiche Farbe wie die seiner Mutter – seine ältere Schwester ein Stück von sich weg. »Du schläfst zu wenig«, stellte er nüchtern fest. »Am besten gehst du gleich mal nach Hause!«

»Du spinnst doch«, lachte Sofia und fuhr Pietro durch die kurzen Locken, »von meinem kleinen Bruder lasse ich mir bestimmt nicht sagen, wann ich ins Bett gehen soll!«

Petro schnaufte gespielt entrüstet auf. »Stur wie immer! Da möchte man der alten Dame etwas Gutes tun und …«

Weiter kam er nicht, denn er musste flüchten, da Sofia mit einem Geschirrtuch nach ihm schlagen wollte. Nur erwischte sie ihn nicht, da er bereits halb im Restaurant verschwunden war. »Ich sehe in der Küche nach, ob es etwas zu servieren gibt.«

Sie schaute ihm kopfschüttelnd nach, freute sich jedoch über seine gute Laune. Langsam schien er wohl über den Tod ihrer Mutter hinwegzukommen, obwohl er immer noch gequält aussah, sobald ihr Name fiel. *Aber es wird besser*, dachte Sofia bei sich und wunderte sich bloß ein bisschen, dass Pietro seit einer Weile keine Freundin mehr hatte. Nicht, dass er es je lange mit einem Mädchen an seiner Seite ausgehalten hatte. So schnell konnte man gar nicht schauen, schon war eine Blonde von einer Schwarzhaarigen abgelöst oder umgekehrt. Aber seit ein paar Monaten gab es gar keine mehr, mit der sich Pietro gezeigt hätte. »Vielleicht wird der Schürzenjäger ja doch endlich erwachsen«, murmelte Sofia, gleich darauf hatte sie jedoch keine Zeit mehr, zu grübeln.

An einem kleinen Tisch – dieses Mal erwischte es Urlauber aus Stuttgart, die seit Jahrzehnten in Bardolino Urlaub machten – versprühte Antonio erneut seine schlechte Laune. »Ihr könnt gern woanders hingehen, wenn es euch hier nicht schmeckt!«, blaffte er Leo und Evelyn Brügger gerade an.

Erneut verkrampfte sich Sofias Magen. Bitte nicht schon wieder! Gerade die Brüggers sind eine so nette Familie! Sofia kannte auch den Sohn Thomas seit einer Ewigkeit, er war drei Jahre älter als sie selbst. Gemeinsam waren sie in Kinderzeiten am Strand herumgelaufen, hatten etliche Eisbecher verdrückt. Nun als Erwachsener war er schon lange nicht mehr hier gewesen. Doch auch so hatte Sofia immer wieder einiges über den herzlichen Mann mit dem breiten Lächeln erfahren: Thomas war Architekt geworden, kam durch diesen Beruf viel herum. Und wie seine Eltern vor zwei Jahren erzählten, hatte er geheiratet. Nun konnte es gut sein, dass er auch schon Vater geworden war. Doch zuerst musste sie sich um ihren eigenen Vater kümmern. »Pappa, was ist denn hier los?«, sagte sie barscher, als sie sonst mit ihm zu sprechen pflegte.

Einigermaßen erstaunt schaute er sie an, und fast kam es ihr so vor, als ob er erst jetzt realisierte, wie unmöglich er sich den Gästen gegenüber benahm. »Also …«, begann er, zu stammeln, kam jedoch nicht weiter.

Leo Brügger nahm ihm das Wort ab: »Wir finden die Spaghetti natürlich fantastisch! Wie immer! Wir haben nur nach etwas mehr Parmesan gefragt.«

»Das ist doch gar kein Problem! Hallo, erst einmal!«, flötete Sofia und bedachte ihren Vater mit einem sehr scharfen Seitenblick. Mit drei Schritten war sie bei dem kleinen Stehpult, auf dem Servietten, Besteck und viele andere Dinge aufbewahrt wurden, um gleich darauf frisch geriebenen Parmesan auf den Tisch der Brüggers zu stellen. »Entschuldigt das Missverständnis! Und lasst es euch gut schmecken!«

Sie lächelte noch einmal, dann wandte sie sich rasch ab. Auf einmal war sie schrecklich müde – und als sie sah, dass Antonio völlig in sich versunken am Stehpult Servietten faltete, fühlte sie sich so richtig elend.

»Komm, geh nach Hause!«, sagte Pietro, der eben aus der Trattoria an die Tische im Freien gekommen war, leise zu ihr. »Ab heute wechseln wir uns wirklich ab. Ich löse dich heute mal ab, morgen bin ich dran, übermorgen du wieder.«

»Wenn, dann morgen«, sagte sie unschlüssig, obwohl sie sich tatsächlich nach Ruhe sehnte – und nach Matteo. Huch, in dem Moment stand genau der wie von Geisterhand hergezaubert vor ihr auf der Straße.

»Ciao, Bella«, sagte der große, breitschultrige Mann, der mit seinen dicht bewimperten braunen Augen und dem lässigen Dreitagebart einfach zum Anbeißen aussah.

»Ciao, mein Schatz!«, sagte Sofia und schlang ihre Arme um ihn, »gerade habe ich daran gedacht, dass ich eigentlich nach Hause gehen könnte.«

Matteo zwinkerte ihr zu. »Das passt perfekt. Denn ich habe sehr gehofft, dass ich dich von hier entführen darf.«

»Darfst du!«, mischte sich Pietro lachend ein und gab seiner Schwester einen Schubs. »Los, geht schon!«

»Va bene, va bene, ich gehe ja schon!«, musste nun auch Sofia kichern.

Mit ihrem Vater würde sie ein anderes Mal reden, an diesem Abend war sie sich sicher, dass ihr Bruder den Laden gut schaukeln würde. Rasch verstaute sie ihre Schürze im Lokal, winkte den Gästen zu, dann drückte sie Pietro und Antonio noch ein Küsschen auf die Wange. Und schließlich schlenderte sie Hand in Hand mit Matteo Richtung Promenade.

»Machen wir noch einen kleinen Spaziergang?«, fragte sie ihren Freund, denn sie hatte bemerkt, dass er die Richtung ihrer gemeinsamen kleinen Wohnung einschlagen wollte.

»Okay«, sagte er nicht ganz so begeistert, wie sie es sich erhofft hatte, doch dann legte er einen Arm um ihre Schultern und zog sie dichter an sich heran. Verliebt lehnte sie ihren Kopf an ihn, erleichtert darüber, dass sie nun doch den Abend miteinander verbringen konnten. In den letzten Wochen hatten sie wirklich kaum Zeit füreinander gehabt. Natürlich lag es größtenteils an ihrem Einsatz in der Trattoria, doch manchmal hatte sie auch das Gefühl, dass Matteo ihr aus dem Weg ging. »Aber jetzt ist alles gut«, formte sie lautlos mit den Lippen und schaute lächelnd zum dämmerigen Himmel hoch, wo bereits der Mond aufgegangen war.

Kapitel 2

»Hast du Lust auf ein Glas Wein am Hafen?«, fragte Sofia ihren Freund, nachdem sie inmitten anderer bummelnder Menschen in die Hafenpromenade eingebogen waren. Für einen Moment spürte sie Matteos ernsten Seitenblick auf sich, der so gar nicht zur romantischen Abendstimmung mit diesem atemberaubenden Sonnenuntergang passen wollte. Verwirrt setzte Sofia nach: »Ist alles in Ordnung?«

Zumindest lächelte Matteo jetzt, auch wenn er dabei ein wenig verkrampft wirkte. Seine Mundwinkel hatten sich gehoben, das Lächeln erreichte jedoch nicht seine Augen. »Alles okay, ich bin einfach nur müde nach einem langen Arbeitstag.«

»Das verstehe ich«, sagte Sofia mit mitfühlender Stimme – und einem jäh aufkeimenden schlechten Gewissen.

Nicht nur sie selbst hatte viel um die Ohren, auch Matteo war in der Tierarztpraxis natürlich wahnsinnig stark eingespannt. Und da er für jeden seiner tierischen Patienten nur das Beste wollte, kam für ihn ein rasches Abarbeiten der Krankheitsfälle, ohne sich wirklich tiefere Gedanken um diese zu machen, gar nicht erst in Frage. Plötzlich fiel Sofia etwas ein: »Ich soll dich ganz lieb von Maria Fiori grüßen lassen. Sie bedankt sich vielmals dafür, dass du ihren kleinen Otello gerettet hast.«

Nun wurde Matteos Lächeln breiter, reichte nun hinauf bis zu seinen schönen dunklen Augen. *Er liebt Tiere wirklich von Herzen*, musste Sofia plötzlich voller Zuneigung denken, während sie sich enger an ihn schmiegte.

»Ich war echt froh, dass der niedliche Kerl wieder so rasch auf die Beine gekommen ist. Sah zu Beginn nicht besonders gut aus«, erklärte Matteo mit einem kleinen Seufzer. Gleich darauf zwinkerte er seiner Freundin spitzbübisch zu. »Ein Glas Wein zu trinken und dabei mit dir aufs Wasser zu schauen, das wäre wunderbar. Ich würde das ›Benno‹ vorschlagen.«

»Va bene! Schöne Idee«, stimmte Sofia zu. Auch sie hielt die zwanglose Bar, in der man bei guter Musik gemütlich beisammensitzen konnte, an diesem lauen Abend für eine gute Wahl.

Weiterhin eng umschlungen, beschleunigten die beiden ihren Schritt und waren bald am »Benno« angekommen. Benno Falceni, der Besitzer der nach ihm benannten Bar, führte sein Lokal selbst. Zur Begrüßung winkte der große bärtige Mittvierziger ihnen lässig zu, gleich darauf standen zwei Gläser Rotwein von Bennos Hausmarke vor ihnen auf einem kleinen Tisch mit bestem Blick auf das Wasser und auf eine Handvoll Segelboote, die gut verankert auf kleinen Wellen vor sich hinschaukelten. Sofia, die sich auf einen Holzstuhl direkt neben Matteo gesetzt hatte, lauschte der samtig-kratzigen Stimme von Eros Ramazzotti, der gefühlvoll von »Aurora«, der Morgenröte, sang. Unwillkürlich musste sie daran denken, dass die Tochter des Sängers, der er dieses Lied gewidmet hatte, so hieß. Ein Lächeln huschte über ihre Lippen. Unzählige Male hatte sie den Song bereits gehört und schmolz doch glatt jedes Mal wieder dahin. Ein wenig sentimental griff sie nach Matteos Hand und sagte leise: »Schön ist es mit dir.«

Anstatt einer, wie sie erhofft hätte, romantischen Antwort hörte sie ein leises Räuspern. Nun war sich Sofia sicher, dass ihrem Freund etwas auf der Seele lag. Mit fragendem Blick sah sie ihn an. Es fiel ihr zunehmend schwerer, geduldig abzuwarten, dass er ihr von selbst mitteilte, was denn nun eigentlich los war. »Matteo«, begann sie leise, weil er immer noch schwieg, »jetzt sag schon, was bedrückt dich?«

Fast erschrocken zog er seine Hand zurück. »Mamma mia! Dass du es nicht einfach mal gut sein lassen kannst. Ich habe dir vorhin gesagt, wie müde und erschöpft ich bin. Ja, ich mag meine Arbeit mit den Tieren. Es ist ein gutes Gefühl, wenn man ihnen helfen kann. Nichtsdestotrotz ist es ein anstrengender Job.« Leiser fügte er hinzu: »Und dabei gibt es in Bardolino ja nicht mal ein wirkliches Ziel, auf das man hinarbeiten kann.«

Wie vom Blitz getroffen, riss Sofia die Augen auf. *Darum geht es also*, schoss es ihr durch den Kopf, und gleichzeitig erinnerte sie sich wieder daran, was Maria Fiori ihr vorhin erzählt hatte. Die Angebote aus großen Tierkliniken, in denen Matteo sein Können bei komplizierten Behandlungen und Operationen unter Beweis stellen könnte. »Bist du denn nicht glücklich in der Praxis zusammen mit Ernesto?«, fragte sie mit einer plötzlich seltsam belegten Zunge. Rasch nahm sie einen Schluck vom Wein, doch leider verschwand das pelzige Gefühl auch dadurch nicht. Und als Matteo ihr nun einen furchtbar niedergeschlagenen Blick zuwarf, hämmerte ihr das Herz plötzlich bis zum Hals.

»Ernesto ist ein angenehmer Kollege. Keine Frage, wir sind ein ideales Team. Aber ich komme hier in Bardolino nicht weiter. Jeden Tag das Gleiche und das bis zur Rente.« Er stöhnte leise auf, warf Sofia dabei einen fast anklagenden Blick zu. »Dafür habe ich doch beim Studium nicht so einen guten Abschluss gemacht und mich dermaßen reingekniet. Ich möchte nicht eingebildet klingen, aber ich glaube, in mir steckt noch einiges mehr. Und als junger Arzt sollte ich ohnehin noch viel mehr Erfahrungen sammeln. Und das nicht nur bei Hunden und Katzen oder hin und wieder bei einem verschnupften Meerschweinchen.«

Auch wenn Sofias Herzschlag durch diese Offenbarung nur noch heftiger wurde, musste sie ihrem Freund ein Stück weit recht geben. »Stimmt«, sagte sie leise, »du bist so talentiert und hast dich auch schon immer für die Behandlung von Pferden interessiert ...«

Offenbar hatte sie ihm damit exakt das richtige Stichwort geliefert, denn Matteos Gesichtsausdruck wirkte nun weitaus optimistischer. Er schnippte mit zwei Fingern in die Luft. »Du sagst es! Pferde zu behandeln, wäre wirklich prima. Eine wahnsinnig spannende Sache, und viel Geld würde es es obendrein auch bringen.« Während er weitersprach, hellte sich seine Miene zunehmend auf: »Stell dir nur vor, eines Tages behandle ich womöglich wertvolle Rennpferde. Vielleicht weltweit. So gelangt man in die besten Kreise, das kannst du mir glauben.« Erwartungsvoll sah er Sofia an, die sich dazu zwingen musste, ihre Mundwinkel zumindest ein winziges Stück weit in die Höhe zu ziehen. »Es wäre wirklich gut, wenn ich das Angebot der Nürnberger Tierklinik annehmen würde. Die haben einen sensationell guten Ruf bei der Behandlung von Pferden. Und so eine Chance kommt bestimmt nicht so rasch wieder. Ich könnte dort bereits in wenigen Wochen beginnen.«

Sofia musste mehrmals schlucken und tief durchatmen, bevor sie einen Ton herausbringen konnte. »So rasch würdest du wegziehen wollen?« Mit gekränkter Stimme fügte sie hinzu: »Davon hast du mir bis jetzt ja gar nichts gesagt.«

»Von dem Gespräch mit dem Leiter der Klinik in Nürnberg habe ich dir sehr wohl erzählt«, warf Matteo mit trotziger Stimme, fast wie ein kleines Kind, ein. »Aber ich wusste doch selbst nicht, wie ich damit umgehen soll! In meinem

Kopf schwirrt es wie verrückt herum. Immer wieder wäge ich ab, was ich tun soll, und komme zu keiner Lösung. Da wollte ich dich nicht auch noch mit reinziehen, bei dir ist es ja im Moment auch nicht so einfach.«

Seine letzten Worte hatten so bekümmert geklungen, dass sich Sofia nun bemühte, ihren Groll herunterzuschlucken und zuversichtlich zu klingen: »Wenn du nach Nürnberg gehen möchtest, werden wir uns wohl für eine Weile auf eine Fernbeziehung einstellen müssen. Du weißt ja, dass ich im Moment unmöglich von hier weg kann. Zumindest so lange nicht, bis es meinem Vater wieder besser geht.«

Den nächsten Satz, der ihr auf der Zunge lag, nämlich der, dass es ihr furchtbar schwerfallen würde, Bardolino, den Ort, in dem sie groß geworden war, an dem sie sich so fest verankert fühlte, zu verlassen, verkniff sie sich lieber. Sie wollte nicht engstirnig erscheinen – und es auch nicht sein. Womöglich konnte sie auch anderswo glücklich werden, Nürnberg lag schließlich nicht auf einem anderen Kontinent. Ja, wenn Antonio seine Trauer halbwegs überwunden und auch die Trattoria wieder gut im Griff haben sollte, ohne noch länger die Angestellten und die Gäste zu verschrecken, würde sie ihrem Freund natürlich folgen. Dafür war man schließlich zusammen und liebte sich, um das Leben mit dem anderen zu teilen. Da war es nur natürlich, auch mal das eine oder andere Opfer zu bringen und Kompromisse einzugehen.

Aufmunternd nickte sie Matteo zu, der jedoch seinen Blick abgewandt hatte.

Er starrte auf das immer dunkler erscheinende Wasser, gleichzeitig drehte er das Weinglas auf dem Tisch. So rasant, dass Sofia fast fürchtete, der Rotwein würde jeden Moment überschwappen. Endlich wandte ihr Matteo sein Gesicht zu. »Irgendwann kommst du dann nach! Pah! Ich hasse Fernbeziehungen, das weißt du doch. Und so ganz verstehe ich es ohnehin nicht, warum du bei deinem Vater Kindermädchen spielen musst. Er ist erwachsen und muss es langsam schaffen, mit seinem Witwerdasein allein zurechtzukommen. So wie andere Menschen auch. Da hilft es doch auch nichts, wenn du ihn die ganze Zeit bemutterst.«

Ungläubig riss Sofia ihre Augen auf, während ein scharfer Schmerz durch ihren Brustkorb schoss. Solch harsche Worte hatte sie bis jetzt von Matteo noch nie gehört. Im Gegenteil, bis jetzt hatte er Verständnis dafür gezeigt, dass sie in der Trattoria mitarbeitete und sich um ihren Vater kümmerte.

Plötzlich schien Matteo jedoch seine Aussage leidzutun, denn er sagte nun rasch: »Entschuldige bitte. Klar musst du jetzt deinem Vater beistehen, es ist ja eine schwierige Zeit für eure Familie.«

Erneut verspürte Sofia einen Stich in der Herzgegend. »Eure Familie« hatte Matteo eben gesagt, womit er natürlich völlig recht hatte. Dennoch hatte sie insgeheim gehofft, dass ihr

Freund sich ihr und ihrer Familie stärker verbunden fühlen, dass es mehr Gemeinsamkeit zwischen ihnen geben würde. Schließlich hatten sie vor einiger Zeit sogar über eine Hochzeit gesprochen, über eine gemeinsame Zukunft. Dieses Gespräch fand allerdings kurz vor Elenas ziemlich plötzlichem Tod statt, danach war Sofia viel zu sehr in ihrer Trauer versunken gewesen, um das Thema von sich aus erneut anzusprechen. Und auch Matteo hatte geschwiegen, bestimmt deshalb, weil er wusste, dass seine Freundin im Moment andere Sorgen beschäftigten, als eine Hochzeit zu planen. Wenn Sofia jetzt an dieses recht lange zurückliegende Gespräch dachte, fiel ihr ein, dass Matteo ihr damals im Grunde gar keinen richtigen Heiratsantrag gemacht, sondern das Thema Heirat eher nüchtern ansprach. Sie hatte noch seine Worte »eines Tages werden wir wohl heiraten« im Ohr. Im lockeren Ton hatte sie ihm zugestimmt, sich dabei bemüht, auf keinen Fall zu gefühlsduselig rüberzukommen. Wenn sie jetzt ehrlich zu sich selbst war, musste sie sich eingestehen, dass sie sich insgeheim schon längst einen romantischen Heiratsantrag gewünscht hätte. Trotz ihrer Trauer. Oder vielleicht auch ein wenig deshalb? Matteos Geste, sich endgültig zu ihr zu bekennen, hätte ihrer bedrückten Seele bestimmt wahnsinnig gutgetan. Außerdem wusste sie für sich ganz genau, dass er der Mann war, mit dem sie ein Leben lang zusammenbleiben wollte. Aber bis jetzt hatte er sie eben nicht gefragt, stattdessen beschlich sie immer mehr das Gefühl, als ob er sich gerade innerlich von ihr entfernte … *Mamma mia! Jetzt steigerst du dich in etwas hinein!*, ermahnte sie sich gleich darauf scharf in Gedanken. Sie machte es doch nur schlimmer, wenn sie jedes seiner Worte auf die Goldwaage legte! Es war nur verständlich, dass er darunter litt, weil sie so viel Zeit in der Trattoria verbrachte, da konnte er noch so einfühlsam und verständnisvoll sein. Und natürlich hatte er recht, dass Pietro und Antonio »ihre Familie« waren – und nicht seine. Irgendwann würden sie alle so richtig zusammenwachsen, aber auch jetzt schon verstand Matteo sich mit den beiden recht gut. Obwohl er Antonio wohl kritischer sah, als sie es sich gedacht hätte … *Aber Mamma hat er so richtig gern gehabt*, fiel es ihr ausgerechnet jetzt ein.

Gleichzeitig mochte sie selbst Matteos Eltern ebenfalls sehr. Gianna und Luciano vergötterten ihren Sohn, der ein Einzelkind war. Womöglich ein bisschen zu sehr. Und natürlich waren sie furchtbar stolz auf den begabten Tierarzt. Doch mit einem warmen Gefühl in der Brustgegend dachte Sofia auch daran, wie die beiden sie sofort ins Herz geschlossen hatten.

»Wir sind immer für dich da«, hatte Gianna ihr nach der Beerdigung von Elena ins Ohr geflüstert, sie dabei liebevoll an ihren üppigen Busen gedrückt, »wenn du mal reden möchtest oder wenn dir einfach nur ein großer Teller von meiner Minestrone guttun würde, komm bitte, ohne vorher lange zu überlegen, kurzerhand bei uns vorbei.«

»Danke«, hatte Sofia unter Tränen gemurmelt, »ihr seid so gut zu mir.«

»Weil wir dich sehr, sehr gern haben«, hatte Gianna knapp, aber bestimmt geantwortet, bevor Matteos Vater Sofia in den Arm genommen hatte.

Jetzt fuhr Sofia ein wenig verwirrt, weil sie gedanklich so weit weggedriftet war, aus ihren Erinnerungen hoch, und sah Matteo direkt in die Augen. »Wenn es meinem Pappa wieder gut geht, komme ich zu dir nach Nürnberg. In der Zwischenzeit werde ich noch weiter an meinem Deutsch arbeiten. Unsere deutschen Gäste in der Touristeninformation und der Trattoria werden mir bestimmt helfen. Und dann wird es sicher schön sein, eine Weile in Nürnberg zu leben.«

Anstatt sich darüber zu freuen, dass Sofia sich gedanklich bereits mit einem Umzug anfreundete, wie sie es im Grunde doch erwartet hatte, schnaubte Matteo fast verächtlich auf.

»Eine Weile in Nürnberg leben!«, äffte er sie nach und rückte dabei mit seinem Stuhl ein Stück zurück, so als ob er auf Abstand zu ihr gehen wollte. Doch als Antwort auf ihren wohl sehr erschrockenen Blick fügte er etwas freundlicher hinzu: »Verstehst du es nicht? Damit werden mir nur erneut Fesseln angelegt. Es ist ja für dich offensichtlich klar, dass wir irgendwann wieder hierher zurückkehren müssen. Aber vielleicht möchte ich das gar nicht, womöglich möchte ich endlich die Freiheit haben, selbst zu entscheiden, was gut für mich ist und wohin mich mein beruflicher Weg führen soll.«

Sofia war dermaßen getroffen von seinen Worten, dass ihr blitzartig Tränen in die Augen schossen. Verzweifelt schluckte sie. Auf keinen Fall wollte sie hier in der Bar anfangen, zu heulen. Nur das offensichtliche Missverständnis zwischen ihnen, um nichts anderes konnte es sich doch um Himmels Willen handeln, schnellstmöglich klären. »Natürlich möchte ich dir keine Fesseln anlegen«, sagte sie mit brüchiger Stimme, »auf keinen Fall.« Sie räusperte sich und sprach danach mit etwas festerer Stimme weiter: »Ganz bestimmt finden wir gemeinsam eine Lösung. Wenn du nach Nürnberg gehst, sehen wir uns dann eben eine Weile seltener. Aber vielleicht ist es ja auch schön, wenn man Sehnsucht nach einander hat.« Sie warf Matteo ein fast schüchternes Lächeln zu: »Und wenn du später weiter in Nürnberg bleiben möchtest, ziehe ich zu dir. Alles Weitere werden wir dann gemeinsam entscheiden.«

Sie fasste erneut nach seiner Hand, die sich seltsam schlaff anfühlte. Kein Zweifel, Matteo erwiderte den Händedruck nicht. Ihr Magen verkrampfte sich plötzlich, da half es auch nicht, dass sie sich selbst leise ermahnte, nicht so schrecklich negativ zu denken. Aber wirklich: Matteo zog seine Hand zurück, zwar sanft, aber die Geste erschien ihr eindeutig.

»Sofia«, begann er nun mit leiser Stimme, »du weißt, dass ich dich sehr gern habe …«

Gern habe?, hätte sie am liebsten geschrien. *Ich dachte, du liebst mich!* Aber natürlich hielt sie den Mund, hörte zu, was ihr Freund ihr sagen wollte.

»Also, Sofia«, erklärte er nochmals, als ob er sich ihren Namen ins Gedächtnis rufen müsste, »wir sind wirklich ein gutes Team …« Rasch verbesserte er sich: »Äh, Paar …« – offensichtlich war ihm selbst der wenig liebevolle Vergleich aufgefallen, schließlich handelte es sich bei ihr nicht um eine Praxiskollegin.

Aber das tat jetzt auch nichts mehr zur Sache, wie sie zutiefst verletzt feststellen musste. Wie durch einen Nebel hörte sie seine weiteren Worte: »Ich habe wirklich viel über uns nachgedacht, und du bist eine wundervolle Frau, die ich sehr mag. Aber im Augenblick denke ich, dass unsere beiden Lebensziele auseinanderdriften …« Hatte er am Anfang noch zögerlich gesprochen, schien er jetzt richtig in Fahrt zu kommen: »Mir erscheint es nicht sinnvoll und auch nicht fair, wenn wir uns gegenseitig blockieren.«

»Was meinst du mit blockieren?«, warf sie nun doch mit bedrohlicher Stimme ein.

»Diese Kompromisse, die man für den anderen macht, sind oft zu viel. Irgendwann ist niemand mehr mit seinem Zugeständnis glücklich, weil man sich völlig verbogen hat.«

Sofia verstand die Welt nicht mehr. Sie kam sich wie eine Ertrinkende vor, die panisch im

Wasser umherruderte. »Aber es ist doch selbstverständlich, dass man als Paar gemeinsame Lösungen sucht, da sind Kompromisse notwendig«, sagte sie atemlos.

Matteo wurde nun lauter, von den anderen Tischen drehten bereits einige Leute mit verwunderter Miene die Köpfe in ihre Richtung, wie Sofia bemerkte. Auch Benno, der eben mit einer Flasche Wein in der Hand an den beiden vorbeilief, warf Sofia unter hochgezogenen Augenbrauen einen offenkundig irritierten Blick zu. *Kein Wunder*, musste sie niedergeschlagen denken, *normalerweise kennt er uns als harmonisches Pärchen – ohne diese dicke Luft, die scheinbar gerade zwischen uns herrscht …*

»Das ist es eben«, riss Matteo sie aus ihren Gedanken, »irgendwann ist es eben zu viel, und man ist nur noch unglücklich, weil man aus Fürsorge und schlechtem Gewissen seine eigenen Ziele unmöglich erreichen kann.«

»Du bist nicht mehr glücklich mit mir?«, flüsterte Sofia, obwohl ihr diese Frage bereits in der nächsten Sekunde fast lächerlich vorkam.

Natürlich war ihr Freund mit ihr nicht mehr glücklich, sie konnte es faktisch körperlich spüren, wie alles in ihm wegwollte. Weg aus Bardolino, dem zwar entzückenden, jedoch kleinen Nest am Gardasee. Weg von ihr, die an ihrer Familie und ihrem Heimatort hing.

»Es liegt nicht an dir«, sagte Matteo nun mit weicher Stimme, »aber im Moment möchte ich einfach nur an mich denken. Und kein schlechtes Gewissen haben müssen, weil ich nach dem Tod deiner Mutter bei dir sein sollte. Deshalb würde ich eine Trennung vorschlagen.« Er blinzelte ein paar Mal, fügte dann hinzu: »Zumindest eine Trennung auf Probe. Später können wir die Karten ja wieder neu mischen.« Mit fahrigen Handbewegungen redete er weiter und kam dabei immer mehr ins Schwafeln: »Wer weiß, vielleicht ist es dann umso schöner mit uns. Wenn jeder einmal seinen Weg für sich allein gegangen ist, sich seine Träume zumindest ein Stück weit erfüllt hat …«

Er holte tief Luft, schaute Sofia mit einem unglücklichen Blick an. Zumindest ließ es ihn nicht kalt, dass er ihr einfach so den Laufpass gab, weil sie ihm im Moment schlicht und ergreifend lästig erschien.

Ein Klotz am Bein, schoss es ihr durch den Kopf. Laut jedoch wiederholte sie mit fassungsloser Stimme seine Worte: »Eine Trennung auf Probe?«

»Das ist doch kein endgültiges Aus«, sagte er leise und wenig überzeugt.

Um Sofia herum begann sich plötzlich alles zu drehen. Eros Ramazzotti sang immer noch, jetzt einen seiner bekanntesten Hits »Adesso tu« – »Jetzt du«. Himmel, sie hätte sich am liebsten die Ohren zugehalten, um nicht zu hören, wie Ramazzotti von der Frau sang, die seinen Tagen einen Sinn gab, die alles gutmachte. Jedes einzelne Wort schien in ihr Innerstes zu bohren. Ihrem Matteo bedeutete sie scheinbar rein gar nichts mehr! Statt mit ihr gemeinsam durchs Leben gehen zu wollen, schüttelte er sie ab, verscheuchte sie wie eine lästige Fliege. Mit tränenverhangenen Augen starrte Sofia ihn an, fragte sich verzweifelt, ob sie die letzten drei Jahre eigentlich blind gewesen war, oder ob sich Matteo erst kürzlich verändert hatte, ohne dass sie es wirklich bemerkt hatte. *Wie zum Henker konnte dieser eigentlich romantisch angedachte Abend eine so schreckliche Wendung nehmen?* Die Gedanken drehten sich immer schneller in Sofias Kopf, der sich so anfühlte, als ob Benno eben seine Weinflasche darauf zerschlagen hätte.

»Ich übernachte heute bei meinem Vater«, sagte sie. So leise, dass sie es selbst kaum hörte. Sie konnte Matteo nicht mehr in die Augen sehen, wandte den Kopf stattdessen zum See, der nun dunkel wie leicht gewellter Samt vor ihr lag. Nicht einmal dieser friedliche Anblick vermochte sie zu trösten, stattdessen merkte sie, dass sie jeden Moment in Tränen ausbrechen würde. Ohne ein weiteres Wort sprang sie von ihrem Stuhl auf, strauchelte kurz, weil ihr immer noch schwindelig war. Dann stürmte sie auf wackeligen Beinen davon. Sie hörte, wie Matteo ihr etwas nachrief, außer ihrem Namen verstand sie jedoch nichts. Sie drehte sich nicht mehr um, lief stattdessen noch schneller.

Zur gleichen Zeit ertappte sich Pietro Mariani dabei, dass er dem Gast an Tisch drei, einen Ladenbesitzer aus der Umgebung, der eben dabei war, seine Bestellung aufzugeben, gar nicht richtig zugehört hatte. Wollte der Mann nun »Spaghetti alle vongole« oder doch vielmehr die »Lasagne a la casa«? Peinlich berührt wischte sich Pietro mit dem linken Handrücken über seine graublauen Augen, schaute dann starr auf den kleinen Notizblock in seiner rechten Hand, auf dem er leider rein gar nichts notiert hatte. Schuld an seiner Gedankenlosigkeit war der Umstand, dass Beatrice eben an ihm vorbeigelaufen war. Oder, wie er fand, mit ihrem wippenden blonden Pferdeschwanz eher vorbeigeschwebt war wie ein wunderschöner Engel. Obwohl er sich mit Gewalt dagegen gewehrt hatte, konnte er nicht umhin, ihr hinterherzusehen – mit einem bestimmt dümmlich schwärmerischen Gesichtsausdruck, wie er es sich äußerst lebhaft vorstellen konnte. *Himmel, hoffentlich hat mich niemand beobachtet*, dachte er ertappt. *Niemand darf jemals herausfinden, dass ich an kaum noch etwas anderes denken kann als an Beatrice.*

Sogar seinen Schülern fiel es bereits auf, wie weit weg er oft mit seinen Gedanken war. »Herr Mariani, was ist denn los?«, hatte ihn erst am Vortag die kleine Lilli mit sorgenvoller Furche zwischen den Augen gefragt, als er den Kindern von der nützlichen Arbeit der Bienen erzählen wollte, aber aus unerfindlichen Gründen mitten im Satz stoppte, weil er plötzlich Beatrices Lächeln vor sich gesehen hatte. Bei dem kleinen Mädchen schien sich die Furche noch mehr zu vertiefen, als er, anstatt weiterzusprechen, bloß verwirrt blinzelte. »Vielleicht sind Sie ja krank?«, fügte Lilli bedrückt hinzu, die ihren Lehrer sehr mochte. »Meine Mamma sagt, wenn einem plötzlich so komisch ist, liegt das meist am Fieber.«

Unglücklich lachte Pietro auf. Ja, offenbar litt er tatsächlich an einer Art Fieber, einem besonders schlimmen. Denn wie konnte es denn sonst sein, dass er sich in die Freundin seinens besten Kumpels verliebt hatte? Ein absolutes Tabu! Hätte ihm jemand von solch einer Geschichte erzählt, wäre sein Urteil völlig klar gewesen: Der, der sich dummerweise in die Liebste eines Freundes verliebt, muss seine Gefühle im Zaum halten. Und damit basta! *Wenn das doch nur so einfach wäre*, musste Pietro nun denken, als er immer noch auf seinen Notizblock starrte.

Er hatte wirklich viel versucht, war Alessandro und Beatrice eine Zeit lang völlig aus dem Weg gegangen. Bis Alessandro gedacht hatte, Pietro wäre sauer auf ihn.

»Ist es, weil ich Beatrice mit meiner Kollegin aus dem Büro betrogen habe?«, hatte Alessandro mit schuldbewusstem Blick dann auch noch zu ihm gesagt, als er ihn an einem Nachmittag vor der Schule abfing. »Ich weiß, das war eine Schweinerei«, hatte er weitererzählt, ohne Pietros Antwort abzuwarten, »aber es ist nur ein einziges Mal passiert. Ein einziges Mal, verstehst du? Bei dieser idiotischen Betriebsfeier haben wir alle zu viel getrunken, und plötzlich haben nur noch Laura und ich in dem Lokal am

Hafen gesessen. Eines ist zum anderen gekommen und …« Alessandro hatte sich geräuspert und mit betroffener Miene zu Boden geblickt. »… ohne, dass es mir wirklich bewusst war, haben wir auf einmal bei ihr im Bett gelegen.«

»Diese Laura hat also eine Art Gehirnwäsche bei dir veranstaltet?«, hatte Pietro ihn wütend angefahren, ohne das alles im Grunde wissen zu wollen. Oder etwa doch? Ein zutiefst egoistischer Teil von ihm wäre am liebsten sofort zu Beatrice gerannt, um ihr von dem fiesen Seitensprung ihres Freundes zu berichten. Ein anderer Teil von ihm wollte sie schützen und auf keinen Fall traurig machen. Und wiederum einem anderen Teil war klar, dass das eine Sache zwischen Alessandro und Beatrice war, die ihn rein gar nichts anging.

»Himmel, ich weiß, dass ich einen Fehler gemacht habe!«, hatte Alessandro auf der Straße ausgerufen, gefolgt von einem entnervten Stöhnen. »Aber deshalb brauchst du mir doch nicht völlig aus dem Weg zu gehen!«

Insgeheim war Pietro sogar ein wenig froh darüber, dass Alessandro auf einer völlig falschen Fährte war und annahm, dass sich Pietro aufgrund des Seitensprungs zurückgezogen hätte. Schlimmer wäre es doch gewesen, wenn Alessandro die Wahrheit gewusst hätte. Nicht auszudenken. »Ich gehe dir nicht aus dem Weg«, hatte Pietro versucht, ihn zu beschwichtigen. Ihm war klar, dass er bei seinen eigenen recht vielen, kurzen Liebschaften nicht unbedingt zu einem Moralapostel taugte. Allerdings hatte er tatsächlich noch nie zwei Freundinnen gleichzeitig gehabt. Das war im Prinzip aber auch völlig gleichgültig, denn noch viel abstoßender war es doch, die Freundin seines besten Freundes zu lieben. Ja, das Wort stimmte leider, da war sich Pietro völlig sicher: Er war nicht bloß ein wenig verknallt in Beatrice, er liebte sie, und deshalb wollte er sie so wenig wie möglich sehen. Oder gar nicht. Oder am liebsten jeden Tag. Ehrlich gesagt, jeden Tag. *Vergiss es doch endlich!*, brüllte er sich selbst in Gedanken an. Er hatte dann Alessandro einfach kumpelhaft auf die Schulter geklopft. »He, zwischen uns beiden ist alles okay. Ich bin nicht sauer auf dich.« Mit festem Blick in Alessandros Augen hatte er weitergesprochen: »Aber eines muss dir klar sein: Du hast eine wunderbare Freundin. Die solltest du kein zweites Mal betrügen.«

»Ich weiß«, hatte Alessandro daraufhin gemurmelt. Und dabei wie ein kleiner zerknirschter Junge, der einen Fußball durch eine Fensterscheibe geschossen hatte, gewirkt. »Ich weiß es doch.«

»Zu trinken wollte ich ein Glas Bardolino, habe ich ja schon gesagt«, riss der Gast Pietro mit einer nun ziemlich ungeduldig wirkenden Stimme aus seinen Erinnerungen.

Oh, er stand ja immer noch mit seinem blöden Notizblock da! »Sehr gern« bemühte er sich nun, so professionell wie nur möglich zu klingen, und entschied für sich, nicht noch einmal nach dem Essenswunsch zu fragen, sondern es mutig mit der Lasagne zu versuchen. Sonst hielt ihn der Mann noch für völlig verrückt.

»Pietro, du siehst ja völlig verstört aus«, hörte er eine weibliche Stimme neben sich, als er von dem Tisch vor dem Lokal in Richtung Küche lief.

Er musste den Kopf gar nicht drehen, um zu wissen, dass es Beatrice war, die ihn angesprochen hatte. »Alles in Ordnung«, murmelte er, ohne in ihre Richtung zu sehen.

Unglücklicherweise hielt sie ihn am Hemdärmel fest. Mist, hätte er sie doch eben kurz angelächelt, dann würde sie ihn bestimmt zufrieden lassen. Stattdessen musste er nun tief in ihre schönen grünen Augen mit den goldenen Sprenkeln sehen, die ihn besorgt anschauten.

»Pietro«, sagte Beatrice leise, »wenn du unglücklich bist, bin ich immer für dich da. Du hast mir schon so oft zugehört, als ich mit Alessandro Probleme hatte …«

Ja, und das letzte Mal, vor ein paar Wochen, hattest du völlig recht, als du gedacht hast, er hätte was mit einer Arbeitskollegin, dachte Pietro. Er fühlte sich unbehaglich, auch, weil er ihr damals dieses Misstrauen ausgeredet hatte. Vielleicht war es ja dumm gewesen, vielleicht hätte er ihr die grausame Wahrheit mitteilen müssen, um sie dann als strahlender Held aus ihrem Jammertal zu holen. Natürlich war er keine Sekunde so naiv gewesen, an den Erfolg einer solch schwachsinnigen Aktion zu glauben. Beatrice liebte nur ihren Alessandro – und würde hoffentlich niemals erfahren, wie es um ihn, Pietro, stand.

Mit einem kleinen Lächeln, bei dem sich ein zum Küssen süßes Grübchen auf ihrer linken Wange zeigte, sprach sie weiter: »Wenn du jemanden brauchst, dem du dein Herz ausschütten möchtest, ich bin jederzeit für dich da.«

»Danke, sehr nett«, sagte er fast ein wenig brüsk, »aber mir geht es fabelhaft.«

Ungläubig zog Beatrice eine Augenbraue in die Höhe, sagte aber nichts. Stattdessen nickte sie ihm kurz zu, bevor sie vor ihm in die Küche des Lokals huschte. *Mamma Mia, das muss aufhören*, dachte Pietro verzweifelt, stand auch dann noch neben sich, als er gleich darauf bei Francesco eine Portion Lasagne in Auftrag gab.

Wohl keine so gute Entscheidung, denn als er nur wenig später den Teller vor den Gast stellte, runzelte dieser verwirrt die Stirn. »Sollen das Spaghetti sein?«, fragte er eher rhetorisch, gefolgt von einem missbilligenden grunzenden Geräusch.

»Oh, haben sie nicht Lasagne bestellt?«, stieß Pietro hervor, während sich Schweißperlen über seiner Oberlippe sammelten.

»Was ist denn los?«, mischte sich auf einmal Antonio in das Gespräch ein.

Pietro verdrehte entsetzt die Augen. Von woher war bloß sein Vater auf einmal gekommen? Eben war der doch noch im Gastraum damit beschäftigt gewesen, die Gäste anzublaffen, beziehungsweise zu bedienen. Doch nun stand er wie ein Racheengel persönlich vor Pietros unzufriedenem Gast, warf diesem einen Blick zu, dass sich Pietro direkt wunderte, warum der arme Mann nicht gleich auf der Stelle tot umfiel. »Haben Sie etwas an der Lasagne auszusetzen?«, fragte Antonio ihn mit einer Stimme, die jedem Berufskiller alle Ehre gemacht hätte.

Entsetzt stellte sich Pietro zwischen seinen Vater und den Tisch, hob abwehrend die Hände. »Pappa, ich habe einen Fehler gemacht und die falsche Bestellung gebracht.« Er tippte sich an die Stirn. »Kann an einem solch turbulenten Abend wie heute schon mal passieren.«

Antonio murmelte etwas Unverständliches, trollte sich aber zumindest davon.

Erleichtert wandte sich Pietro an den Gast. »Ich muss mich vielmals für die falsche Speise entschuldigen. Sofort bringe ich Ihnen die Spaghetti.«

Offenkundig amüsiert zwinkerte ihm der Gast zu, deutete dann mit dem Kopf auf Antonio, bevor dieser im Lokal verschwand. »Sie brauchen sich nicht zu entschuldigen. Denn so, wie es aussieht, haben Sie mir eben das Leben gerettet. Ihr Vater ist ja heute mal wieder ganz schön in Fahrt.«

»Kann man wohl sagen«, jammerte Pietro und fasste nach dem Teller.

Der Gast machte eine abwehrende Geste, griff dann nach Messer und Gabel. »Warum sollte ich nicht mal die Lasagne probieren? Spaghetti alle vongole esse ich dann nächste Woche.« Nun grinste er breit. »Falls ich mich noch mal hierher traue.«

Pietro, der froh war, dass der Mann Antonios schroffe Art mit Humor zu nehmen schien, lachte auf. »Ich hoffe sehr. Schon allein deshalb, weil unser Wein fantastico ist. Und das nächste Glas geht natürlich aufs Haus.«

Kurz schoss es ihm durch den Kopf, dass sie wegen Antonios Benehmen womöglich bald nur noch gratis Wein ausschenken mussten, aber zumindest diese Situation war gerettet. *Sofia und ich müssen mit unserem Vater ein ernstes Wort reden*, dachte er wohl zum hundertsten Mal in der letzten Zeit. Nein, so konnte es wirklich nicht länger weitergehen. Wenn Antonio seine schlechte Laune nicht in den Griff bekam, müssten sie die Gäste richtiggehend vor ihm schützen. Was dann natürlich hieß, dass Sofia und er noch mehr in der Trattoria arbeiten würden. Leise stöhnte er auf. Sie beide waren doch ohnehin bereits am Limit angelangt, mussten schließlich auch in ihren anderen Jobs funktionieren. Und dann hatte Sofia auch noch eine Beziehung, um die sie sich kümmern musste. Mit Unbehagen dachte er daran, dass ihm Matteo in letzter Zeit ein wenig komisch vorgekommen war. So seltsam abwesend, was sonst gar nicht die Art des im Grunde sehr freundlichen Tierarztes war. Auch vorhin, als er Sofia abholte, hatte er auf Pietro irgendwie starr gewirkt, fast wie eine Marionette. *Bestimmt ist er verärgert, weil Sofia so wenig Zeit für ihn hat*, vermutete Pietro und konnte Matteo sogar ein Stück weit verstehen.

Ihm selbst erschien seine Schwester bereits völlig ausgelaugt und übermüdet, und natürlich musste man für eine Beziehung auch arbeiten, gemeinsam genügend Zeit verbringen. Verwirrt über diese für ihn bis vor Kurzem noch völlig fremden Gedanken, kniff Pietro die Augen zusammen. *Wo war das denn jetzt hergekommen? Eine Beziehung pflegen?* Bis jetzt hatte er dazu keinerlei Ambitionen verspürt, viel zu schnell hatte er sich mit einer Freundin gelangweilt. »Warte nur ab, bis die Richtige kommt«, hatte seine Mutter oft lachend erklärt – und er ihr natürlich kein einziges Wort geglaubt.

Und doch hatte sie recht gehabt. Um nicht länger darüber nachdenken zu müssen, dass die Richtige für ihn dummerweise absolut nicht die Richtige war, räumte er energisch Gläser und Teller ab und ließ nochmals prüfend den Blick über die Tische vor der Trattoria schweifen. Langsam leerten sich die Plätze, die Touristen wechselten nach dem Essen in die Bars am Hafen, die Einheimischen schlenderten langsam nach Hause. Nur die Brüggers aus Stuttgart saßen immer noch an ihrem Tisch, eben kam ihr Sohn Thomas zu ihnen. In diesem Moment entdeckte der hochgewachsene Deutsche ihn und winkte lächelnd. »Ciao, Pietro! Was für eine Überraschung.«

»Ciao, Thomas«, gab er erfreut über die angenehme Ablenkung von seinen trüben Gedanken zurück, »dich habe ich ja seit einer Ewigkeit nicht gesehen! Ich bin gleich bei dir.«

Genau wie Sofia kannte er Thomas ebenfalls seit ganz langer Zeit. Zwar war er als Kind, als der um einige Jahre Jüngere, nie so eng mit ihm befreundet gewesen wie sein Schwesterherz – die beiden hatten ihn wohl mehr als lästiges Anhängsel betrachtet, was Pietro früher schrecklich verärgerte. Dennoch hatte er den liebenswerten Typ, der jetzt schon länger nicht mehr am Gardasee Urlaub gemacht hatte, immer gern gehabt. Nicht einmal eine Minute später stand er mit einem eiskalten Bier vor Thomas, die beiden Männer umarmten sich freundschaftlich.

»Ich denke, so ein kühles Bier tut dir gut«, meinte Pietro mit einem breiten Grinsen.

Der andere grinste unter seinen kurzen blonden Locken zurück, doch im nächsten Moment wurde seine Miene ernst. »Wir haben uns ja noch gar nicht gesehen, seit … seit Elena gestorben ist …« Er räusperte sich. »Mir tut es schrecklich leid um deine liebe Mamma.«

»Danke«, sagte Pietro leise, und er spürte, wie Tränen in ihm aufstiegen.

Vor dem Tod seiner Mutter hatte er kaum geweint, auch nicht als Kind, höchstens Mal einen leichten Druck hinter den Augen verspürt, wenn seine Fußballmannschaft, der FC Bologna, eine Niederlage erlitt. Aber seit Elena nicht mehr existierte, fühlte er sich wie eine totale Heulsuse, so nah wie er neuerdings am Wasser gebaut war. Rasch wechselte er das Thema. »Und wie geht es dir? Glücklich verheiratet und vielleicht schon ein Baby, ein süßes bambino, unterwegs?«

Die Miene seines Gegenübers verdüsterte sich, und aus dem Augenwinkel bemerkte Pietro, dass die Brüggers nun ebenfalls unangenehm berührt schauten. Verwirrt strich sich Pietro über seine kurzen Haare. Hatte er irgendetwas Falsches gesagt?

»Kannst du ja nicht wissen«, meinte Thomas beschwichtigend, »ich bin seit Kurzem geschieden.« Er zuckte mit den Schultern. »Es hat leider nicht hingehauen. Aber vielleicht ist es besser, es früher als zu spät zu merken. Wir hatten keine Kinder, so ist alles recht unkompliziert über die Bühne gegangen.«

Pietro dachte zwar insgeheim, dass, dem zermürbten Gesichtsausdruck von Thomas nach zu urteilen, womöglich nicht alles so unkompliziert verlaufen sein konnte, behielt jedoch seine Meinung für sich. Mit einem – hoffentlich aufmunternden – Lächeln klopfte er dem anderen auf den Rücken. »Es geht immer wieder bergauf, glaub mir«, sagte er, kam sich jedoch mit diesem platten Satz sofort total albern vor.

Zum Glück stieg Thomas darauf ein. »Du sagst es. Jetzt habe ich auch endlich einen lang gehegten, heimlichen Traum wahrgemacht und werde hier am Gardasee bleiben, zunächst mindestens ein halbes Jahr«, erklärte er. »Mit meiner Firma habe ich bereits gesprochen, dass ich die meisten Projekte von hier aus betreuen kann. Ansonsten fliege ich eben ein bisschen rum.«

»Der Tapetenwechsel wird dir bestimmt guttun«, meinte Pietro, fügte dann mit ehrlicher Freude hinzu: »Und ich finde es toll, wenn wir uns dann öfters mal sehen könnten.« Inzwischen hatte er sich zu den Brüggers an den Tisch gesetzt. Ein rascher Rundblick bestätigte ihm, dass er sich durchaus eine kurze Pause gönnen konnte.

Thomas grinste ihn an. »Ja, das würde mich auch wirklich freuen.« Rasch blickte er sich um. »Ich hätte ja auch gedacht, dass Sofia hier im Lokal ist.«

»Vorhin hat sie noch die Gäste bedient«, mischte sich seine Mutter Evelyn ein, »aber dann hat ihr Freund sie abgeholt.« Sie bedachte ihren Sohn mit einem belustigten Blick. »Gib es nur zu, früher warst du schon ein wenig in das hübsche Mädel verknallt.«

»Unsinn!«, rief ihr Sohn lachend aus, wurde aber, wie Pietro bemerkte, tatsächlich ein wenig rot im Gesicht. »Okay, vielleicht ein bisschen.« Er zeigte mit zwei Fingern eine winzige Menge an, brachte damit den ganzen Tisch zum Lachen.

»Herrlich!«, rief sein Vater Leo aus, »da ist der Junge fast Mitte dreißig und immer noch verlegen wie ein Schulbub, wenn es um die schöne Sofia Mariani geht!«

Thomas verdrehte gespielt entnervt die Augen, alle lachten nur noch lauter, und am liebsten wäre Pietro noch länger in der fröhlichen Runde sitzen geblieben, die es geschafft hatte, dass er mal ein paar Minuten nicht an Beatrice dachte. Doch in der nächsten Sekunde deutete ihm ein Paar an einem anderen Tisch an, dass sie zahlen wollten.

»Va bene, ich komme sofort«, rief er ihnen zu und eilte in die Trattoria, um die Rechnung auszudrucken.

Auf dem Weg dorthin klingelte sein Handy. Ein wenig entnervt zog er es aus seiner Jeans und nahm das Gespräch an, ohne aufs Display zu schauen.

»Pronto! Hallo!«, meldete er sich, hörte jedoch im ersten Moment bloß ein Schniefen. »Was ist los?«, fragte er nun alarmiert, er hörte selbst, wie ängstlich seine Stimme dabei klang. Wieder kam keine Antwort, stattdessen wurde das Schniefen heftiger, gefolgt von einem offenkundig verzweifelten Stöhnen. »Hallo?«, probierte es Pietro noch einmal.

Endlich hörte er eine Stimme. »Es ist etwas Schlimmes passiert«, sagte sein Freund Alessandro am anderen Ende der Leitung unter Tränen, »etwas wirklich Schlimmes.«

Kapitel 3

Pietro musste erst einige Male schlucken, bevor er weitersprechen konnte. »Was ist denn los, Alessandro?«, fuhr er seinen Freund an, »du hast doch nicht etwa jemanden umgebracht?«

»Nein, natürlich nicht, du Esel!«, gab Alessandro offenkundig wirklich entsetzt zurück. Dann senkte er seine Stimme: »Ist Beatrice in deiner Nähe?«

Pietro sah sich um, konnte sie jedoch nirgends entdecken. Er hörte sie bloß gedämpft gemeinsam mit Francesco in der Küche lachen. »Nein, ist sie nicht«, sagte er, und gleichzeitig stieg ein mulmiges Gefühl in ihm hoch. Alessandro hatte doch hoffentlich nicht schon wieder etwas mit dieser Laura angefangen ... Bereits in der nächsten Sekunde betätigte jedoch sein Freund diesen Verdacht.

Die Worte sprudelten geradezu aus ihm heraus: »Laura und ich haben nach dem Büro bloß einen Kaffee zusammen in einer kleinen Bar getrunken. Ich wollte ihr sagen, dass es nie wieder vorkommen wird, dass wir noch mal – na ja, du weißt schon. Genau das habe ich auch getan, richtig entschlossen war ich. Mit ihren großen Augen hat Laura mich dabei angesehen und zustimmend genickt.«

»Klingt doch gut«, warf Pietro mit sarkastischer Stimme ein, da ihm längst klar geworden war, dass diese Geschichte noch lange nicht zu Ende war.

»Ja«, stöhnte Alessandro auf, »aber dann waren ihre Lippen an meinem Mund, und wir haben uns geküsst, konnten nicht mehr aufhören. Und keine zehn Minuten später lagen wir in Lauras Bett. Mensch, was bin ich bloß für ein Idiot!«

»Das kann man wohl sagen«, entgegnete sein Freund unbarmherzig, »dümmer geht es wirklich nicht. Und was willst du jetzt tun? Schluss machen?«

Alessandro gab ein grunzendes Geräusch von sich. »Natürlich!«

Für einen kurzen Moment hüpfte Pietros Herz vor Freude, doch bereits im nächsten Augenblick kam er sich recht niederträchtig vor. *Was hat das denn mit Liebe zu tun, wenn ich froh darüber wäre, dass meine Angebetete von ihrem Freund verlasen wird? Sie liebt den Mistkerl doch! Und ich möchte ja nicht, dass er Beatrice das Herz bricht.* Pietro wurde im nächsten Augenblick von Alessandro aus seinen Gedanken gerissen. Nein, er musste sich gar keine Sorgen machen, denn Alessandro hatte etwas ganz anderes gemeint.

»Im Prinzip muss ich ja gar nicht mit Laura Schluss machen, ich war nie mit ihr zusammen«, sagte er mit fast trotziger Stimme, »ich habe ihr nun auch noch einmal gesagt, dass es nie wieder passiert. Niemals.«

Unwillkürlich stöhnte nun auch Pietro auf. Natürlich. Niemals würde es wieder vorkommen. In seinen Augen war Alessandro in etwa so standfest wie ein Blatt im Wind. Plötzlich zuckte er erschrocken zusammen.

Beatrice stand direkt vor ihm und sah ihn mit zusammengekniffenen Augen an. »Alles gut bei dir?«, fragte sie verwundert, »du schaust schon wieder so seltsam drein.« Mit einer kleinen Grimasse deutete sie auf das Handy in seiner Hand. »Ist das Alessandro? Ich versuche schon seit Stunden, ihn zu erreichen.«

»Ach?«, gab Pietro mit, wie ihm selbst schien, schlecht gespielter Gelassenheit zurück. Er verstand auch nicht wirklich, warum sich nun seine Wangen knallrot färbten und die Hitze in ihm hochstieg. Aber als Mitwisser fühlte er sich nun mal auch verantwortlich. Himmel, was war Alessandro für ein Idiot! Wenn er den in die Finger bekäme!

»Pietro, was ist denn los mit dir?«, riss Beatrice ihn aus seinen wütenden Gedanken, »merkst du gar nicht, wie du die Zähne fletschst?«

»Äh? Tue ich das?«, tat er verwundert, während in ihm das Blut immer höher kochte. Er war richtiggehend erleichtert, als sein Vater plötzlich vor ihnen auftauchte.

»Pietro, du kannst schon alle Tische abwischen und langsam Schluss machen. Die restlichen Gäste habe ich inzwischen abkassiert.« Ein wenig herablassend zog Antonio eine Augenbraue in die Höhe. »Wenn sie auf dich hätten warten müssen, wäre sicher noch ein Frühstück drin gewesen.«

»Tut mir leid, Pappa«, murmelte Pietro und verzog das Gesicht, »ich bin kurz aufgehalten worden.«

Natürlich! Ausgerechnet sein Vater, der in letzter Zeit alles andere als freundlich zu den Gästen gewesen war, wollte ihm nun erklären, dass man diese nicht allzu lange warten lassen sollte. Als ob er das nicht selbst wusste!

Zum Glück beachtete ihn zumindest Beatrice jetzt nicht mehr. Diese hatte ihm, ohne, dass er es so recht mitbekommen hatte, das Telefon aus der Hand genommen und rief nun mit besorgter Stimme hinein: »Alessandro, was ist los mit dir? Ich dachte schon, es ist etwas Schlimmes passiert!«

Pietro sah, wie sie eine Weile stumm zuhörte, dabei runzelte sie immer mehr ihre hübsche Stirn. Schließlich sagte sie im mitfühlenden Ton: »Ach, du Armer! Das ist ja ärgerlich! Dein Chef könnte ruhig mal daran denken, dass auch du Feierabend brauchst. Diese endlosen Meetings erträgt doch kein Mensch! Und dann lässt er dir nicht mal Zeit, mich zu informieren!«

Pietro riss angesichts der frechen Märchen, die Alessandro seiner Freundin auftischte, die Augen weit auf. Inzwischen spürte er einen regelrechten Groll auf seinen Freund. Und wenn er ganz ehrlich zu sich selbst war, enttäuschte ihn Beatrice ein wenig. Wie konnte man denn diesen Unsinn glauben? Etwas naiv. Ein Meeting, was für ein Schwachsinn! Alessandro arbeitete im Büro einer Versicherungsfirma. Da war zwar viel zu tun, aber bis spät in den Abend zogen sich die Dienstbesprechungen so gut wie nie. Dafür kümmerte sich doch Alessandros Chef Enrico viel zu sehr um seine eigene Freizeit. Pietro erinnerte sich noch gut daran, wie sich sein Freund vor einiger Zeit über seinen Chef lustig gemacht hatte, weil der nach Dienstschluss gar nicht rasch genug auf seinem Segelboot sein konnte. Und Beatrice war dabei gewesen! Aber jetzt glaubte sie, ohne auch nur eine Sekunde lang zu überlegen, dass genau dieser gemütliche Segeltyp aus heiterem Himmel seine Mitarbeiter zwang, bis zum späten Abend im Büro zu hocken.

Doch plötzlich sah er eine Veränderung in Beatrices Gesicht. Sie strich sich nachdenklich über die Nasenspitze. »Seit wann ist Enrico denn so?«, fragte sie mit schwankender Stimme. »Sonst war er doch immer der Erste, der Richtung Freizeit geflattert ist.«

Doch nicht ganz so naiv, schoss es Pietro ein wenig erleichtert durch den Kopf.

Aber bereits in der nächsten Sekunde wurde er erneut enttäuscht. Offenbar hatte Alessandro die perfekte Erklärung für die unergründliche Verwandlung des faulen Chefs in ein fleißiges Bienchen parat. Ein Lächeln hatte sich auf Beatrices Gesicht ausgebreitet, und mit verliebter Stimme flötete sie ins Telefon: »Ich freue mich auch auf dich, cuore mio! Bis bald!«

Pietro konnte nun abermals nicht verhindern, dass er laut aufstöhnte. *Cuore mio, mein Herz*, nannte sie diesen Fremdgänger.

Noch immer mit einem seligen Lächeln auf den Lippen reichte sie Pietro das Handy, registrierte nicht, dass er rasch den Blick senkte, weil er ihr nicht in die Augen schauen konnte. Und in der nächsten Sekunde war sie Richtung Küche verschwunden.

Pietro wollte zu den Brüggers gehen, um auch bei diesen letzten Gästen abzukassieren, da spürte er auf einmal Antonios Hand auf seiner Schulter. »Mein Sohn«, sagte er leise und mit erstaunlich sanfter Stimme, »pass auf dich auf. Wenn du jetzt einen Schritt zurücktrittst, kannst du dir viel Kummer ersparen.«

Pietro schoss das Blut in den Kopf. Niemals hätte er vermutet, dass sein Vater angesichts seiner Trauer, in der er so tief versunken war, überhaupt etwas um sich herum mitbekam. Umso mehr rührte ihn diese Aufmerksamkeit, auch wenn sie ihn gleichzeitig erschreckte. War es ihm womöglich von der Stirn abzulesen, wie es um ihn stand? Zu gern hätte er mehr erfahren, doch Antonio hatte offenbar beschlossen, dass seine einfühlsame Sekunde nun vorbei war. Gepaart mit strengem Blick gab er ihm einen gar nicht mal so leichten Klaps auf den Rücken. »Ab mit dir zu den Brüggers! Dein alter Vater möchte ins Bett!«

»Mach ich«, erwiderte Pietro und schluckte dabei die Bemerkung hinunter, dass er doch genau wusste, wie wenig Ruhe sein Vater auch in dieser Nacht finden würde.

Denn wenn nicht ein kleines Wunder geschah, würde Antonio, anstatt zu schlafen, erneut wie ein Tiger im Käfig durch die dunkle Wohnung streifen und sich später unter Tränen einen Stapel Fotos von Elena ansehen. Als Pietro daran dachte, zog sich sein Herz voller Mitleid zusammen. Die meisten Menschen bekamen im Moment nur die muffelige Seite von Antonio zu spüren, aber Pietro wusste, wie weich dessen Herz in Wirklichkeit war. Zudem hatte er vor einigen Wochen nach einem Besuch in einer Nachtbar beschlossen, bei seinem Vater zu übernachten. Die Wohnung lag einfach näher bei der Bar, und Pietro war nicht mehr allzu sicher auf den Beinen unterwegs. Ohne Voranmeldung war er auf leisen Sohlen in die Wohnung seines Vaters geschlichen – den Schlüssel besaß er immer noch – und hatte seinen Vater schluchzend vor Elenas Fotos auf dem alten Sofa vorgefunden. Um drei Uhr nachts! Als Antonio seinen Sohn im Türrahmen stehend entdeckt hatte, war er wie von der Tarantel gestochen aufgesprungen und hatte sich hektisch die Tränen vom Gesicht gewischt. An seiner gesamten Körperhaltung war ersichtlich gewesen, dass er keinerlei Mitleid duldete, deshalb hatte sich Pietro mit einem knappen »Gute Nacht!« in sein ehemaliges Jugendzimmer getrollt.

Kurz nickte Pietro nun seinem Vater zu und ging dann eilig zum Tisch der Brüggers. Auf dem Weg dorthin stieß er um ein Haar mit einer Frau zusammen, die wilden Schrittes in das Lokal stürzte. Erst auf den zweiten Blick erkannte er seine Schwester. »Sofia! Was machst du denn hier?«, fragte er völlig verwirrt, »hast du etwas vergessen?«

Sofia legte den Finger auf die Lippen. »Bitte lass mich«, flüsterte sie.

Nun sah er, dass ihre Augen ganz rot waren, wie vom vielen Weinen. Instinktiv nahm er ihren Arm, doch sie schüttelte ihn ab. »Ich übernachte heute bei Pappa«, sagte sie mit tonloser Stimme, »morgen kann ich euch dann erzählen, was passiert ist. Ich wollte nur kurz Bescheid geben, damit unser Vater keinen Schreck bekommt, wenn er mich in der Wohnung findet.«

Pietro nickte mit einem kleinen Seufzer. Seiner Meinung nach brauchte man kein großer Hellseher zu sein, um zu wissen, dass es offenkundig Streit zwischen seiner Schwester und Matteo gegeben hatte. Obwohl er Sofia selten so aufgelöst gesehen hatte, bestand sicher kein Grund zur Sorge, denn Unfrieden gab es ja schließlich bei jedem Paar von Zeit zu Zeit. *Ärger im Paradies*, dachte er angesichts seines Single-Daseins selbstironisch. So eine innige Beziehung wie zwischen den beiden würde er sich auch wünschen. Mit Beatrice. Da würde ihn hin und wieder ein kleiner Disput, nach dem man sich ganz wunderbar versöhnen konnte, auch nicht stören. Noch halb in Gedanken versunken, trat er zur Seite, um Sofia vorbeizulassen.

Doch nun war Evelyn Brügger an sie beide herangetreten. »Sofia, wie schön, dass du noch einmal gekommen bist«, rief die Deutsche, die augenscheinlich nicht mitbekommen hatte, dass Sofia alles andere als in redseliger Stimmung war. »Thomas und du, ihr habt euch vorhin knapp verpasst. Aber er würde dich auch gern begrüßen.«

Neben ihr stand Thomas Brügger. Sein Gesicht spiegelte deutlich wider, dass ihm die ganze Situation sehr peinlich war. Freiwillig war er wohl nicht vom Tisch aufgestanden und auf Sofia zugestürmt. Und ihm war es auch nicht entgangen, dass es seiner Jugendfreundin nicht gut ging. »Hallo Sofia«, sagte er betreten, »du hast es bestimmt eilig. Wir werden uns in nächster Zeit sicher über den Weg laufen. Gute Nacht!«

»Ja, ganz gewiss«, mischte sich seine Mutter ein, »Thomas zieht doch für einige Monate nach Bardolino. Wird ihm gut tun nach seiner schlimmen Scheidung!«

Pietro bemerkte, wie Thomas knallrot anlief. Armer Kerl! Diese Evelyn war ein wenig zu eifrig dabei, Ablenkung für ihren geschiedenen Sohn zu suchen, dem das offenbar alles andere als lieb war. »Mama, es ist spät«, sagte er unwirsch und rollte mit seinen blauen Augen, »lassen wir Sofia endlich nach Hause gehen.«

In Richtung der Italienerin machte er eine entschuldigende Miene, bevor er ihr die Hand hinhielt. Sofia ergriff sie rasch, bemühte sich sogar um ein Lächeln. »Ciao, Thomas, schön dich zu sehen«, sagte sie mit zittriger Stimme. Verwundert registrierte sie, dass sie sich tatsächlich darüber freute, auch wenn es sich in ihrem aufgelösten Zustand eher wie eine in Watte verpackte Empfindung anfühlte. In der nächsten Sekunde war diese jedoch wieder weggespült, und sie spürte, wie ihr erneut die Tränen hochstiegen. Wenn sie nicht bald von hier verschwand, würde sie vor den Brüggers noch zu heulen beginnen wie ein Kleinkind. »Es war ein langer Tag«, begann sie zaghaft, weil sie nicht unhöflich erscheinen wollte.

»Natürlich«, sagte Evelyn, »aber ich dachte, jetzt wo du hier bist, könnten wir noch ein letztes Glas zusammen trinken …«

»Nein, das können wir nicht«, unterbrach Thomas seine Mutter brüsk, »es ist Feierabend.«

Er nickte Sofia, von der er einen dankbaren Blick auffing, noch kurz zu, dann zog er seine Mutter zum Tisch zurück, an dem sein Vater eben bei Pietro bezahlte. Bevor die Brüggers noch mal auf die Idee kommen konnten, sie anzusprechen, huschte Sofia in die Trattoria, um mit ihrem Vater zu sprechen. Da er nun gleich sein Lokal schließen würde, konnten sie schließlich gemeinsam das kurze Stück zu seiner Wohnung laufen.

»Willst du erzählen, was bei euch los war?«, fragte Antonio sie kurz darauf, als die beiden gemeinsam durch die ziemlich leeren nächtlichen Straßen liefen.

Ihr lief plötzlich ein kalter Schauer den Rücken hinab, bibbernd zog sich Sofia die Strickjacke enger um die Schultern. Vorhin hatte sie ihrem Vater gegenüber nur kurz einen Streit zwischen Matteo und ihr erwähnt. Aber diese Erklärung war wohl wenig befriedigend gewesen. Noch nie war sie in Tränen aufgelöst bei ihren Eltern angekommen. Noch nie hatte sie sich mit Matteo auch derart gestritten, bislang. *Zumindest nicht wegen essenzieller Dinge. Und nun gleich das große Aus*, schoss es ihr bitter durch den Kopf. Laut sagte sie, und dabei hörte sie ihre eigene Stimme wie von ganz weit her: »Matteo hat mit mir Schluss gemacht. Er möchte in Deutschland arbeiten. Vorerst. Und dann vielleicht ganz woanders auf der Welt. Da bin ich für ihn nur ein Klotz am Bein.«

Bei den letzten Worten stiegen erneut Tränen in ihr auf, noch mehr, als sie Antonios Hand spürte, die ihre drückte. »Ach, meine kleine principessa«, sagte er mit einem tiefen Seufzer, »das kann er unmöglich ernst meinen. Ihr zwei versteht euch doch viel zu gut.« Ruckartig blieb er stehen und nahm seine Tochter in den Arm. Sofia schluckte mehrmals, auch vor Verwunderung. Diese plötzliche Zärtlichkeit sah ihrem Vater, der seit Elenas Tod körperliche Berührungen geradezu zu hassen schien, gar nicht ähnlich. Wäre die Situation nicht gar so traurig gewesen, hätte sie sich sogar darüber gefreut. Da blitzte bei dem unleidlichen Brummbären doch glatt ein Stück des alten Antonios durch.

»Er hat sehr überzeugt gewirkt, als er das gesagt hat«, flüsterte sie, »so, als ob er sich nun viel freier fühlen würde.« Mit voller Wucht traf Sofia die Erkenntnis, wie achtlos Matteo ihre Beziehung wegwarf. Die letzten Jahre, in denen sie der Meinung gewesen war, sie würden immer mehr zusammenwachsen – alles bedeutungslos. Sie taumelte leicht, war nun froh, dass ihr Vater sie immer noch festhielt.

»Er weiß nicht, was er tut, was er sich damit selbst antut«, sprach dieser weitere tröstliche Worte, »vermutlich hat ihn der Tod deiner Mutter, die Trauer, die seitdem in unserer Familie herrscht, auch sehr mitgenommen. Aber schon morgen wird er merken, dass er heute völligen Unsinn gesprochen hat.« Antonio rückte ein Stück von seiner Tochter weg, kniff sie sanft in die Wange, so als ob sie noch ein kleines Mädchen wäre. »Schlaf eine Nacht darüber. Morgen sieht die Welt schon ganz anders aus.«

Von jedem anderen hätte sie den letzten Satz als leere Floskel empfunden. Aber von ihrem Pappa klang er tatsächlich äußerst tröstlich. Und vermutlich hatte er sogar recht. Matteo hatte es bestimmt gar nicht ernst gemeint, und ganz sicher würden sie sich bereits am nächsten Tag wieder versöhnen und einen gemeinsamen Weg finden. Ein wenig zuversichtlicher nickte sie, lehnte, während sie beide langsam weiterliefen, ihren Kopf leicht an die Schulter ihres Vaters. Auf keinen Fall durfte sie an das Schlimmste denken. Bis jetzt hatten Matteo und sie sich gut verstanden, das, was sie gemeinsam hatten, durfte nicht so leicht in die Brüche gehen. Völlig ausgelaugt vom vielen Weinen, strich sie sich über die Augen und konnte es nun kaum mehr erwarten, ein paar Stunden Schlaf zu bekommen.

Am nächsten Morgen dann kam Sofia die Auseinandersetzung mit Matteo fast wie ein schlechter Traum vor. Die Worte ihres Vaters hatten sie tatsächlich getröstet, und auch wenn ihr vor dem Einschlafen noch etliche Tränen die Wangen hinuntergeronnen waren, hatte sich so was wie Hoffnung in ihr breitgemacht. Ganz sicher: Ihr Pappa hatte recht gehabt, Matteo konnte es unmöglich ernst meinen, mit ihr Schluss zu machen. Dafür verstanden sie sich viel zu gut, besaßen eine Beziehung, die weitestgehend harmonisch war. Und wirklich, als Sofia am Morgen auf ihr Handy schaute, wurde da tatsächlich eine Nachricht ihres Freundes angezeigt: »Gioia mia, mein Schatz! Bitte verzeih mir! Ich muss gestern völlig den Verstand verloren haben, als ich von Trennung gesprochen habe. Ich liebe dich, und du hattest völlig recht, dass wir zusammen eine Lösung finden werden. Vielleicht war ich wegen Nürnberg total durcheinander, dort zu arbeiten, ist ein wahnsinnig großer Wunsch von mir. Kannst du mir verzeihen? Dein stupido, wirklich dummer, aber dich über alles liebender Matteo.«

Sofia war, nachdem sie diese Zeilen gelesen hatte, ein riesiger Felsbrocken vom Herz gefallen. Und sofort hatte sie geantwortet: »Wir finden eine Lösung für uns zwei. Ti amo. Ich liebe dich auch, deine Sofia.«

Auf die Idee, dass sie sich angesichts seines verletzenden Verhaltens vom Vortag auch ein wenig kühler hätte geben können, kam Sofia nicht. Ihrer Meinung nach ergab es absolut keinen Sinn, die beleidigte Prinzessin zu spielen. Stattdessen war sie froh darüber, dass Matteo und sie ein Paar blieben. *Vielleicht ist es sogar ein gutes Zeichen für uns*, musste sie denken, als sie später am Morgen in der Touristeninformation angekommen war und sich hinter ihren Schreibtisch setzte, *wir sollten unbedingt mehr miteinander reden*. Entschlossen nickte sie, sodass ihre Kollegin Angelina sie fragend ansah.

»Ist alles in Ordnung mit dir?«, rief sie von ihrem Schreibtisch zu ihr hinüber.

»Na ja, ich hatte gestern keinen wirklich guten Abend«, antwortete Sofia wahrheitsgemäß und seufzte auf.

Mit der etwa gleichaltrigen Angelina konnte man so herrlich lachen und und auf ihr Einfühlungsvermögen zählen, wenn man einen schlechten Tag hatte. Im Lauf der Jahre waren aus den Arbeitskolleginnen enge Freundinnen geworden, auch wenn Angelina im Gegensatz zu Sofia kein Beziehungstyp war, sondern ihr Single-Leben in vollen Zügen genoss. Dennoch fühlte sich Sofia immer sehr gut verstanden, wenn sie Angelina manchmal von kleinen Unstimmigkeiten mit Matteo erzählt hatte. Auch diesmal sah sie gar keinen Grund, Angelina ihre Beziehungskrise, die ja jetzt hoffentlich vorbei war, zu verschweigen.

Nachdem Sofia dann von Matteos schlimmer Offenbarung am Abend und seinem schnellen Rückzieher am Morgen erzählt hatte, wirkte ihre Freundin, die ziemlich direkt sein konnte, jedoch nicht recht überzeugt. »Komisch, dass er gleich vom Schlussmachen spricht«, sagte sie, während sie sich durch ihre kurzen dunklen Haare fuhr, »ihm muss doch klar sein, dass er dich damit furchtbar verletzt.«

Instinktiv hätte Sofia ihren Freund am liebsten sofort verteidigt, aber nach kurzem Überlegen musste sie Angelina recht geben. »Ja, seine Aussage war tatsächlich ziemlich kränkend. So ganz verstehe ich es ja selbst nicht. Aber er muss wohl sehr unglücklich gewesen sein. Sein Traum, sich als Tierarzt zu verwirklichen, schien für ihn zu platzen, wenn er allein auf mich Rücksicht nimmt.«

Angelina kniff zweifelnd die Augen zusammen. Sofia merkte selbst, dass sie Matteo jetzt doch verteidigte. Ein wenig hilflos zuckte sie mit den Schultern. »Vielleicht hat ja jeder mal solche seltsamen Anwandlungen, wenn einem alles über den Kopf wächst.«

Nun konnte sich die andere offensichtlich nicht mehr zurückhalten. Zuerst schnaubte Angelina entrüstet auf, dann legte sie los: »Gut, du kannst jetzt sagen, dass ich bereits ewig Single bin und deshalb keine Ahnung von Beziehungen habe. Aber was heißt hier ›über den Kopf wachsen‹? Du bist doch diejenige, die sich zerteilen muss, um alles zu schaffen! Tagsüber arbeitest du hier und danach hetzt du in die Trattoria deines Vaters!« Sie warf Sofia einen provokanten Blick zu. »Ich bin mir sicher, du hast bereits ein schlechtes Gewissen, wenn du ein paar Minuten am Hafen sitzt und aufs Wasser schaust!«

Ertappt senkte Sofia den Blick. Sicher, ihre Freundin hatte recht. Im Moment mutete sie sich wahrscheinlich ein wenig viel zu. Aber das hieß ja noch lange nicht, dass nicht auch Matteo darunter litt. In letzter Zeit hatten sie nur noch wenig miteinander gesprochen, bloß über Alltägliches. Da war natürlich keinerlei Raum für ihn geblieben, ihr von seinen beruflichen Wünschen zu erzählen. »Für Matteo ist es bestimmt auch nicht einfach, mit der schwierigen Situation in meiner Familie umzugehen«, wagte sie einen neuerlichen Verteidigungsversuch, »da kann man auch schon mal einen Fehler machen.«

»Wenn du meinst«, sagte Angelina in zweifelndem Ton, bevor sie sich demonstrativ ihrem Bildschirm zuwandte. In der nächsten Sekunde sprang sie jedoch auf, lief zu der auf ihrem Schreibtischstuhl nun ziemlich geknickt dasitzenden Sofia und umarmte sie. »Es tut mir leid, wenn ich so eine Unke bin!«, rief sie stürmisch aus und drückte Sofia noch ein wenig fester an sich. »Du kennst deinen Matteo am besten und weißt, woran du bei ihm bist.«

Als Angelina sie endlich losließ, stand Sofia mit einem schwachen Lächeln auf. »So einfach lasse ich Matteo natürlich nicht davonkommen. Heute Abend setzen wir uns zusammen und reden noch mal darüber.« Leise seufzte sie auf. »Mein Vater wollte auf keinen Fall, dass ich in die Trattoria komme.«

»Und das schaffst du?«, fragte Angelina mit einem Augenzwinkern nach.

»Ehrlich gesagt nur schwer«, musste Sofia lachen, »seit einiger Zeit hat man ja Angst, dass er die Gäste auffrisst, wenn sie sich nur mal räuspern. Aber er hat mir vorhin hoch und heilig geschworen, dass er heute besonders freundlich und geduldig sein wird.«

»Das ist doch schon mal ein Anfang«, sagte ihre Freundin sichtlich amüsiert, »vielleicht hat es ja sogar etwas Gutes, wenn du dich mehr um deine eigenen Probleme kümmern musst: Dein Vater hat sich dann ebenfalls zu bemühen, dass die Trattoria gut weiterläuft. Er ist doch nicht dumm und möchte schon allein wegen euch Kindern das Lokal, das Lebenswerk von Elena und ihm, nicht aufs Spiel setzen.«

»Da könnte was Wahres dran sein«, murmelte Sofia, an diese Möglichkeit hatte sie noch nie gedacht. Sie hatte es mit ihrer Unterstützung immer nur gut gemeint, aber vielleicht dadurch ihrem Vater auch ein bisschen zu viel an Verantwortung abgenommen – und es ihm so nur noch einfacher gemacht, sich gehen zu lassen. Weiter kam sie nicht in ihren Überlegungen, denn plötzlich öffnete sich die Tür der Touristeninformation.

»Jetzt sieh mal an!«, rief Angelina und pfiff anerkennend durch die Zähne.

Ein verschwitzter Bote stand vor ihnen und hielt einen gewaltigen Strauß roter Rosen in der Hand. »Frau Mariani, können Sie hier bitte unterschreiben?«, wandte er sich an Sofia und hielt ihr ein elektronisches Gerät vor die Nase, auf dessen Display sie mit einem Stift ihren Namen hinkritzeln sollte.

Sie hatte nur kurz Zeit, um einen Blick auf das Kärtchen zu werfen, welches zwischen den Blumen steckte. »Bitte verzeih mir. Ti amo. Ich liebe dich, dein Matteo.«

Gerührt blinzelte sie ein paar Tränen weg, konnte es gar nicht fassen, dass ihr Liebesglück scheinbar wiederhergestellt war. Als der Blumenbote hinauseilte, stieß er fast mit einem älteren Paar zusammen, das soeben die Touristeninformation betreten hatte. Schnell wischte sich Sofia mit dem Handrücken über die Augen und setzte ein herzliches Lächeln auf. »Buon giorno, guten Tag, was kann ich für Sie tun?«

Die Frau mit den kurzen grauen Löckchen sah sie fragend an. »Sprechen Sie deutsch?«, fragte sie unsicher.

»Ein bisschen. Ich werde mich bemühen«, erwiderte Sofia und wunderte sich selbst, wie einfach ihr heute die deutschen Worte über die Lippen gingen. Womöglich ein gutes Omen für ihre Zeit in Nürnberg, falls Matteo wirklich dorthin ziehen wollte. Aber jetzt musste sie sich um die beiden Urlauber kümmern, die eigentlich bis in die Toskana fahren wollten, nun aber spontan am Gardasee eine Zwischenstation eingelegt hatten.

»Egon und ich sind auf der Autobahn gefahren, und plötzlich ist der Gardasee neben uns aufgetaucht. Wie das reinste Paradies. Da mussten wir einfach anhalten«, schwärmte die Frau.

Ihr Mann ergänzte: »In der Toskana hatten wir auch noch nichts gebucht, also sind wir völlig frei in unserer Urlaubsgestaltung. Drei Nächte würden wir hier in Bardolino bleiben wollen.« Er schaute seine Frau an. »Stimmt's, Martha?«

Die Frau nickte und warf einen abwartenden Blick zu Sofia. Diese nickte ebenfalls, dachte aber bei sich, dass es ziemlich unbekümmert, wenn nicht sogar ein wenig blauäugig war, im Juni einfach aufs Geratewohl an den Gardasee zu fahren. Wie auch in die Toskana, wohlgemerkt. Die halbe Welt schien zu dieser Zeit, in Italien Urlaub zu machen, und die meisten Hotels und Pensionen waren bereits seit Langem ausgebucht. Wie in der Redewendung krempelte sie nun wortwörtlich die Ärmel ihrer zartrosafarbenen Bluse hoch und befragte, flink auf die Tastatur einhämmernd, ihren Computer nach freien Hotelzimmern. Wie immer machte es ihr einen Riesenspaß, die verschiedenen Möglichkeiten auszuloten. Natürlich würde sie ihr Bestes geben, ein nettes Quartier für die beiden rüstigen Mittsiebziger zu finden. Und wirklich, trotz der überfüllten Hotels und Pensionen, landete sie nach wenigen Minuten einen Treffer. »Im Hotel Rosalia ist noch ein einziges Doppelzimmer frei. Es liegt in der Nähe des Hafens und ist wirklich entzückend«, erklärte sie, während sie auf dem Bildschirm rasch das Angebot überflog.

Die ältere Frau wirkte regelrecht euphorisch. »Ja, das nehmen wir!«, rief sie laut aus, auch der in Sofias Augen durchaus moderate Preis wurde von ihr und ihrem Mann positiv aufgenommen.

Als die Buchung abgeschlossen war, fasste sich der glatzköpfige Mann an die Brust und atmete theatralisch auf. »Da haben wir wohl noch mal Glück gehabt. Das nächste Mal sollten wir besser im Vorhinein buchen.«

»Das würde ich Ihnen allerdings auch raten«, sagte Sofia mit gespielter Strenge, »sonst könnte es womöglich eng werden.« Mit einem breiten Grinsen setzte sie nach: »Aber so ein bisschen Abenteuerlust ist auch nicht zu unterschätzen.«

Die Frau kicherte wie ein junges Mädchen. »Nicht wahr? Mit meinem Egon wird es seit über fünfzig Jahren nie langweilig!«

Die beiden warfen sich einen innigen Blick zu, so dass es Sofia plötzlich ganz warm ums Herz wurde. »Sie sind ein wunderhübsches Paar. Schön, wenn man sich nach vielen Jahren noch so gut versteht«, seufzte sie dermaßen selig auf, dass sie sich gleich darauf lächerlich vorkam.

Doch die beiden älteren Leute schienen sich über das Kompliment ehrlich zu freuen. Der Mann legte seinen Arm auf die Schultern der

Frau und strahlte übers ganze Gesicht. »Ja, wir zwei haben uns so richtig gefunden.«

»Dabei sah es zu Beginn eher danach aus, als ob es mit uns gar nicht funktionieren würde«, warf seine Frau ein.

Sofia blinzelte überrascht, nur zu gern hätte sie mehr über den steinigen, jedoch sicher wunderbar romantischen Beginn dieser Liebesgeschichte erfahren, aber inzwischen waren noch andere Leute in die Touristeninformation gekommen. Um die erste Kundin kümmerte sich sogleich Angelina, aber eine zweite Frau, eine schick gekleidete Enddreißigerin mit langen, sehr hellblond gefärbten Haaren, die hinter Martha und Egon auf ihren Füßen hin und her wippte, erschien Sofia arg ungeduldig. So überreichte sie dem Ehepaar rasch die Reservierung für das Hotel Rosalia, wünschte den beiden noch einen wunderschönen Urlaub und verabschiedete sich. Als Egon bereits die Türklinke in der Hand hielt, rief Angelina dem Paar nach: »Sie müssen unbedingt einmal die Trattoria ›A Elena‹ in der Via San Martino besuchen. Die Pasta dort ist sagenhaft!«

Prompt stieg Hitze in Sofia auf. *Himmel, warum musste ihre Freundin denn plötzlich Werbung für das Lokal ihrer Familie machen! Einfach zu peinlich!* Selbst sie würde das bei aller Liebe zu ihrem Pappa niemals tun. Doch Angelina fand offenbar rein gar nichts dabei, deutete nun auch noch mit einem schelmischen Grinsen auf Sofia: »Wenn Sie Glück haben, treffen Sie dort sogar meine Kollegin hier! Die gemütliche Trattoria gehört ihrem Vater.«

Das Ehepaar wirkte ehrlich angetan. »Vielen Dank für den Tipp! Da gehen wir gleich heute Abend hin.«

»Bitte fühlen Sie sich keinesfalls genötigt!«, sagte Sofia nun mit knallrotem Kopf.

Er glühte noch mehr, wenn das überhaupt möglich war, als sie nun bemerkte, dass auch die anderen Urlauber, die in die Touristeninformation gekommen waren, eifrig Notizen auf ihren Smartphones zu machen schienen. Sofia warf Angelina einen bösen Blick zu, worauf diese zumindest verstummte und sich der Touristin zuwandte, die sich nach einem Tretbootverleih erkundigte. Rasch winkte Sofia noch dem Ehepaar zu, die beiden traten nun mit erstaunlich federnden Schritten auf die Straße. Danach gab sie der eleganten Blondine Restauranttipps für Lazise, einem südlichen Nachbarort von Bardolino.

»Oh, gar nicht mal so übel«, sagte die Urlauberin ein wenig von oben herab, warf dabei ihre langen hellblonden Haare in den Nacken, als Sofia ihr mehrere Ausdrucke mit Restaurantadressen samt Bewertungen in die Hand drückte. »Ich hatte schon ein wenig befürchtet, dass Sie mir nur Infos für Bardolino direkt geben würden.« Ein wenig angewidert verzog sie das Gesicht. »Und womöglich nur für die Trattoria Ihres Vaters.«

»Keine Sorge, Vetternwirtschaft liegt mir überhaupt nicht«, gab Sofia mit professionellem

Lächeln zurück. Kurz musste sie daran denken, was geschehen würde, wenn diese zickige Frau und ihr Vater aneinandergerieten. Unwillkürlich zuckte sie zusammen und fuhr dann unter den erstaunten Blicken der Urlauberin fort: »Auch die anderen Orte am Gardasee sind entzückend. Und Lazise hat einen wirklich hübschen Hafen.« Sie deutete auf eines der Restaurants auf einem Blatt. »Dieses Lokal hier liegt direkt am Hafen und kann mit grandiosen Fischgerichten aufwarten.«

Mit prüfendem Blick schaute die Urlauberin auf das Papier. »Hm, das Lokal könnte funktionieren. Es wirkt ziemlich ansprechend.«

»Schön«, sagte Sofia, der die Frau zunehmend auf die Nerven ging.

Auch wenn sie im Büro immer mal wieder mit anstrengenden Urlaubern zu tun hatte und ein gutes Händchen für sie besaß, war sie doch jedes Mal froh, wenn sich herablassende Kunden rasch wieder verabschiedeten. Doch diese Urlauberin schien leider noch nicht vorzuhaben, wieder zu gehen. »Lazise wurde mir sehr empfohlen«, sagte sie, fügte dann belehrend, fast als ob sie hier die Einheimische wäre, hinzu: »Lazise ist übrigens die Partnerstadt einer deutschen Stadt.«

»Ja, Rosenheim, einer Stadt in Südbayern, ich weiß«, konnte sich Sofia mit einem zuckersüßen Lächeln nicht zurückhalten. »Ebenfalls eine sehr hübsche Stadt, die Sie unbedingt besuchen sollten, wenn Sie dort in der Nähe sind.«

Offensichtlich enttäuscht, weil sie nun nicht mehr mit ihrem Wissen prahlen konnte, rümpfte die Urlauberin die Nase. »Mal sehen. Aber zunächst ist mal Lazise dran.« Sie senkte die Stimme, sprach jedoch immer noch so laut, dass man sie ohne Probleme im gesamten Büro der Touristeninformation hören konnte: »Ich muss nach Lazise ausweichen, weil mein Mann nichts von meinem Abendessen dort mit einem wirklich interessanten Mann erfahren soll.« Vieldeutig zwinkerte sie Sofia zu.

Der reichte es nun endgültig. »Dann haben Sie ein schönes Essen und einen wunderbaren Urlaub!«, sagte sie ein wenig schroff zu der Frau und winkte den Nächsten heran.

Dass die mitteilungsbedürftige Blondine nun beleidigt die Lippen schürzte, bemerkte Sofia nicht. Nun ja, fast nicht.

Kapitel 4

Kaum war sie in ihrer Mittagspause auf die Straße getreten, wärmte der strahlende Sonnenschein ihren Körper. Immer noch fühlte Sofia sich von dem Streit mit Matteo und den vielen Tränen, die sie danach vergossen hatte, wie gerädert. Auch wenn sie sich wiederholt sagte, dass es völlig normal war, wenn es in einer Beziehung mal krachte, wollte das schale Gefühl in ihrer Magengegend nicht völlig verschwinden. Trotz der fantastischen roten Rosen, trotz Matteos Liebesschwüren. Mit gesenktem Kopf schlenderte sie die Straße entlang auf dem Weg zu dem kleinen Bäcker, der wunderbar duftig leichte Tramezzini-Brötchen mit Käse und Schinken anbot. Ihr Appetit war zwar im Moment praktisch nicht vorhanden, aber Angelina hatte vorhin ein Machtwort gesprochen: »Wenn du vor lauter Schwäche hier an deinem Schreibtisch zusammenbrichst, lasse ich dich einfach liegen und steige zum Feierabend über dich drüber.«

»Das würdest du nicht tun!«, hatte Sofia unwillkürlich grinsend zurückgegeben.

Angelina hatte die Augen zusammengekniffen und gemeint: »Darauf würde ich mich an deiner Stelle lieber nicht verlassen – also geh besser etwas zu Mittag essen.«

Tja, Sofia hatte sich also geschlagen gegeben – und wie zur Bestätigung meldete sich ausgerechnet jetzt ihr Magen und knurrte lautstark. Peinlich berührt schaute sie sich um, ob es irgendjemand bemerkt hatte, musste gleich darauf über sich selbst schmunzeln. Jetzt zur Mittagszeit wuselte es in den Straßen geradezu vor Menschen, da fiel ihr rebellischer Magen nun wirklich keinem auf.

Gerade als sie schneller laufen wollte, tippte ihr jemand von hinten auf die Schulter. Abrupt drehte sie sich um, schaute gleich darauf in die auffallend blauen Augen von Thomas Brügger. Gleichzeitig bemerkte sie seine betretene Miene. »Oh, entschuldige, ich habe dich wohl erschreckt«, sagte er mit einer zerknirschten Grimasse und trat einen Schritt zurück.

»Nein, nein, so ein schreckhaftes Reh bin ich nicht«, gab sie zurück, und wie von selbst huschte ein amüsiertes Lächeln über ihre Lippen. Einige Sekunden lang schauten sie sich stumm in die Augen, dann gab sich Sofia einen Ruck. »Es tut mir leid, dass ich gestern so kurz angebunden war, mein Freund und ich hatten zuvor einen kleinen Streit gehabt.« Eine Sekunde lang war sie über ihre eigenen Worte verblüfft. Thomas und sie hatten sich seit Ewigkeiten nicht mehr gesehen – und sofort gab sie Details aus ihrer Beziehung preis. Wie peinlich! Doch vielleicht lag es einfach daran, dass sie in jungen Jahren so gut befreundet gewesen waren. Ein angenehmes, warmes Gefühl breitete sich in ihrer Brustgegend aus, und einigermaßen verlegen fügte sie hinzu: »Nichts Ernstes. Heute ist alles wieder in bester Ordnung.«

»Das tut mir leid.« Sofort verbesserte er sich: »Der Streit tut mir natürlich leid. Nicht, dass ihr euch wieder versöhnt habt.«

Sofia musste lachen, gleich darauf fühlte sie jedoch wieder diesen unangenehmen Druck in der Magengegend. So richtig wollte ihr Körper offenbar nicht daran glauben, dass zwischen Matteo und ihr alles wieder gut werden würde. »Das hatte ich mir schon gedacht«, sagte sie jedoch betont heiter, »du warst doch noch nie ein Bösewicht!«

Jetzt lachte auch Thomas, zog sie ein Stück zur Seite, da sie beide, so, wie sie in der Mitte der kleinen Straße standen, immer wieder von Fußgängern angerempelt wurden. Einige Schritte weiter im Schatten der Markise eines kleinen Cafés zwinkerte er ihr zu. »Freut mich, dass ich einen guten Eindruck bei dir hinterlassen habe.«

»Hast du«, bestätigte Sofia immer noch mit fröhlicher Stimme, dann fügte sie ernster hinzu: »Gestern war ich wirklich ziemlich durch den Wind, sonst hätte ich es natürlich gleich gesagt: Das mit deiner Scheidung tut mir sehr leid.«

Thomas' eben noch so funkelnde blaue Augen schienen schlagartig, ihren Glanz zu verlieren. Über sich selbst verärgert, biss sich Sofia auf die Unterlippe. *Mist, das habe ich ja hervorragend hingekriegt, die eben noch gute Laune zu ruinieren!* »Scusa, ich hätte nicht davon anfangen sollen«, beeilte sie sich, zu sagen, und strich nervös ein langes Haar, das sich in ihren Wimpern verfangen hatte, aus dem Gesicht, »du kannst mir gern den ersten Preis fürs Ins-Fettnäpfchen-Treten verleihen.«

»Ach, komm. Du bist einfach nur aufmerksam«, sagte Thomas mit einem freundlichen Lächeln, »es hat ohnehin keinen Sinn, wenn man das Thema totschweigt.«

Mit dem Kopf deutete er auf das Straßencafé. »Hast du Lust, gemeinsam eine Kleinigkeit zu essen? Dann kann ich dir kurz erzählen, was bei mir so geschehen ist.«

Sofia warf einen schnellen Blick auf ihre Armbanduhr, dann seufzte sie ehrlich bekümmert auf. »Tut mir leid, Thomas, ich muss gleich wieder zurück ins Tourismusbüro. Ich wollte mir nur rasch etwas vom Bäcker holen.«

»Kein Problem«, sagte Thomas, »wir werden demnächst bestimmt einmal Zeit finden, um in Ruhe ein wenig zu plaudern.«

»Auf jeden Fall«, erklärte Sofia im Brustton der Überzeugung, »komm doch einfach mal im Tourismusbüro vorbei, dann machen wir etwas aus.«

»Va bene, gute Idee«, rief Thomas wie ein richtiger Italiener, umarmte sie kurz, bevor er mit weit ausholenden Schritten schnell um die nächste Ecke verschwand.

Sofia blinzelte verwirrt. Huch! Sie hatte sich gar nicht richtig von ihm verabschiedet. *Jetzt habe ich ihn einfach abgewiesen. Ich wäre gern mit ihm Essen gegangen. Dann hätte Thomas mir sein Herz ausschütten können. Wozu hat man denn Freunde*, schoss es ihr durch den Kopf, während plötzlich Tränen in ihren Augen schwammen.

Sicher, Thomas und sie hatten sich seit Jahren nicht mehr gesehen, aber als Kinder waren sie, sobald der blonde Junge in den Sommerferien in Bardolino angekommen war, unzertrennlich gewesen. *Wenn ich mich mit ihm treffe, werde ich mir viel Zeit nehmen*, munterte sie sich im Stillen auf und straffte dabei den Rücken.

Vielleicht würde sie Thomas einen Segelausflug auf den Gardasee vorschlagen. Eine prima Idee, wie sie fand. Auf dem Wasser konnte man einfach wunderbar die Seele baumeln lassen – und sich auch so einiges von der besagten Seele reden. Etwas besser gestimmt, lief Sofia weiter die kleine Straße entlang, bis sie beim Bäcker angekommen war. Dort bestellte sie einige Stücke von den fantastisch aussehenden Tramezzini. Nicht nur für sich, sondern auch für Angelina, die sich bereit erklärt hatte, die letzte Stunde allein in der Touristeninformation Dienst zu machen. »Du gehst heute früher los«, hatte sie vorhin mit Nachdruck erklärt, »es wird höchste Zeit, dass du mit Matteo eure Beziehung klärst.«

Dabei hatte sie ziemlich betrübt ausgesehen, was Sofia ebenfalls erneut nachdenklich gemacht hatte. Auch jetzt an der Theke des Bäckers ging ihr Angelinas Miene nicht aus dem Kopf. *Sie traut Matteo nicht*, musste Sofia denken – und schob den Gedanken, dass sie selbst ein wenig das Vertrauen in ihren Freund verloren hatte, hastig zur Seite.

Thomas Brügger hatte es nicht besonders eilig, zurück in seine Wohnung zu kommen, in der er sich eine kleine, jedoch recht behagliche Büroecke eingerichtet hatte. Stattdessen nahm er den längeren Weg über die Seepromenade und ließ dabei immer wieder den Blick übers Wasser schweifen. Erstaunt darüber, dass in den blauen Wellen Sofias braune Augen auftauchten, blinzelte er einige Male. Doch bereits nach kurzer Zeit sah er erneut Sofias Gesicht vor sich. *Du hast dich doch wohl nicht schon wieder in sie verknallt wie damals als Teenager*, musste er über sich selbst belustigt denken.

Natürlich meinte er das nicht ernst, für ihn war Sofia einfach eine liebe Jugendfreundin, nicht mehr – obwohl sie, wie er nicht verleugnen konnte, ihm jetzt noch hübscher erschien, als sie es damals als junges Mädchen schon gewesen war. Vielleicht lag das auch an ihrer herzlichen Art, die ihm das Gefühl vermittelte, ihre letzte Begegnung läge nur wenige Tage und nicht Jahre zurück. Ihm waren jedoch auch nicht die dunklen Schatten unter ihren großen braunen Augen entgangen, die seiner Meinung nach nicht allein von dem Streit mit ihrem Freund herrührten. Mit einem jähen Seufzer dachte Thomas an Elenas traurigen Tod, der wohl die gesamte Familie erschüttert hatte. Er selbst behielt die italienische Wirtin als stets freundliche Frau in Erinnerung, welche ihm, dem kleinen Jungen aus Stuttgart, gern mal ein Eis spendiert hatte.

Thomas war noch immer eine Begebenheit vor Augen geblieben: Mit seinen Eltern war er als Achtjähriger zum Mittagessen in die Trattoria gekommen, doch wie immer hatte er mehr Lust, mit Sofia herumzutoben, als artig am Tisch zu sitzen. Irgendwann war seiner Mutter, die zuweilen recht streng sein konnte, der Kragen geplatzt, und sie hatte ihn am Ärmel geschnappt, als er gerade laut juchzend an ihr vorbeigeschossen war. »Wirst du dich endlich mal hinsetzen!«, hatte sie ihn angefahren, während ihm angesichts ihres harten Griffs an seinem Oberarm Tränen in die Augen gestiegen waren. Plötzlich hatte Elena vor ihnen gestanden und begütigend eine Hand auf Evelyns Schulter gelegt. »Meine Tochter, dieser kleine Wildfang, hat hier das Regiment geführt. Ihr Bambino kann gar nichts dafür.« Sofort hatte ihn seine Mutter mit beschämt knallroten Wangen losgelassen, und aus dem Augenwinkel hatte er noch ein Lächeln von Elena erhascht, die sich bereits wieder auf den Weg zurück in die Küche gemacht hatte.

Erneut seufzte Thomas auf, jedoch gefolgt von einem lauten Räuspern, um nur ja nicht sentimental zu werden. Ihm tat die Familie Mariani, die ihre Trauer wohl noch lange nicht überwunden hatte, ehrlich leid. Besonders Sofia berührte ihn, die nun auch noch Ärger mit ihrem Freund hatte. »Hoffentlich wird das wieder«, murmelte er vor sich hin und beschleunigte nun wieder seinen langsamer gewordenen Schritt, nur um in der nächsten Sekunde stehen zu bleiben. Sein Handy klingelte. Als er es aus einer Tasche seiner Jeans zog, erkannte er auf dem Display einen nur allzu bekannten Namen.

»Hallo, Ulrike«, meldete er sich so freundlich wie möglich, obwohl seine Exfrau die Letzte war, mit der er sprechen wollte.

»Thomas!«, erklang es sofort im vorwurfsvollen Ton, »ist es also wirklich wahr, dass du jetzt in Italien lebst?«

Verärgert über ihre anklagenden Worte, die er für völlig unangebracht hielt, schnaubte er auf. »Das habe ich dir doch bereits vor Monaten erzählt«, sagte er nun nicht mehr ganz so liebenswürdig.

»Ich dachte nicht, dass du das wirklich tust«, kam es mit fast kindlich widerborstiger Stimme zurück.

»Warum sollte ich es dann erzählen?«, fragte er nun ehrlich neugierig.

»Um mich umzustimmen, dass ich zu dir zurückkehre«, sagte Ulrike wie aus der Pistole geschossen.

Völlig baff blinzelte er. Seine Exfrau und er waren seit einem halben Jahr geschieden, und über die Umstände, die dazu geführt hatten, wollte er gar nicht erst nachdenken. Immer, wenn er das tat, schien sein Magen eine Rolle vorwärts zu machen. Also ersparte er sich diese

Gedanken, sofern das nur irgendwie möglich war. Auch jetzt schob er die dunkle Wolke in seinem Kopf fast hektisch beiseite. Kühl sagte er: »Ich habe bereits vor geraumer Zeit verstanden, dass du nicht mehr mit mir zusammen sein möchtest. Egal ob ich in Stuttgart lebe, am Gardasee oder mit Eisbären in Alaska.«

Ulrike lachte sogar leise auf über seinen müden Scherz, bevor sie meinte: »Es war alles nicht einfach. Für uns beide.«

Oder eher für uns drei, schoss es Thomas durch den Kopf, behielt den Gedanken jedoch für sich.

Am anderen Ende der Leitung hörte er, wie Ulrike sich räusperte. »Nun ja, lassen wir das. Aber jetzt ist es für mich natürlich nicht eben angenehm, mich ganz allein um die Wohnung kümmern zu müssen.«

»Oh, ich dachte, es war dir so wichtig, dass du sie behältst!«, platzte es aus ihm heraus. Offenbar hatte er lauter gesprochen als beabsichtigt, denn eine Frau, die gerade an ihm vorbeigegangen war, drehte sich mit fragender Miene nach ihm um. Verlegen wandte er sich ab, sprach nun gedämpfter in sein Telefon: »Ulrike, was willst du von mir?«

»Die Balkontür klemmt«, entgegnete sie in kühlem Ton, »und der Wasserhahn im Bad tropft. Du weißt, dass Handwerker sündhaft teuer sind, und du kannst das alles, bist doch geschickt.«

Nun konnte er sich nicht mehr zurückhalten. »Und Florian kann das nicht?«, fragte er mit zynischem Unterton und traf damit offenbar genau Ulrikes Schwachpunkt.

»Himmel, bist du kleinlich und nachtragend!«, blaffte sie ihm ins Ohr. »Du weißt genau, dass er zwei linke Hände hat!« Ohne sich zu verabschieden, legte sie auf – und Thomas konnte sich ein Grinsen nicht verkneifen. Sicher wusste er, dass Florian handwerklich in etwa so geschickt war wie ein gelähmtes Faultier. Schließlich war der Mathelehrer viele Jahre lang ein richtig guter Freund von ihm gewesen. Ja, sie beide hatten sich sehr gut verstanden. Doch irgendwann – Thomas erfuhr es natürlich als Letzter – hatte sich Florian noch viel besser mit Ulrike verstanden. Mit einer jähen Handbewegung wischte er diese Gedanken, die ihn doch nur hinunterzogen, zur Seite, und bog nun rasch in eine kleine Seitenstraße ein, die direkt zu seiner Wohnung führte. Er sehnte sich nach seinem Schreibtisch und nach der Arbeit, die ihn hoffentlich ablenkte. Nur sein flauer Magen erinnerte ihn daran, dass er immer noch nichts zu Mittag gegessen hatte. Im Kühlschrank war wohl noch ein Stück Käse zu finden, Brot hatte er auch noch daheim. Das musste reichen.

»So, jetzt geh endlich!«, sagte wenige Stunden später Angelina zu einer zunehmend nervöser werdenden Sofia.

»Es ist doch so viel zu tun, da kann ich dich doch nicht die ganze letzte Stunde allein lassen«, meinte diese und fuhr sich dabei immer wieder hektisch durch ihre dunklen Locken.

Angelina, die vom Schreibtisch aufgestanden war, deutete grinsend auf die Eingangstür, die sich bereits seit über dreißig Minuten nicht mehr geöffnet hatte. »Der Ansturm wird zu ertragen sein. Jetzt am Nachmittag sind die meisten Touristen am Strand oder auf dem Wasser. Glaub mir, bei dem fabelhaften Wetter werden sich nur wenige Leute hierher verirren.«

Sofia schob mit einem Seufzer ihren Schreibtischstuhl zurück. »Okay, dann werde ich mich zu Hause noch frisch machen. Und dann …« Sie verstummte plötzlich, spürte wie ihre Kehle ganz eng wurde.

Angelina war sofort bei ihr und drückte sie leicht an sich. »Du musst mit Matteo sprechen. Bestimmt wird alles gut werden.« Da Sofia ein Stück zurückwich und sie offenkundig erstaunt ansah, fügte sie hinzu: »Ich weiß, ich war skeptisch. Tut mir leid, wenn ich dich verunsichert habe. Aber jetzt sehe ich, dass du und Matteo einen gemeinsamen Weg finden werdet.«

»Ich danke dir, meine Liebe«, sagte Sofia gerührt, blinzelte hektisch die aufsteigenden Tränen weg.

Sie wusste die aufbauenden Worte von Angelina wirklich sehr zu schätzen. Aber im Grunde kannte sie ihre Freundin viel zu lang, um nicht zu bemerken, dass immer noch Sorge in deren Stimme lag. »Ich bin dann weg. Ciao!«, rief Sofia ihr noch zu, dann schnappte sie sich ihre

Handtasche und war im nächsten Moment auch schon draußen.

»Hast du mal eine Minute Zeit für mich?«, sprach zur gleichen Zeit Beatrice an der Küchenausgabe Pietro an.

Dieser wollte gerade zwei Teller mit Spaghetti holen und hätte sich lieber selbst den rechten Arm abgehackt, als mit Beatrice zu reden. Die halbe Nacht hatte er wachgelegen, darüber nachgegrübelt, ob er noch länger damit leben konnte, Beatrice den Betrug von Alessandro zu verschweigen. Ob er überhaupt noch mit den beiden befreundet sein konnte. Eine eindeutige Antwort hatte er nicht gefunden, aber eines war ihm sonnenklar geworden: Im Moment hielt er es nicht aus, auch nur einige belanglose Worte mit der Freundin seines Freundes zu wechseln. Nun tat Pietro zuerst so, als ob er Beatrice nicht gehört hätte, nahm die beiden Teller mit den dampfenden Spaghetti und dem Basilikumpesto von der Ablage und machte auf dem Absatz kehrt.

Doch Beatrice ließ nicht locker. »Pietro, hast du mich gehört?«, rief sie ihm fast flehend nach.

Mit dem unfreundlichsten Gesicht, das er zustande bringen konnte, drehte sich der Angesprochene um. »Draußen sind alle Tische belegt«, blaffte er sie an, »da habe ich wirklich keine Zeit für ein Plauderstündchen.«

»Tut mir echt leid«, murmelte Beatrice nun, »dumm von mir.« Während sie sich schließlich abwandte, bemerkte Pietro sehr wohl ihre bedrückte Miene.

Würde er seinem inneren Instinkt folgen, hätte er sofort die Teller fallengelassen, um zu ihr zu stürmen und sie tröstend in den Arm zu nehmen. Himmel, es zerriss ihm fast das Herz, sie so verzagt und unsicher zu sehen. Natürlich konnte er sich leicht zusammenreimen, was sie bedrückte: Sie hatte bestimmt über Alessandro nachgedacht, darüber, dass die Erklärung für seine Überstunden mehr als verdächtig nach einer fadenscheinigen Ausrede roch. Und nun wollte sie mit dem guten alten Pietro darüber reden, damit der all ihre Zweifel ausräumte. *Tut mir leid*, formulierte er im Gedanken, *das kann ich nicht mehr*. Würde er jetzt mit ihr ernsthaft sprechen, würde alles aus ihm herausströmen: Alessandros Betrug, seine eigenen Gefühle für sie. Danach wäre kein einziger Stein mehr auf dem anderen sein – etwas, dass er einfach nicht verantworten konnte. Da gab er doch lieber den Griesgram, der unfreundlich zu Beatrice war. Mit dem rechten Oberarm strich er sich, so gut er es mit einem vollen Teller in der Hand konnte, über die Augen. Dann lief er schneller und war froh, als er durch die offene Tür der Trattoria ins Freie trat und Beatrice zumindest einige Minuten lang hinter sich lassen konnte. Zumindest hatte er vorhin nicht gelogen: Die Tische waren gut besetzt.

Ein wartender Gast, der noch nicht einmal ein Getränk vor sich stehen hatte, winkte ihm bereits ein wenig ungeduldig zu. »Komme gleich«, rief Pietro in seine Richtung, dann brachte er die Spaghetti zu dem Urlauberpaar, einem Mann und einer Frau um die dreißig, beide leger in Jeans gekleidet. »Was für ein fantastischer Duft! Die frischen Zutaten!«, rief die Frau und schnupperte begeistert mit zuckender Nasenspitze, einem Kaninchen nicht unähnlich, an den Nudeln.

Der Mann zwinkerte Pietro zu und meinte dann lachend: »Ich werde lieber gleich essen, sonst verhungere ich.«

»Würde ich genauso machen«, meinte Pietro grinsend, obwohl es ihm an diesem Abend schwerfiel, die Mundwinkel hochzuziehen. Glückliche Paare konnte er im Moment eher schlecht ertragen. Stattdessen wünschte er sich weit weg, am besten so weit, dass er Beatrice nie mehr wieder zu sehen brauchte. Bei diesem Gedanken fühlte er einen scharfen Stich in der Brust. Nein, ganz ohne Beatrice würde es hart werden. Aber mit ihr konnte er auch nicht. Leise seufzte er auf und sah aus dem Augenwinkel, wie sich sein Vater mit Maria Fiori unterhielt. Erstaunlich freundlich, wie er feststellte.

»Die Fischsuppe ist Francesco heute besonders gut gelungen. Ich habe sie vorhin selbst probiert«, meinte Antonio gerade mit einem, zwar nur für das geschulte Auge wahrnehmbaren, aber doch vorhandenen Lächeln.

Maria Fiori wirkte geradezu beseelt, dass Antonio sie ausnahmsweise nicht anblaffte. »Also, wenn du das sagst, dann nehme ich gern einen Teller.«

»Gute Wahl«, meinte Antonio und streichelte nun sogar das Hündchen der Geschäftsfrau, welches sich das schwanzwedelnd gefallen ließ.

Mit einem nun eindeutigen Lächeln fügte er hinzu: »Schön, dass es dem kleinen Otello wieder gut geht.«

»Danke«, hauchte Maria Fiori, warf dabei Antonio mit leicht geröteten Wangen einen dermaßen strahlenden Blick zu, dass Pietro auf der Stelle klar war, was hier ablief.

Die Boutiquenbesitzerin war bis über beide Ohren in seinen Vater verknallt! Und der schien das gar nicht zu bemerken, denn nun hatte Antonio wieder eine deutlich kühlere Miene aufgesetzt. *Zum Glück*, schoss es Pietro plötzlich wütend durch den Kopf.

Allein der Gedanke, dass sein Vater eine neue Frau finden würde, verursachte Übelkeit bei ihm. Doch schon in der nächsten Sekunde beschlich ihn schlechtes Gewissen. Wollte er wirklich, dass Antonio allein alt werden musste? Elena war fast eineinhalb Jahre tot, und Pietro konnte sich noch gut daran erinnern, was sie an einem ihrer letzten klaren Tage erklärt hatte. »Mir tut Antonio so leid«, hatte sie mit schwacher Stimme mehr gehaucht als gesagt, »es wird sicher schwer für ihn werden, sich neu zu verlieben. Aber allein geht mein Süßer zugrunde. Das möchte ich nicht.«

Ach, Mamma, musste Pietro plötzlich denken, *wärst du doch hier. Dann wäre alles viel leichter.*

So, als ob Maria Fiori seine Gedanken hätte lesen können, sagte sie auf einmal zu Antonio: »Ich denke oft an die liebe Elena. Ihr Lachen habe ich meist schon von der Straße aus gehört. Und jetzt habe ich das Gefühl, als ob sie immer noch hier wäre und auf dich achtgibt.«

»Danke«, sagte Antonio mit sichtlich gerührter Stimme. Dann wandte er sich ab, murmelte dabei etwas von Fischsuppe, die er gleich servieren würde. Schließlich hätte er nicht den ganzen Abend Zeit für irgendwelche Tratschereien.

Maria war nicht beleidigt, sondern nickte bloß eifrig, sodass ihr eine kurze kupferrote Strähne ins Gesicht fiel. »Ja, bitte einen großen Teller Suppe. Sonst falle ich noch vom Fleisch. Gutmütig lachte sie über ihre eigenen Worte, kniff sich dabei in ihr rundes Bäuchlein und schaffte es damit sogar, dass Antonio offenbar wider Willen mitlachte.

Sogar zu einem kleinen Kompliment ließ er sich hinreißen: »Also eine Fischsuppe geht noch – bevor dein Kleid platzt.«

Jetzt musste sich Pietro auf die Lippen beißen, um nicht laut loszuprusten. Den Sieg beim Wettbewerb der Charmeure würde sein Vater nicht davontragen, aber zumindest würde er an diesem Abend auch nicht den ersten Platz als unfreundlichster Wirt von ganz Italien machen, immerhin. Rasch wandte sich Pietro dem nun bereits heftig mit den Händen wedelnden Gast zu, dankbar, dass er zumindest ein paar Momente lang nicht an Beatrice gedacht hatte.

Gar nicht weit entfernt in einem anderen Restaurant, das neben dem »Benno« ebenfalls am Hafen lag, saß Sofia und strich sich immer wieder nervös über den Rock ihres geblümten Sommerkleides. Vor ihr auf dem Tisch stand eine brennende hohe Kerze, eben hatte ihr ein Kellner eine Flasche Wasser gebracht. Mit zittrigen Fingern hatte sie sich ein wenig in ihr Glas eingegossen, und war danach, ohne einen einzigen Schluck zu nehmen, erneut zu ihrer offenbar momentanen »Lieblingstätigkeit« übergegangen. *Wenn du noch länger über den Stoff streichst, ist er bald durch*, ermahnte sie sich in Gedanken. Langsam, aber sicher kam sie sich wie eine Verrückte vor. Tatsächlich machte es sie fast wahnsinnig, hier bereits seit zwanzig Minuten allein zu sitzen, denn von Matteo war weit und breit nichts zu sehen. *Vielleicht versetzt er mich, weil er nun endgültig Schluss machen möchte*, schoss es ihr alarmiert durch den Kopf. Doch bevor sie weiter darüber nachdenken konnte, spürte sie eine Hand an ihrem Oberarm und schaute in der nächsten Sekunde in Matteos dunkle Augen.

»Schatz, es tut mir leid«, sagte er mit zerknirschter Miene, »in der Praxis war der Teufel los. Offenbar sind heute alle Hunde rund um den Gardasee krank geworden oder in eine Glasscherbe getreten.«

»Ach, die Armen«, sagte Sofia sofort besänftigt, ihre eben noch so pochende Sorge kam ihr auf einmal mehr als übertrieben vor.

Matteo stand vor ihr, zog sie zu sich hoch. Als er seine Arme um sie schlang, flüsterte er ihr ins Ohr: »Es tut mir wirklich leid, gestern Abend muss ich ein totales Blackout gehabt haben.«

»Du hast mir einen ganz schönen Schrecken eingejagt«, erwiderte sie. Mit einem etwas gequälten Lächeln wich sie ein Stück zurück und sah ihm direkt in die Augen.

Lange hielt er ihrem musternden Blick nicht stand, sondern deutete auf die Speisekarte. »Lass uns etwas Leckeres bestellen. Ich lade dich heute natürlich ein!«

Gemeinsam setzten sie sich wieder, Matteo hatte ihre Hand genommen, mit der anderen blätterte er in der Speisekarte. »Was sagst du zu Jakobsmuscheln?«

»Gute Idee«, erwiderte Sofia, obwohl sie im Moment das Gefühl hatte, keinen einzigen Bissen herunterzubekommen. Zumindest nicht, bevor zwischen Matteo und ihr nicht wieder alles klar war. »Was war denn los, dass du plötzlich einen Schlussstrich unter unsere Beziehung machen wolltest?«, fragte sie ihn geradeheraus.

Matteo schaute langsam von der Speisekarte auf, wirkte dabei in Sofias Augen irgendwie ertappt. Nach einigen Sekunden erklärte er: »Es war eine Kurzschlussreaktion. Ich hatte einfach Angst, dass du nicht wollen würdest, dass ich von hier weggehe und mir diesen Wunsch ausreden könntest.«

Sofia, die ihm sogar ein wenig recht geben musste, seufzte auf. »Stimmt, am liebsten wäre es mir gewesen, wenn wir beide hier in Bardolino glücklich werden würden. Ohne Wenn und Aber.« Als sie weitersprach, strich sie ihm sanft über den Handrücken: »Doch mir ist klargeworden, dass, auch wenn man sich liebt, Wünsche nicht immer gleich sind. Und ich möchte deine Bedürfnisse genauso ernst nehmen wie meine eigenen.«

»Du bist ein richtiger Schatz«, sagte Matteo und nickte dabei eifrig, »und nun bin ich mir auch sicher, dass wir alles gemeinsam schaffen werden.«

Sofia blickte in seine dunklen Augen und versuchte zu begreifen, was in ihrem Freund vorging. Doch an diesem Abend wirkten sie seltsam unergründlich, fast wie die dunklen Wellen des Gardasees, die mit einem leisen Geräusch an den nur wenige Meter von ihrem Tisch entfernten Bootssteg schwappten.

Inzwischen war der Kellner erneut zu ihnen gekommen, Matteo bestellte Jakobsmuscheln, für den Hauptgang Steaks mit Kartoffeln. »Möchtest du Weißwein zu den Muscheln trinken?«, fragte er Sofia.

Sie bejahte seine Frage, obwohl sie sich auch ohne Alkohol bereits ein wenig schummrig fühlte. Auch wenn Matteo und sie sich liebten, würde es für sie nicht einfach werden, wenn sie sich für eine Weile nur noch selten sahen. Als der Kellner wieder gegangen war, fragte sie ihren Freund: »Wann möchtest du denn nach Nürnberg ziehen?«

»Wollen wir wirklich jetzt darüber reden? An diesem schönen Abend?« Er deutete zum dunkler gewordenen Himmel hinauf. »Mit diesem fantastischen Sternenhimmel?«

»Ja, das müssen wir«, gab Sofia zurück, »ich möchte mich einfach darauf einstellen. Und es hilft doch nichts, wenn wir jetzt so tun, als ob sich nichts verändern würde.«

»Alles klar, mein Schatz«, sagte Matteo. Er schob dabei seine Serviette ein wenig hektisch zur Seite. »Ich werde in einem Monat in Nürnberg mit der Arbeit beginnen. Mit Ernesto ist bereits alles besprochen. Er kennt genügend Tierärzte, die nur zu gern in unserer Praxis arbeiten würden.«

»Bleibst du weiterhin Teilhaber?«, fragte Sofia mit beklommener Stimme.

Sie bemerkte, wie Matteo unruhig auf seinem Stuhl hin und her rutschte. Seine Kehle verengte sich. »Natürlich bleibe ich Teilhaber«, erklärte Matteo, »zumindest vorerst. Es könnte ja sein, dass es mir in Nürnberg überhaupt nicht gefällt.«

Sofia schämte sich dafür, aber sie ertappte sich dabei, wie ihr Herz bei diesem Gedanken ein wenig in die Höhe gesprungen war. Nein, natürlich wollte sie nicht, dass Matteo mit seinem Plan, in der Nürnberger Tierklinik seine berufliche Erfüllung zu finden, auf die Nase fiel. »Ich denke, es wird sehr interessant werden«, sagte sie deshalb in hoffentlich aufmunterndem Ton, »und wie gesagt, in einiger Zeit werde ich, falls du dortbleiben möchtest, nachkommen.« Sie spürte seinen skeptischen Blick auf sich und nickte zur Bestätigung ihrer Worte. »Ganz sicher. Mein Vater und mein Bruder werden verstehen, dass ich bei dir sein möchte. Sobald es meinem Pappa besser geht, kann ich konkrete Pläne machen.«

Matteo machte eine wegwerfende Handbewegung. »Denkst du wirklich, dass es deinem Vater jemals besser gehen wird? Er suhlt sich ja geradezu in seiner Trauer, fast, als ob sie ihm sogar ein wenig Spaß machen würde.«

Entsetzt über diese harten Worte riss Sofia die Augen auf. »Das meinst du doch nicht ernst, oder?«, sagte sie leise, doch gleichzeitig schoss ihr der Gedanke durch den Kopf, dass Matteo vielleicht gar nicht so unrecht hatte. Sicher, er hatte seine Meinung ziemlich beleidigend ausgedrückt, aber womöglich hatte es sich Antonio in seinem Selbstmitleid tatsächlich ein wenig zu bequem eingerichtet. *Jetzt bist du gemein und unfair!*, ermahnte sie sich in Gedanken. Antonio trauerte aus tiefster Seele, weil er Elena so sehr geliebt hatte. Doch sie hätte es nicht so gewollt, wurde sich Sofia klar, sie würde wollen, dass er sich aufraffte, seine Arbeit tat und alles unternahm, um wieder glücklich zu werden. Dass seine Kinder ihn andauernd trösten mussten, ja, sogar seine Arbeit machten, das wäre Elena ein Dorn im Auge. Sofia war selbst erschrocken über diese strengen Gedanken ihrem Vater gegenüber. Aber im Inneren war ihr klar, dass sie recht hatte. In der ersten Zeit nach dem Tod ihrer Mutter war es wichtig gewesen, ihren

Vater in der Trattoria zu unterstützen, womöglich auch seine schlechte Laune hinzunehmen. Aber jetzt war längst der Punkt gekommen, an dem Antonio wachgerüttelt werden musste. Vielleicht sogar ruppiger, als es ihm lieb sein würde. Spätestens morgen würde sie mit ihrem Bruder sprechen. Gemeinsam würden Pietro und sie ihrem Vater direkt erklären, dass seine unfreundliche Art nicht mehr zu ertragen war. Und irgendwann konnte sie ihm auch beibringen , dass sie ihr Leben mit Matteo verbringen wollte, egal, an welchem Ort dieses Leben stattfinden würde.

»Tut mir leid, ich habe wieder Unsinn geredet«, riss Matteos zerknirschte Stimme sie aus ihren Gedanken.

Lächelnd sah sie ihn an. »Ich denke, du hast etwas ziemlich Schlaues gesagt. Wird wohl höchste Zeit, dass wir ihn nicht länger mit Samthandschuhen anfassen. Und ich denke fast, es würde ihm guttun, wenn er wieder mehr Verantwortung für die Trattoria übernehmen muss.« Eigentlich hatte sie erwartet, dass sich Matteo über ihre Einsicht freuen würde, aber seine gerunzelte Stirn sprach eine andere Sprache. »Du glaubst wohl, ich kann nicht mehr aufhören, auf meinen Vater aufzupassen, stimmt's?«, sagte sie amüsiert. »Es wird mir auch nicht ganz leichtfallen. Aber Schritt für Schritt tut es ihm bestimmt gut, wenn er wieder selbst Herr der Lage wird.«

Sie hob ihr Glas, um Matteo zuzuprosten, da klingelte sein Handy. Mit der einen Hand stieß er mit seinem Weinglas an ihrem an, mit der anderen Hand nestelte er sein Mobiltelefon aus der Hosentasche. »Oh, Ernesto«, rief er aus, warf Sofia gleich darauf einen entschuldigenden Blick zu, »das könnte wichtig sein. Kurz bevor ich gegangen bin, ist ein Schäferhund, der offenbar Gift erwischt hat, in die Praxis gekommen.«

»Geh ruhig ran«, sagte Sofia rasch, Matteo musste ihr nichts erklären. Sie vertraute ihm.

Sie war nur ein wenig überrascht, dass Matteo das Gespräch nicht hier am Tisch annahm, sondern aufstand und die Terrasse des Restaurants verließ.

Eigentlich hatte sich Thomas Brügger streng vorgenommen, den ganzen Abend an seinem neuen Projekt zu arbeiten, einer Hotelanlage in Lazise. Dieser Auftrag an sein Architekturbüro war es sogar gewesen, der in ihm überhaupt den Plan hatte reifen lassen, eine Weile in Italien zu leben. Ein sehr guter Entschluss, wie er bereits beim ersten Gedanken daran feststellte. Ulrikes Betrug mit Florian, ihre unbarmherzigen Spielchen danach, als sie wieder zu ihm zurückkommen wollte – und dann wieder doch nicht –, hatten ihn völlig verzweifeln lassen. Und ihre gemeinste Lüge, an die er gar nicht denken wollte, hatte ihm schlussendlich den Rest gegeben. Da war ihm die räumliche Trennung von Ulrike und Florian, die ihm in Stuttgart doch an jeder Ecke über den Weg laufen konnten, geradezu als Erlösung von seinem Kummer erschienen.

Oder zumindest als Pause zum Durchatmen. Zwar war Bardolino ein dermaßen lieblicher Ort, dass es Thomas nicht lange am Schreibtisch aushielt, dennoch spürte er, dass er hier in dieser wunderschönen Gegend auch in kürzerer Zeit richtig gut arbeiten konnte. Also gönnte er sich einen kleinen Abendspaziergang am Hafen, bei dem seine Gedanken überraschenderweise immer wieder zu Sofia abschweiften.

Zu gern würde er sich mit ihr ausgiebig unterhalten, erfahren, wie es ihr in den letzten Jahren ergangen war. *Ganz ohne Hintergedanken*, ermahnte er sich im Stillen – was ihm sofort lächerlich vorkam. Natürlich hatte er keine Hintergedanken! Auch wenn ihm Sofia gefiel, was er ja gar nicht abstreiten wollte. Er würde bestimmt nichts tun, um sich in ihre Beziehung zu drängen. Im Gegenteil, er wollte, dass seine Jugendfreundin mit ihrem Tierarzt glück lich war. Aber über eine gute Freundin hier in Bardolino – und das war Sofia immer schon gewesen – würde er sich wirklich freuen. Auf einmal stutzte er. Dort auf der Restaurantterrasse saß Sofia doch? Er blinzelte kurz, um sicherzugehen. Klar, auch wenn er noch ein Stück von ihr entfernt war: Bei der hübschen dunkelhaarigen Frau in dem taillierten Blümchenkleid handelte es sich eindeutig um Sofia. Ihr Begleiter, vermutlich ihr Freund, stand eben auf und entfernte sich mit einem Telefon am Ohr vom Tisch. Jetzt hätte Thomas eigentlich zu ihr gehen und sie kurz begrüßen können, aber er hatte ganz bestimmt nicht im Sinn, diesen zweisamen Abend zu stören. Schon gar nicht, wo es doch einen Streit zwischen den beiden gegeben hatte. Mit geducktem Kopf, damit Sofia ihn nicht bemerkte, wollte er rasch weitergehen. Dabei wäre er um ein Haar mit Sofias Freund, der voll auf sein Telefongespräch konzentriert eben auf die Hafenpromenade getreten war, zusammengestoßen. »Scusi«, sagte Thomas rasch und sprang zur Seite. Auch der andere, ein gut aussehender dunkelhaariger Mann, hob entschuldigend die Hand.

Thomas nickte ihm lächelnd zu, doch anstatt seines Weges zu gehen, blieb er bereits wenige Schritte von dem Mann entfernt stehen und schaute aufs immer dunkler werdende Wasser. Warum er das tat, war ihm selbst nicht ganz klar. *Du möchtest wissen, was Sofias Freund so Wichtiges am Telefon zu besprechen hat*, schimpfte er sich im Stillen selbst aus. Himmel, was war denn mit ihm los? So neugierig kannte er sich sonst nicht! Seine Nase in Dinge hineinzustecken, die ihn rein gar nichts angingen. Das war doch wirklich das Allerletzte! Nur weil es ihn interessierte, was für ein Typ das war, den Sofia liebte. *Also! Nichts wie weg von hier.* Dennoch konnte er seine Füße nicht dazu bringen, sich fortzubewegen. Und da er ziemlich gut Italienisch konnte, verstand er fast jedes Wort, das der andere von sich gab.

»Wie geht es dem Schäferhund? Bereits besser? Sehr gut«, sagte der gerade, danach verdüsterte sich dessen Miene. »Nein, ich habe ihr nicht die Wahrheit gesagt. Das bringe ich einfach nicht übers Herz. Ja, nenn mich ruhig einen Idioten!« Sofias Freund schlug sich gegen die Stirn. »Ich wollte nicht hier in Bardolino Schluss machen. Das wäre zu brutal. Lieber scheibchenweise, wenn ich in Nürnberg bin. Dann wird sie es ja vielleicht selbst verstehen, dass unsere Pläne zu verschieden sind.« Nachdem offenbar jemand am anderen Ende der Leitung etwas gesagt hatte, stöhnte der Mann laut auf und setzte dann nach: »Ich glaube nicht, dass ich sie noch richtig liebe, aber sie ist mir auch nicht gleichgültig. Ich darf sie nicht verletzen, nach allem, was sie durchgemacht hat.«

Entsetzt schluckte Thomas, als er sich ohne Mühe zusammenreimte, worum es in diesem Telefongespräch ging. Diese Information hätte er am liebsten niemals erhalten – und an die arme Sofia wollte er nun gar nicht denken. Um nicht noch weitere schlimme Details hören zu müssen, rannte er geradezu davon. Ihm war es nun auch völlig gleichgültig, als er bemerkte, dass Sofias Freund ihm noch einen ziemlich überraschten Blick zuwarf.

Kapitel 5

Pietro Mariani atmete mehrmals tief durch, als er in die Straße einbog, in der sich die Touristeninformation befand. Heute hatte er seinen letzten Arbeitstag vor den Sommerferien hinter sich gebracht, und nun lagen etliche freie Schulwochen vor ihm. Beim Gedanken an die Kinder, die voller Vorfreude über die lange freie Zeit wie kleine Sonnen gestrahlt hatten, huschte ebenfalls ein breites Lächeln über sein Gesicht. Nur einige niedliche Mädchen, darunter auch Lilli, hatten ein paar Krokodilstränen vergossen, weil sie ihren »liebsten Lehrer der ganzen Welt« den ganzen Sommer lang nicht sehen würden. »Ich werde jeden Tag an dich denken«, hatte die kleine Lilli im Brustton der Überzeugung erklärt, als sie sich zum Abschied die Hand geschüttelt hatten.

»Genieß lieber die Ausflüge ans Meer zu deinen Großeltern!«, hatte Pietro lachend geantwortet, bevor er der gesamten Klasse und den Eltern nach der Zeugnisübergabe einen wunderschönen Sommer gewünscht hatte.

Nun versuchte er, sich ebenfalls auf seine freie Zeit zu freuen. Gut, natürlich würde er jetzt noch mehr in der Trattoria arbeiten, um seinen Vater zu unterstützen. Aber insgesamt würde es natürlich ohne Unterrichtsstunden um einiges entspannter für ihn werden. Kurz überlegte er, ob ihm das überhaupt recht wäre. Weniger Stress und deshalb mehr Zeit zum Nachdenken. Über eine Woche war es nun her, dass er Beatrice in der Trattoria so unfreundlich angefahren hatte, seitdem war er ihr aus dem Weg gegangen. Genauso wie Alessandro, der immer wieder anrief, weshalb Pietro beschlossen hatte, bis aufs Weitere nicht mehr ans Handy zu gehen. Natürlich war ihm Alessandro auch in der Trattoria begegnet, einige Male hatte der schließlich seine Freundin abgeholt. »Was ist los? Bist du jetzt der Papst geworden, dass du mir meinen kleinen Seitensprung nicht verzeihen kannst?«, hatte Alessandro ihm erst am Vorabend zugeraunt, als Pietro an der Kasse gerade eine Rechnung ausgedruckt hatte.

»Ich möchte mit eurem Unsinn nichts mehr zu tun haben!«, hatte Pietro mit schneidender Stimme zurückgegeben, »ist das endlich klar?«

Alessandro hatte nicht antworten können, da plötzlich Beatrice vor ihm gestanden und beide Männer fragend angesehen hatte.

Besser so, dachte Pietro nun bei sich, *Alessandros doofe Beschönigungen hätte ich ohnehin nicht länger ertragen.*

Lange genug hatte er sich mit seiner unglücklichen Liebe belastet, nun wollte er nach einer hoffentlich letzten schlaflosen Nacht endlich einen Schlussstrich unter diese unsinnigen Gefühle und Verwicklungen ziehen. In seinem Bett war es ihm dann erschienen, als ob er erst kurz vorm Klingeln des Weckers eingeschlafen wäre. Völlig abgekämpft war er ins Bad gestolpert und dabei zu der wichtigen Erkenntnis gelangt: Er musste mit jemandem über seine dumme Verliebtheit sprechen, erst dann würde er damit endgültig abschließen können.

Deshalb befand er sich ja auf dem Weg zu seiner Schwester, die würde ihm zuhören und sicher auch aufbauende Worte finden. Als er jetzt nur noch wenige Meter von der Touristeninformation entfernt war, wunderte er sich über sich selbst. Längst hätte er mit Sofia sprechen sollen, die doch immer ein offenes Ohr für ihn hatte. *Im Moment geht es ihr leider selbst nicht so gut*, musste er plötzlich denken.

Zwar schien zwischen Matteo und ihr alles wieder in Ordnung zu sein, aber ein Blinder mit dem Stock konnte sehen, wie sehr Sofia darunter litt, dass ihr Freund in wenigen Wochen nach Nürnberg ziehen würde. Da nutzte es auch reichlich wenig, dass sie krampfhaft versuchte, Haltung zu bewahren. Ja, sie bemühte sich tatsächlich, der nicht gerade erfreulichen Tatsache, dass Matteo nur noch an sich und seinen beruflichen Erfolg dachte, noch etwas Positives abzugewinnen. »Vielleicht rücken wir nach der räumlichen Trennung noch enger zusammen«, hatte Sofia doch glatt vor ein paar Tagen behauptet.

Pietro verzog den Mund. Also gut, wenn sie das tatsächlich dachte, sollte es so sein. Er fand ihre Einstellung ein wenig naiv. Aber kannte er sich mit Beziehungen etwa aus?

»Pietro!«, hörte er plötzlich eine bekannte Stimme rufen.

Mit einem heißen Schauer, der über seinen Rücken rann, nahm er Beatrice wahr, die eben aus einer Taschenboutique kommend mit wippendem Pferdeschwanz und einem freudig überraschten Lächeln auf ihn zurannte. Mist, nur wenige Sekunden später wäre er in der Touristeninformation »in Sicherheit« gewesen!

»Hallo, Beatrice«, antwortete er ihr kühl, warf danach einen demonstrativen Blick auf seine Armbanduhr.

»Oh, der Herr hat es wohl wieder eilig«, sagte sie, jegliches Lächeln schien nun wie fortgewischt.

»Allerdings«, gab Pietro schnippisch zurück. Ein wenig kam er sich dabei wie einer seiner Grundschüler vor, der gerade trotzte. Aber das war ihm herzlich egal. Sollte Beatrice ihn nur unfreundlich, ja richtiggehend unmöglich finden, dann ließ sie ihn zumindest in Ruhe.

Doch schon in der nächsten Sekunde zuckte er zusammen. In ihren goldgesprenkelten Augen glänzten plötzlich Tränen. »Ich weiß nicht, was ich dir getan habe. Warum behandelst du mich denn so?«, flüsterte sie mit schwacher Stimme. »Wir sind doch gute Freunde.«

»Ach ja?«, schmiss er ihr geradezu entgegen, dabei hämmerte ihm der Puls bis zum Hals. Zu gern hätte er hinzugefügt: *Gute Freunde? Und da merkst du nicht, wie es seit Monaten um mich steht? Dass ich bis über beide Ohren in dich verliebt bin? Oder hast du es doch gemerkt und genießt es einfach, von mir umschwärmt zu werden? Wo du doch mit deinem Alessandro – der dich im Übrigen fortwährend betrügt – immer so viel Kummer hast!* Entsetzt über seine ziemlich üblen, aber leider wahren Gedanken biss er sich auf die Unterlippe. Wenn er nicht achtgab, rutschte ihm wirklich noch der eine oder andere verräterische Satz heraus.

»Ja, ich dachte schon, dass wir Freunde sind«, meinte Beatrice jetzt mit Nachdruck. »Du, Alessandro und ich.«

Tja, bemerkst du den Fehler, antwortete er ihr im Gedanken, *drei sind eindeutig einer zu viel.* Laut sagte er – und das war nicht mal gelogen: »Im Moment nerven mich eure Beziehungsprobleme, in die ich immer wieder hineingezogen werde.« Mit verstellter Stimme äffte er Beatrice nach: »Denkst du, Alessandro liebt mich wirklich? Glaubst du, er ist mir treu? Er hat doch gestern komisch gewirkt, nicht wahr?« Mit normaler Stimme setzte er nach: »Das ist einfach nervtötend.«

Beatrice warf ihm einen gekränkten Blick zu, dann straffte sie den Rücken. »Tut mir leid, dass Alessandro und ich für dich nur noch anstrengend sind. Wohl noch mehr ich allein. Keine Sorge, ich werde dich zukünftig nicht mehr mit meinen Problemen behelligen und dich in Ruhe lassen.«

»Wirklich zu gnädig«, gab er in spöttischem Ton zurück.

Als er sah, wie sie verletzt zusammenzuckte, taten ihm seine Worte bereits leid. Aber dennoch war es besser so, da war er sich sicher.

»Aber in eurer Trattoria darf ich schon noch weiterarbeiten? Oder möchtest du mir das auch nehmen?«

Er tippte sich nicht eben charmant an die Stirn. »Du spinnst doch! Das eine hat mit dem anderen nichts zu tun. Natürlich behältst du deinen Job.«

»Okay, dann gehe ich mal«, murmelte sie, »ich werde Alessandro heute überraschen und vom Büro abholen. Irgendwie erscheint er mir in letzter Zeit reichlich seltsam.« In der nächsten Sekunde schlug sie sich mit der Hand gegen den Mund. »Scusa, das interessiert dich natürlich nicht.«

»Da hast du recht, nicht wirklich«, gab er unfreundlich zurück.

Vor seiner Entscheidung, sich von ihr und Alessandro endgültig zu distanzieren, hätte er sie davon abgehalten, ohne Voranmeldung bei ihrem Freund im Büro aufzutauchen. Er hätte ihr ersparen wollen, dass sie dieser Laura begegnete und womöglich sofort mitbekam, was dort gespielt wurde. Aber das war Lichtjahre her. Jetzt ging ihn das alles nichts mehr an. Er nickte Beatrice kurz zu, dann lief er noch die letzten Meter bis zur Touristeninformation, um gleich darauf durch die Tür zu verschwinden.

»Hallo, Angelina!«, rief er mit einem Seufzer der Erleichterung aus, da er die unglückselige Begegnung mit Beatrice endlich hinter sich gebracht hatte.

»Ciao, Pietro!«, erwiderte die Angesprochene, sah dabei lachend von einem Stapel Papiere hoch.

Seinen fragenden Blick, nachdem er Sofias leeren Schreibtisch in Augenschein genommen hatte, schien sie sofort zu verstehen. »Dein Schwesterherz holt frisches Obst vom Markt«, meinte sie mit einem Augenzwinkern, »aber in ein paar Minuten müsste sie wieder hier sein.«

Pietro setzte sein charmantestes Lächeln auf, als er antwortete: »Wenn es dich nicht stört, würde ich gern hier warten.«

Ihre Blicke – beide offenkundig amüsiert – trafen sich. Fast ein wenig überrascht registrierte Pietro, dass Angelina riesige tiefblaue Augen hatten, ein wirklich reizvoller Kontrast zu dem frechen dunklen Kurzhaarschnitt. Er kannte Sofias Arbeitskollegin bereits seit Jahren, doch sie hatten sich immer nur quasi im Vorbeigehen gesehen. Nun wunderte er sich, dass ihm heute zum ersten Mal auffiel, wie attraktiv die junge Frau eigentlich war. »Wie du siehst, ist gerade nicht viel zu tun«, meinte sie und deutete dabei mit einer gespielt theatralischen, weit ausholenden Geste der rechten Hand auf den leeren Raum, »also störst du rein gar nicht.«

»Perfekt«, antwortete er und ließ sich auf Sofias Schreibtischstuhl plumpsen.

Angelina nickte ihm noch kurz zu, dann wandte sie sich erneut ihren Unterlagen zu.

Doch bereits nach wenigen Sekunden sprach Pietro sie erneut von der Seite an. »Wie geht's dir eigentlich? Immer sehen wir uns nur ganz kurz, und ich weiß eigentlich gar nichts von dir.«

Angelina sah ihn direkt an, dann schien sie zu bemerken, dass ihre rechte Hand nervös am Kragen ihrer Bluse herumnestelte – zumindest überzogen sich ihre Wangen nun mit einer alles anderen als zarten Röte. Nachdem sie sich einige Male geräuspert hatte, ging sie in die Offensive. »Hey, du stadtbekannter Schürzenjäger, kann es sein, dass du mit mir flirtest?«

Nun war es Pietro, der eine überaus gesunde Gesichtsfarbe bekam. Er fühlte sich ertappt – was aber weitaus schlimmer war: Ihm selbst war es bis jetzt gar nicht aufgefallen, dass er flirtete. *Offenbar bist du schon so sehr aus der Übung, dass du es selbst nicht bemerkst. Und es nicht mal richtig steuern kannst*, schoss es ihm unvermutet durch den Kopf. Natürlich konnte sein unbewusster Flirtversuch auch einfach eine Art Notwehr seines Körpers sein, der sich nach der Begegnung mit Beatrice danach sehnte, eine Frau zu beeindrucken. Immer noch verwirrt sagte er wahrheitsgemäß: »Tut mir leid, es ist mir nicht mal aufgefallen. Seit Monaten halte ich mich von Frauen fern. Ich bemerke sie nicht mal mehr richtig.« Als er Angelinas hochgezogene Augenbraue bemerkte, fügte er hastig hinzu: »Frag jetzt nicht, warum!«

Sie schüttelte grinsend den Kopf. »Ich muss gar nicht fragen. Ich weiß es ohnehin.«

Alarmiert starrte er sie mit offenem Mund an, fand erst nach ein paar Sekunden seine Sprache wieder. »Wer hat dir etwas erzählt?«, stieß er atemlos hervor.

»Beruhige dich«, sagte Angelina, »niemand hat mir etwas erzählt. Aber da ich nicht erst seit gestern auf der Welt bin, kann ich eins und eins zusammenzählen: Du hast dich offenkundig in jemanden verliebt und bist selbst völlig verwundert darüber.« Mit einem mitleidigen Seufzer zuckte sie mit den Schultern. »Aber so niedergeschlagen, wie du aussiehst, fürchte ich, dass es mit deiner großen Liebe nicht funktioniert. Entweder empfindet sie nicht das Gleiche für dich oder …«

»… sie ist mit jemand anderem zusammen«, ergänzte Pietro völlig baff den Satz. Mit einem bewundernden Blick stand er auf und trat an Angelinas Schreibtisch. »Wie hast du das herausgefunden?«

»Vielleicht, weil ich dir in manchen Dingen ein wenig ähnlich bin«, sagte sie mit einem Lächeln, das auf Pietro ziemlich traurig wirkte, »ich habe es nie lange mit jemanden ausgehalten, denn ich genieße mein Single-Leben wirklich. Aber vor zwei Jahren …«

Jäh hielt sie im Reden inne, zuckte stattdessen mit den Schultern. Ohne nachzudenken, legte Pietro seine Hand auf ihre, im nächsten Moment kam er sich auch schon lächerlich vor. Aber Angelina zog ihre Hand nicht weg, seufzte bloß leise auf. Pietro kam es wie eine Ewigkeit vor, wie sie in dieser seltsamen Stellung verharrten, aber für ihn fühlte sich diese kleine Berührung von Sekunde zu Sekunde besser an.

Im nächsten Moment hörte er, wie sich die Eingangstür öffnete und wich erschrocken zurück. *Peinlich*, dachte er. Er benahm sich ja so, als ob Angelina und er sich eben noch zusammen nackt auf dem Schreibtisch geräkelt hätten.

»Pietro, was machst du denn hier?«, hörte er gleich darauf Sofia sagen.

Als er sich umdrehte, sah er sie mit zwei Papiertüten beladen vor Angelina und ihm stehen. Unsicher sah sie zwischen ihnen hin und her. »Störe ich?«

»Keine Sorge, von deinem Casanova-Bruder lasse ich mich nicht bezirzen«, sagte Angelina in schnoddrigem Ton.

Das Einzige, was ihre Verlegenheit womöglich doch verriet, waren ihre immer noch geröteten Wangen. Pietro lächelte ihr kurz zu, bevor er zu seiner Schwester sagte: »Nichts zu machen bei dieser wunderschönen Frau. Aber ich hoffe, ich darf sie zumindest mal auf einen Drink einladen.«

Erstaunlicherweise nickte Angelina. »Warum nicht? Wir würden uns wohl wirklich gut unterhalten.«

Sofia räusperte sich geräuschvoll. »Falls ich hier irgendwie fehl am Platz bin, dann kann ich auch gern wieder gehen.«

Angelina und Pietro begannen, gleichzeitig zu lachen. »Nein, nein, du störst nicht«, erklärte ihr Bruder, wobei er versuchte, einen Blick in die Papiertüten zu erhaschen.«

Sofia schlug ihm gespielt erbost auf die Finger. »Pfirsiche und Kirschen. Kriegst du erst, wenn du mir sagst, was du hier machst.«

Pietro überlegte kurz. Im Moment war nicht der richtige Zeitpunkt, um Sofia sein schweres Herz auszuschütten. Erstaunlicherweise fühlte es sich nach der Begegnung mit Angelina auch gar nicht mehr so schwer an. »Sofia, sorella, ich habe Ferien! Und ich wollte nur sehen, wie es dir geht«, sagte er grinsend und kniff dann seine protestierende Schwester leicht in die Wange. »Aber da du so aussiehst, als ob du dich in einer blendenden Verfassung befindest, kann ich mich langsam wieder aus dem Staub machen.«

Insgeheim hatte er natürlich erschrocken bemerkt, dass Sofia alles andere als blendend aussah. Natürlich war sie hübsch wie immer, aber die Augenringe schienen sich noch stärker in ihre Haut eingegraben zu haben, und die Wangen sahen schmäler aus denn je. Innerlich verfluchte er Matteo, der seine Schwester scheinbar so unglücklich machte. Vielleicht war er ja ungerecht, aber eigentlich hegte er keinerlei Zweifel, dass der Tierarzt am bejammernswerten Zustand seiner Schwester Schuld trug. Jetzt lächelte sie zumindest und holte dann drei besonders schöne Pfirsiche aus der Tüte. Kurz hielt sie das Obst unter den Wasserhahn hinter ihr, dann drückte sie es Pietro in die Hand. »Hier, kleiner Bruder, als Wegzehrung!«

Zum Abschied gab es noch ein Küsschen auf die Wange. »Grazie«, sagte er lachend und rief dann in die kleine Runde: »Ciao, ihr schönen Ragazze!«

Angelina winkte ihm kurz zu. Dass sie ein wenig enttäuscht wirkte, weil er sich bloß so salopp verabschiedet hatte, konnte er sich auch eingebildet haben. An der Tür drehte er sich noch mal um und sagte in ihre Richtung: »Das mit dem Drink meine ich ernst, ja?«

»Ich stehe zu meinem Wort«, gab sie in keckem Ton zurück, »von mir aus gern morgen Abend.«

»Oh, da muss ich arbeiten«, gab er ehrlich betrübt zurück, doch Sofia meinte prompt: »Ich vertrete dich. Aber wag es ja nicht, meine liebe Angelina unglücklich zu machen!«

Beim letzten Satz hatte sie ihren Zeigefinger in die Höhe gestreckt – und auch, wenn sie in spaßigem Ton gesprochen hatte, spürte Pietro genau, dass ihre Warnung ernst gemeint war.

»Keine Sorge, Pietro und ich sind bloß Freunde«, mischte sich Angelina ein.

»Stimmt«, sagte Pietro und merkte dabei erstaunt, dass seine Stimme ganz weich geworden war.

Großes Ehrenwort, er würde Angelina nicht ausnutzen, nur um sich besser zu fühlen. Sie wirkte auch nicht so, als ob sie dumme Spielchen auf Lager hätte. Allein der Gedanke, diese selbstbewusste und direkte Frau als gute Freundin zu gewinnen, tat ihm bereits unheimlich gut, das spürte er sofort.

Als Pietro zur Tür draußen war, schaute Sofia ihre Arbeitskollegin erwartungsvoll an. Die zog eine Grimasse. »Was ist? Dein Bruder ist einfach ein cooler Typ, mit dem man ganz offensichtlich Spaß haben kann.«

»Sicher«, stimmte Sofia ihr zu, »aber er ist auch nicht gerade der Beständigste, was Frauen betrifft.«

»Bin ich das bei Männern?«, gab Angelina blitzschnell zurück.

Sofia lachte laut auf. »Stimmt. Irgendwie scheint ihr euch nicht unähnlich zu sein.«

»Das könnte stimmen«, sagte die andere, »außerdem schätze ich deinen Bruder so ein, dass er einer Frau nichts vormacht und nichts verspricht, was er nicht halten kann. Zumindest jetzt, wo er unglücklich verliebt ist.«

Sofia zuckte jäh zusammen, dann schaute sie Angelina verwirrt an. »Mir hat Pietro gar nichts erzählt. In wen ist er denn unglücklich verliebt?«

»Das weiß ich auch nicht«, gab Angelina schulterzuckend zurück.

Sofia stöhnte auf – und kam sich auf einmal schrecklich selbstsüchtig vor. Wie egoistisch war sie denn bitte schön, wenn sie noch nicht mal bemerkte, dass es ihrem Bruder schlecht ging? Offenbar kreisten ihre Gedanken nur noch um sich selbst und ihre Beziehung zu Matteo. Plötzlich spürte sie einen dicken Kloß im Hals. Es genügte der Gedanke daran, dass er bald nach Deutschland ziehen würde – und sie fühlte sich hundsmiserabel. »Ich werde mit Pietro sprechen«, sagte sie leise, mehr zu sich selbst, dann wandte sie sich an Angelina: »Ich finde es übrigens großartig, dass ihr beide euch anfreundet. Lass dir nur von dem kleinen Casanova nicht den Kopf verdrehen!«

»Keine Sorge«, kicherte Angelina wie ein Teenager. »ich gehöre nicht zu den Frauen, die Männer bedingungslos anhimmeln. Und wenn das doch mal vorkommt, ziehe lieber ich die Reißleine, als abzuwarten, dass der Typ mich eiskalt abserviert.«

Halb verwirrt, halb bewundernd sah Sofia ihre Freundin an. Sie selbst war einfach viel zu sensibel, um die Liebe so locker zu nehmen. Und in Matteo war sie sehr verliebt. *Und ist er auch noch in dich verliebt?*, fragte eine zynisch klingende Stimme in ihrem Hinterkopf. *Aber natürlich!*, wäre es fast laut aus Sofia herausgeplatzt, sie biss sich aber noch im letzten Moment auf die Zunge. Angelina würde sie sonst noch für völlig verrückt halten.

Tja, ein wenig sonderlich kam sie sich selbst vor, mit ihrem verworrenen Zweifel an Matteos Zuneigung, der immer noch in ihr gärte. Zu den seltsamsten Zeiten machte er sich bemerkbar: Wenn sie morgens aufwachte, wenn sie einem Touristen den Weg zum Tretbootverleih erklärte – immer wieder meldete sich diese Stimme, die fragte, ob es normal sei, dass Matteo sich sogar jetzt, wo er doch ohnehin bald weg war, so sehr von ihr zurückzog. »Massenhaft Arbeit, ich kann die Praxis doch nicht verlassen, ohne alles für den neuen Tierarzt vorzubereiten«, hatte er ihr erst am Vorabend in vorwurfsvollem Ton erklärt. Sie war sich sofort kleinlich vorgekommen – und auch jetzt tobten widersprüchliche Gefühle in ihr.

Als Angelina sie nun anstupste und ihr das gewaschene Obst in einer Schüssel vor die Nase hielt, war sie richtiggehend dankbar für die Ablenkung. Und plötzlich, sie wusste auch nicht warum, kullerten Tränen ihre Wangen hinunter. Angelina sah sie erschrocken an und öffnete bereits den Mund, um etwas zu sagen. Dann überlegte sie es sich offensichtlich doch anders: Sie sprach kein Wort, nahm Sofia stattdessen einfach in den Arm.

Nur wenige Stunden später eilte Beatrice mit raschen Schritten zu dem recht modernen Gebäude, in dem sich das Büro des Versicherungsunternehmens befand, für das Alessandro seit geraumer Zeit arbeitete. Das wirklich unglückselige Gespräch mit Pietro ging ihr den gesamten Weg lang nicht aus dem Kopf. Dabei hatte sie im Moment eigentlich andere Sorgen: Alessandro kam ihr in letzter Zeit sehr seltsam vor. In einem Moment hatte er die beste Laune und keine zwei Minuten später schnauzte er sie wegen irgendeiner Kleinigkeit an. »Was, du hast keine Milch mehr daheim?«, hatte er erst am letzten Abend gemotzt, als er zu ihr in ihre kleine Wohnung gekommen war. »Du weißt doch, dass ich meinen Kaffee mit Milch trinke!«

Mittlerweile auch schon mit einem sehr dünnen Nervenkostüm behaftet, hatte sie zurückgeschrien: »Seit wann trinkst du am Abend Kaffee? Und wenn du Milch möchtest, kannst du sie dir gern selbst mitbringen!«

Daraufhin hatten sie sich beide erschrocken angesehen und waren sich in der nächsten Sekunde in die Arme gefallen. Alessandro hatte sich reumütig entschuldigt, und der restliche Abend hatte harmonisch und kuschelig vor dem Fernsehapparat geendet. Jetzt war wieder alles bestens zwischen ihnen – und doch ganz anders als früher, als sie wegen solcher Dummheiten bestimmt nicht zu streiten begonnen hätten. Mit einem tiefen Seufzer blieb sie stehen und musste erneut an Pietro denken. Zu gern hätte sie ihm ihr Herz ausgeschüttet, ihm ihre nagenden Zweifel mitgeteilt. Sie wollte sich ja nicht selbst verrückt machen, aber bis vor einiger Zeit hatte Alessandro viel vom Büro erzählt, auch von seinen Arbeitskollegen. Da gab es zum Beispiel die etwas schusselige Laura, die mit ihren kurzen Röcken alle Männer ein wenig verrückt machte. Außer Alessandro natürlich, der mit gutmütigem Spott erzählt hatte, dass er an der Unterhöschenparade seiner Kollegin nun wirklich nicht interessiert war. Aber seit einiger Zeit erzählte er nichts mehr, schon gar nicht von Laura. Und gerade das machte Beatrice stutzig.

Wütend zurrte sie ihren Pferdeschwanz fest. Sie wusste gar nicht genau, auf wen sie eigentlich wütend war. Auf Alessandro? Bei dem sie sich auf einmal nicht mehr ganz sicher sein konnte? Oder doch vielmehr auf Pietro, der ihr einfach so, mir nichts, dir nichts die Freundschaft gekündigt hatte.

Es ist nicht einfach so passiert, meldete sich da eine leise Stimme in ihrem Kopf zu Wort, auf die sie am liebsten gar nicht hören wollte. Aber anstatt zu verstummen, wurde dieses lästige Stimmchen lauter: *Du hast doch seine Blicke in den letzten Monaten bemerkt, die waren anders als früher. Und seine Stimme ist ganz weich geworden, wenn er mit dir gesprochen hat*. Beatrice stöhnte auf, lief dann schnell weiter, als ob sie vor etwas davonlaufen würde. Gut, sie hatte es bereits seit einer Weile mitgekriegt! Ja, sie hatte kapiert, dass Pietro für sie schwärmte. Zuerst war sie sich nicht sicher gewesen, doch mit der Zeit hatte sie kaum Zweifel gehegt, dass der sonst so coole Pietro, dem die Frauen massenweise nachliefen, sie anhimmelte. Vielleicht sogar ein wenig mehr als das. *Und wenn du ehrlich bist, musst zu zugeben, dass du es sogar ein wenig genossen hast, umschwärmt zu werden. Dass es dein Selbstbewusstsein aufgemöbelt hat – gerade jetzt, wo Alessandro sich so komisch benimmt.*

Beatrice schluckte einige Male, als sie sich diese ihrer Meinung nach doch ziemlich egoistischen Gefühle eingestand. Dann wurden ihre

Schritte langsamer, ihre Beine fühlten sich auf einmal so an, als ob Bleigewichte daran hängen würden. Nein, als gute Freundin hätte sie Pietros Gefühle nicht einfach übergehen sollen. Wenn sie nur daran dachte, wie sie ihn als Kummerkasten regelrecht ausgenutzt hatte, drehte sich ihr fast der Magen um vor Scham. *Heute Abend rede ich mit ihm in der Trattoria*, nahm sie sich in Gedanken fest vor und lief dann wieder schneller.

Nun konnte sie bereits den Eingang der Versicherungsgesellschaft sehen. Als sich das Tor öffnete, wollte sie eigentlich losrennen, stattdessen blieb sie, einer plötzlichen inneren Eingebung folgend, hinter einem hohen Lieferwagen verborgen stehen. Alessandro war aus der Tür getreten, neben ihm eine junge Frau mit langen lockigen Haaren. *Sehr hübsch und sehr sexy*, wie Beatrice mit jäh aufsteigendem Groll denken musste.

Alessandro lächelte diese Frau auf eine Art an, so wie er sie selbst schon lange nicht mehr angelächelt hatte. *Das ist bestimmt diese Laura*, schoss es Beatrice durch den Kopf, als sie einen Blick auf das kurze Sommerkleid der jungen Frau warf. Wie war das doch angeblich früher gewesen? Alessandro hatte sich über die »sexy Biene« lustig gemacht, nun wirkte er so vertraut mit ihr, als ob sie sich sehr gut kennen würden. Äußerst gut. Als er ganz selbstverständlich seine Hand über Lauras Rücken gleiten ließ, war für Beatrice auf einmal alles klar. Scharfe Stiche schossen durch ihren Brustkorb, während es ihr wie Schuppen von den Augen fiel: Himmel, Alessandro betrog sie mit der anderen Frau! Wie hatte sie bloß so lange blind wie ein Maulwurf sein können! Angesichts seiner Ausreden, wenn es später wurde, die einfach nicht logisch waren. Bei seine Stimmungsschwankungen, und während der Zeiten, zu denen er nicht am Handy erreichbar war. Im Grunde hätte sie es längst merken müssen, stattdessen hatte sie die Augen vor der schrecklichen Wahrheit verschlossen. »Keine Sekunde länger«, murmelte sie, während sie auf ihren Freund und seine Arbeitskollegin starrte.

»Mach's gut, Laura«, sagte dieser in diesem Augenblick und gab seiner Arbeitskollegin ein Küsschen auf die Wange, das für einen Fremden womöglich völlig unverfänglich erscheinen mochte. Aber Laura kannte ihren Freund gut genug und wusste, dass er bei einer guten Bekannten bestimmt nicht so lange Wange an Wange verweilen würde. Ein blitzschnelles Küsschen, womöglich noch mit einem dummen Spruch, das entsprach seiner Mentalität.

Letztens hatte er Sofia mit einem Kuss auf die Wange begrüßt und frech gemeint: »He, du kratzt ja! Du musst dich wieder rasieren!«

Natürlich war das völliger Unsinn gewesen, aber alle hatten gelacht, Sofia am lautesten. Und jetzt? Ihr Freund und diese Laura wirkten auf sie geradezu ineinander versunken.

Laut genug, dass Beatrice es hören konnte, meinte die Frau: »Ciao, mein Lieber!« Mit einer kleinen Schnute, die den Männern bestimmt ordentlich einheizte, setzte sie nach: »Hast du wirklich keine Zeit mehr für mich?«

Empört registrierte Beatrice, dass Alessandro nun sogar die Frechheit besaß, eine zerknirschte Grimasse zu ziehen. »Tut mir leid, aber Beatrice hat heute Nachmittag frei, da muss ich wohl ...« Anstatt den Satz zu beenden, verzog er erneut das Gesicht, allein dafür hätte ihn Beatrice am liebsten auf der Stelle erwürgt.

»Ich verstehe dich«, sagte diese Schlange von Arbeitskollegin nun mit kokettem Wimpernschlag, »eine Beziehung wirft man nicht so einfach weg.« Ein lauter Seufzer folgte. »Aber ich vermisse dich. So wundervoll wie mit dir war es noch mit keinem Mann.«

Beatrice bemerkte den stolzen Ausdruck im Gesicht ihres Freundes. Ihr hingegen drehte sich der Magen um. Auf keinen Fall wollte sie hören, was Alessandro dieser Laura nun zusäuselte. Andere Frauen würden wohl an ihrer Stelle davonlaufen. Aber das konnte sie nicht. Sie würde sich nicht wie ein geschlagener Hund davonmachen. Nach all dem, was sie hier gehört hatte, musste sie ihren Zorn herauslassen, um nicht wie ein kaputter Dampfkessel zu explodieren. Diese Gedanken tanzten wie Gewitterwolken in Sekundenbruchteilen durch ihren Kopf, dann war sie bereits aus ihrem Versteck hinter dem Lieferauto hervorgestürmt und auf Alessandro und Laura zugelaufen. Wie ertappt stoben die beiden auseinander, was fast witzig ausgesehen hätte, wäre Beatrice denn zum Lachen zumute gewesen.

»Alessandro! Du kannst dich sehr gern mit Laura treffen«, sagte sie mit schneidender Stimme zu ihrem Freund, »ab jetzt hast du mehr als genug Zeit.«

Dann wandte sie sich an seine Geliebte. »Und Ihnen noch viel Vergnügen mit meinem Exfreund«, sagte sie mit einem süffisanten Grinsen, »schlecht ist er wirklich nicht im Bett. Aber andere Mütter haben auch hübsche Söhne.«

Alessandro, der endlich seine Sprache wiedergefunden hatte, stöhnte laut auf. »Beatrice, hier handelt es sich bloß um ein dummes Missverständnis!«

»Mach es nicht noch schlimmer, du Idiot!«, fuhr sie ihn an. Ruhiger fügte sie hinzu: »Heute Abend, wenn ich in der Trattoria bin, kannst du dir dein Zeug aus meiner Wohnung holen. Den Schlüssel wirfst du danach in den Briefkasten.« Warnend hob sie ihren Zeigefinger. »Und wage es ja nicht, mich anzurufen oder etwa im Lokal aufzutauchen. Ich möchte dich nie mehr wiedersehen.«

Die letzten Sätze hatte sie sehr langsam gesagt und es damit offenbar wirklich geschafft, eine gewisse Autorität auszustrahlen, denn weder Alessandro noch Laura brachten auch nur irgendein Wort über die Lippen. Ohne die beiden eines weiteren Blickes zu würdigen, machte Beatrice auf dem Absatz kehrt. Eilig, jedoch ohne zu rennen, entfernte sie sich von diesem

»Schauplatz des Schreckens«. Sie spürte dabei regelrecht, wie ihr Herz in kleine Splitter zerfiel. Tränen rannen ihr über die Wangen, und nach wenigen Sekunden schluchzte sie. Aber sie ging immer weiter, ignorierte die erstaunten Blicke der Leute, die ihr begegneten. Und ganz weit hinten in ihrem Herz, besser gesagt in einem der Trümmer, die ihr noch geblieben waren, machte sich etwas breit, das sich nach Erleichterung anfühlte: Endlich war dieses fiese Schmierentheater, das ihr viel zu lange aufgetischt worden war, vorbei.

»Liebling, wie schön, du bist ja schon zu Hause!«, rief zur gleichen Zeit Sofia, als sie ihre kleine Wohnung betrat und Matteo in der Küche rumoren hörte.

Rasch ließ sie ihre Handtasche fallen und lief zu ihrem Freund, der gerade an der Kaffeemaschine hantierte. »Möchtest du auch eine Tasse?«, fragte er, ohne aufzusehen.

»Ja, gern«, sagte Sofia und versuchte, ihre Enttäuschung hinunterzuschlucken.

Mit einem bemühten Lächeln trat sie an Matteo heran und küsste ihn vorsichtig auf den Mund. Fast, als ob ihm diese Berührung unangenehm wäre, drehte er seinen Kopf blitzschnell zur Seite.

Jedoch gleich darauf zog er Sofia an sich. »Tut mir leid, im Moment muss ich an tausend Dinge denken«, sagte er mit bekümmerter Stimme. Er deutete durch die offene Wohnzimmertür auf seinen Schreibtisch. »Heute muss ich noch einige Formulare für Nürnberg ausfüllen. Krankenversicherung, Unterlagen für die Mietwohnung dort …« Mit einer wegwerfenden Handbewegung setzte er nach: »Eben wahnsinnig viel Behördenkram.«

»Ach, du armer Schatz«, sagte Sofia mitleidig, strich ihm mit dem Handrücken über die Wange, »ich dachte, wir könnten uns einen schönen Abend machen. Vielleicht ein Motorboot mieten und raus auf den See fahren.« Sie deutete durch das offene Küchenfenster, von dem man einen wunderbaren Blick direkt auf den Gardasee hatte. In der späten Nachmittagssonne glänzte das Wasser dermaßen golden, als ob überirdische Mächte Unmengen von Goldstaub darauf verteilt hätten. Ein geradezu magischer Anblick, wie Sofia fand. Dann hob sie den Einkaufskorb leicht in die Höhe, der neben ihr auf dem Boden stand. »Wenn du willst, hole ich uns aus dem Laden nebenan ein paar Leckereien, dann können wir bei Sonnenuntergang ein kleines Picknick auf dem Wasser veranstalten.«

»Wirklich eine süße Idee«, stimmte Matteo ihr zu, »aber es geht nicht. Wenn ich all die Dinge nicht fertigbekomme, brauche ich erst gar nicht loszufahren.«

Musst du doch auch nicht, schoss es Sofia durch den Kopf, schaffte es aber gerade noch, ihre Gedanken für sich zu behalten.

Sie hatte sich fest vorgenommen, ihrem Freund keine Steine in den Weg zu legen – und an diesen Vorsatz würde sie sich auch halten. Dennoch wagte sie noch einen letzten kleinen Versuch: »Was hältst du davon, wenn du den Papierkram morgen Abend erledigst, da bin ich ohnehin in der Trattoria beschäftigt.«

Während Matteo die Kaffeemaschine betätigte, verdrehte er sichtlich genervt die Augen. »Sofia, ich werde auch morgen Abend arbeiten müssen. Es geht nicht anders.«

Sie nickte langsam. »Dann koche ich uns eben etwas Leckeres. Vielleicht Pasta mit Sardellen und Oliven?«

»Nein, Sofia!«, sagte Matteo da in ziemlich schroffem Ton. Da sie offenbar sehr erschrocken aussah, fügte er freundlicher hinzu: »Schatz, ich möchte wirklich nicht, dass du an diesem wunderschönen Tag bei mir in der Wohnung hockst.« Mit der Hand deutete er durch das offene Fenster auf den See. »Der See hat heute einen besonders schönen Glanz.« Sofia erschien er fast ein wenig gönnerhaft, als er hinzufügte: »Vielleicht hat ja eine Freundin Zeit, sich mit dir ein Boot auszuleihen. Oder dieser Thomas, dein deutscher Jugendfreund, von dem du mir erzählt hast.«

»Du brauchst dich nicht um einen Spielkameraden für mich zu kümmern«, erwiderte Sofia verärgert, »ich komme auch allein gut zurecht.« Sie musterte einen Moment lang Matteos Miene. Sie konnte es nicht so richtig fassen, dass ihr der Mann, mit dem sie die letzten drei Jahre verbracht hatte, plötzlich ganz fremd erschien.

»Du hast recht, ich drehe noch eine Runde und genieße den schönen Abend«, erklärte sie mit rauer Stimme.

Matteo nickte und irgendwie kam er ihr fast befreit vor. Mit geradezu herablassender Miene reichte er ihr eine volle Kaffeetasse. »Bitte, für dich.«

»Danke, nein«, entgegnete Sofia in bissigem Ton, der sonst gar nicht ihre Art war, »für heute bin ich bereits aufgekratzt genug.«

Ohne eine Antwort abzuwarten, ging sie aus der Küche direkt ins Bad. Sie würde sich nur noch rasch frisch machen und dann Angelina anrufen. Vielleicht hatte ihre Freundin ja Lust auf einen Bummel durch die Stadt.

Kapitel 6

Sofia hörte es einige Male klingeln, bevor Angelina ans Handy ging. Diese hatte keine guten Nachrichten für ihre Freundin. »Tut mir leid, heute Abend kommen doch meine Eltern zu mir auf Besuch – und ich mühe mich gerade damit ab, selbst gemachte Pasta zu zaubern.«

Angelina klang so drollig überfordert, dass Sofia laut auflachen musste. »Oh, oh, ich wusste gar nicht, welch dermaßen ambitionierte Köchin ich plötzlich zur Freundin habe.«

»Bis jetzt wusste ich das auch nicht«, brummte Angelina nur halb im Scherz, »das Ergebnis sieht im Moment ziemlich bescheiden aus. Die Nudeln sind so dick, dass man damit Schiffe an Land ziehen könnte.«

Sofia, die oft genug mit ihrer Mutter Pasta hergestellt hatte, sagte, immer noch amüsiert: »Wenn du möchtest, komme ich vorbei und helfe dir.«

»Auf keinen Fall«, protestierte die andere, »du wirst diesen herrlichen Nachmittag im Freien genießen und nicht in meiner winzigen Küche stehen und die verwunschenen Nudeln retten.«

Mit einem kleinen Seufzer, der hoffentlich leise genug war, dass Angelina ihn nicht hören konnte, lehnte sich Sofia an die Wand neben der Eingangstür ihres Wohnhauses. Eben war sie übereilt aus ihrer Wohnung geflüchtet, hatte sich so sehr danach gesehnt, bei Angelina ihr Herz auszuschütten. Und jetzt schien es so, als ob sie die nächsten Stunden doch allein durch die Straßen laufen müsste. Natürlich konnte sie auch ins »A Elena« gehen und dort mithelfen, aber insgeheim wusste sie, dass Pietro ihr die Hölle heiß machen würde, weil sie an ihrem freien Abend nicht ausspannte. Gleichzeitig war Sofia klar, dass sie heute mit ihrer bedrückten Miene noch mehr Gäste verschrecken würde als Antonio. Ja, bei dem riesigen Kloß, der in ihrem Hals saß, konnte sie es sich kaum vorstellen, auch nur ein halbwegs ehrlich wirkendes Lächeln aufzusetzen.

»Aber wenn du zum Essen kommen möchtest, bist du herzlich eingeladen. Wir feiern den Geburtstag meiner Mamma«, hörte sie Angelina in weichem Ton sagen, »aus mir heute unerfindlichen Gründen habe ich ihr vor einiger Zeit versprochen, an ihrem Ehrentag selbst gemachte Pasta zu servieren. Und leider war sie von der schrecklichen Idee sofort hellauf begeistert.«

Unwillkürlich musste Sofia erneut laut lachen, sie konnte sich das Chaos in Angelinas Küche bildlich vorstellen. Ihre Freundin hatte viele Qualitäten, aber Kochen gehörte eindeutig nicht dazu – zumindest, wenn man Angelinas Horrorgeschichten von den seltenen Kochversuchen Glauben schenken durfte. Dennoch war Sofia klar, dass Angelinas Eltern sich auf einen Abend mit ihrer einzigen Tochter freuten – die beiden lebten nicht in Bardolino, sondern in Rom, wo Angelinas Vater in einem Ministerium beschäftigt war. Auch wenn Angelina es lieb meinte, würde sich Sofia nur als Störenfried in der kleinen Familie, die sich ohnehin nicht so oft sah, vorkommen.

»Nein, danke«, sagte sie deshalb mit bemüht munterer Stimme, was ihr nicht mal ihren eigenen Ohren nach sonderlich gut gelang, »habt ihr mal ein schönes Treffen, bestimmt wird die Pasta herrlich schmecken. Ich freue mich auf einen geruhsamen Abend.«

»Bist du sicher?«, fragte Angelina, offenbar hellhörig geworden, besorgt nach.

Kein Wunder, dachte Sofia bei sich, sie merkte schließlich selbst, dass sich ihre Stimme in etwa so fröhlich anhörte wie ein Trauermarsch. Schnell gab sie sich einen energischen Ruck und sagte nun in festerem Ton: »Ja, meine Süße, ich bin mir absolut sicher.«

»Wenn du meinst. Aber wenn du über Matteo sprechen möchtest, komm bitte vorbei.«

»Mit Matteo ist alles bestens«, schwindelte Sofia, dann verabschiedete sie sich, um der armen Angelina nicht noch länger die Zeit zu stehlen.

Nachdem sie ihr Handy, dessen Akku ohnehin fast leer war, in ihre Handtasche gesteckt hatte, schüttelte sie über sich selbst verwundert den Kopf. Eigentlich hätte sie bei Angelina gar nicht anrufen brauchen, schließlich konnte es doch auch schön sein, wenn sie mal allein durch die kleine Stadt bummelte. Am Hafen würde sie sich ein köstliches Gelati gönnen, vielleicht noch bei Benno ein Glas Wein trinken. Und wenn sie später nach Hause kam, würde die Stimmung zwischen Matteo und ihr wieder in Ordnung sein, davon war sie überzeugt. Mit raschen Schritten lief sie die kleine Straße entlang und steuerte direkt auf den Hafen zu. Als sie um die Ecke bog, sah sie vor einem Café einen blonden Mann mit einer italienischen Zeitung in der Hand sitzen. Das großformatige Blatt hielt er vors Gesicht, sodass sie nur einen kleinen Teil der Stirn und ein paar kurze Locken erkennen konnte. Dennoch wusste sie sofort, wer da an seinem Italienisch feilte. Eine Sekunde lang überlegte sie, zu ihrem Jugendfreund, denn kein anderer als Thomas saß da, hinzugehen – im letzten Moment entschied sie sich dagegen. Es reichte, dass sie eben Angelina auf die Pelle gerückt war, Thomas wollte sie nicht auch noch stören. Eigentlich hatte er ihr bei ihrer letzten zufälligen Begegnung versprochen, sie in der Touristeninformation zu besuchen. Seitdem war bereits einige Zeit vergangen – und diese treulose Tomate war kein einziges Mal vorbeigekommen. Also hatte Thomas wohl kein besonderes Interesse daran, sie wiederzusehen. *Dann ist es eben so*, dachte sie enttäuschter, als sie es eigentlich sein wollte, und versuchte, verdeckt hinter einer Gruppe Touristen an dem Café vorbeizulaufen.

Es klappte wirklich gut, bis zwei Frauen der kleinen Truppe beschlossen, in einem Souvenirladen zu verschwinden. Nun war Sofia plötzlich ohne Deckung – und musste auch noch wenige Schritte von Thomas entfernt stehen bleiben, da ihr eine Frau mit einem monströsen Zwillingskinderwagen entgegenkam. Erschrocken sprang sie zur Seite und versuchte, in einem etwas lächerlichen Sprint ein Paar zu überholen, da hörte sie, wie Thomas ihren Namen rief: »Sofia! Läufst du etwa vor mir davon?«

Schon war er aufgesprungen und stand vor ihr. Mit heißen Wangen starrte sie ihn an und kam sich vor, wie ein kleines Kind, das beim heimlichen Naschen entdeckt worden war.

»Oh, ciao Thomas, ich habe dich gar nicht gesehen«, flunkerte sie nun mit einer etwas wackligen Stimme.

»Ich dich zuerst auch nicht«, sagte Thomas und lächelte sie an, im nächsten Moment verdüsterte sich sein Gesicht jedoch. »Es tut mir leid, dass ich mich noch nicht bei dir in der Touristeninformation habe blicken lassen.« Frustriert warf er die Hände in die Luft. »Die Arbeit an dem neuen Hotel in Lazise ist gerade ganz schön heftig. Sozusagen eine heiße Phase.«

»Verstehe ich doch«, sagte sie und zwinkerte ihm zu, »du brauchst wirklich kein schlechtes Gewissen zu haben.«

»Habe ich aber«, sagte er, schaute sie auf einmal dermaßen komisch an, dass sie sich unbehaglich fühlte. Bevor sie etwas sagen konnte, fragte er mit auffallend skeptischer Stimme: »Ist alles in Ordnung zwischen dir und Matteo?«

Brüsker als sie es eigentlich vorgehabt hatte, erwiderte sie: »Natürlich ist alles bestens. Er hat nur viel zu tun wegen seiner baldigen Abreise.«

»Na klar«, sagte Thomas, nickte dabei einige Male, doch so richtig überzeugt wirkte er dabei nicht.

Und wieder mal, wie so oft in letzter Zeit, spürt Sofia ein dumpfes Gefühl in der Magengegend, so, als ob etwas Schlimmes auf sie zukommen würde, vor dem sie bis jetzt die Augen verschlossen hatte. *Völliger Unsinn!*, schalt sie sich im Stillen, ihre Beziehung mit Matteo war sicher wieder im Lot.

Nur sahen das offensichtlich einige Pessimisten wie Angelina und Thomas anders. *Du hast doch selbst Zweifel*, meldete sich, wie so oft in letzter Zeit, erneut ein keckes Stimmchen in ihrem Kopf, das Sofia gar nicht beachten wollte.

Zum Glück lenkte Thomas sie nun von ihren schwermütigen Gedanken ab. Mit einer schiefen Grimasse hielt er seine Zeitung in die Höhe. »Schau mal, ich versuche, mein Italienisch zu verbessern.«

»Va bene. Sehr gut«, sagte Sofia. »Bald sprichst du besser als jeder Italiener.«

»Ja, sicher«, lachte Thomas amüsiert auf, »in Kürze wirst du mich um Rat fragen, wenn dir ein italienisches Wort nicht einfällt.«

Seine Augen funkelten, als er sie ansah. »Ich habe vor, länger hier in Bardolino zu bleiben, vielleicht für immer. Da kann ein gutes Italienisch nicht schaden.«

»Stimmt«, lachte Sofia, während ihr Herz einen kleinen Hüpfer machte – eindeutig fühlte sich dieser Nachmittag nicht mehr ganz so düster an. Im Gegenteil, nun bemerkte sie wieder, welch wunderschönen Sommertag mit einem strahlend blauen Himmel sie gerade erlebte. »Ich freue mich sehr, dass wir uns getroffen haben«, sagte sie wahrheitsgemäß, fügte dann ehrlich hinzu, »auch wenn ich vorhin mit Absicht an dir vorbeigelaufen bin.«

Thomas grinste nun übers ganze Gesicht. »Habe ich bemerkt.« Als Sofia beschämt die Augen zusammenkniff, fügte er auch noch hinzu: »Dein kleines Hindernisrennen sah auf jeden Fall recht sportlich aus.«

»Jetzt sei nicht so fies!«, musste sie widerwillig lachen und schlug ihm dabei leicht gegen den Oberarm. »Ich dachte eben, du möchtest deine Ruhe vor mir haben.«

»Keinesfalls«, konterte er, »es war wirklich nur die viele Arbeit und …«

Er hielt mitten im Satz inne, schien kurz zu überlegen, ob er noch etwas sagen sollte, entschied sich dann aber offensichtlich dagegen. Erst nach einem ausgiebigen Räuspern fragte er: »Hast du Lust auf eine kleine Bootspartie? Ein Stück den Hafen entlang kann man Motorboote ausleihen.«

»Was du nicht sagst«, neckte sie ihn, »ich wohne wohl schon ein wenig länger in Bardolino als du. Und könnte dich blind zu jedem Bootsverleih im Ort führen.«

»Das will ich sehen«, sagte Thomas belustigt. Ernster fragte er nach: »Heißt das, du hast Zeit und Lust, mit mir auf den See rauszufahren?«

»Zufällig habe ich das«, sagte Sofia gespielt von oben herab, legte noch einen drauf, um wie eine Lehrerin zu erklären: »Außerdem möchte ich dir dabei helfen, dein Italienisch zu verbessern. Denn noch besser als Zeitung lesen ist …«

»Das Gespräch mit einer schönen Italienerin«, unterbrach Thomas sie, sah aber in der nächsten Sekunde ganz erschrocken aus. »Scusa, entschuldige bitte, ich wollte dir kein plumpes Kompliment machen. Nicht, dass du noch denkst, ich möchte mit dir flirten oder so.«

»Keine Sorge«, sagte Sofia mit einem gutmütigen Lachen, »ich weiß, dass du nur eine alte Freundin in mir siehst. Die kleine Sofia, die dich immer durch die Trattoria gejagt hat.«

»So ist es«, sagte er und rollte mit den Augen, »die kleine Sofia, die leider immer schneller war als ich.«

Keine zehn Minuten später saßen sie zusammen in einem kleinen Motorboot mit Sonnensegel und fuhren aus dem kleinen Hafen hinaus. Thomas hielt das Steuer in der Hand, während sich Sofia neben ihm mit geschlossenen Augen auf ihren Sitz fläzte. Ihre Sandalen hatte sie ausgezogen und ließ einen Fuß ins erfrischende Wasser des Gardasees hängen. Eine Weile sagte keiner von beiden etwas, doch gerade diese friedliche Stille, die zwischen ihnen lag, fühlte sich für Sofia herrlich gemütlich an. Mit einem kleinen Seufzer öffnete sie die Augen und schob sich die Sonnenbrille auf ihrer Nase zurecht. Sie warf einen kurzen Seitenblick auf Thomas und ließ ihre Augen gleich darauf über den strahlend blauen See wandern. Hach, an dem glänzenden See und den sanften grün bewachsenen Hügeln drumherum würde sie sich wohl nie ganz sattsehen können. Auch nach dreißig Jahren war sie immer noch fasziniert von der Gegend. Ehrlich gesagt fiel es ihr wahnsinnig schwer, sich vorzustellen, eines Tages woanders zu leben. Aber wenn sie mit Matteo glücklich werden wollte, musste sie dieses Opfer bringen. Basta.

Thomas schien ihre Gedanken zu lesen und schaute sie unter seiner Sonnenbrille kurz von der Seite an. »Hier ist es herrlich, nicht wahr?« Er seufzte theatralisch auf. »Ich würde am liebsten für immer bleiben.«

»Das würde mich wirklich freuen«, sagte sie aus tiefstem Herzen, fügte dann jedoch ehrlich interessiert hinzu: »Hast du denn gar kein Heimweh nach Stuttgart?«

»Nein, absolut nicht. Stuttgart ist eine sympathische Stadt, sicher. Und es lässt sich dort gut leben. Aber sie liegt ja nicht aus der Welt. Also kann ich oft genug hinfahren, um meine Eltern und Freunde zu treffen.« Er warf Sofia einen, wie sie fand, ziemlich gequälten Blick zu. »Aber es gibt dort auch Menschen, denen ich absolut nicht mehr begegnen möchte.«

Bevor sie erneut zum Reden ansetzte, schluckte sie mehrmals. Einfach fiel es ihr nicht, ein Thema anzusprechen, das bei Thomas offenbar noch lange nicht abgehakt war. Dennoch hatte er ja letztens selbst gemeint, er wollte ihr von seiner Scheidung erzählen. Also atmete sie tief durch und fragte: »Möchtest du vielleicht jetzt über deine Trennung sprechen?«

Thomas zuckte zwar leicht zusammen, nickte dann aber, bevor er sich seine Sonnenbrille auf den Kopf hochschob. »Wenn es dich wirklich interessiert.«

»Tut es«, erwiderte Sofia und schaute ihn betont erwartungsvoll an.

Inzwischen waren sie weit zur Mitte des Sees gefahren, andere Boote dümpelten in ihrer Nähe mit ausgestelltem Motor auf dem Wasser, während die Bootsfahrer bei sommerlichen Temperaturen in Badehose oder Bikini auf dem Sonnendeck lagen und sich jetzt am späten Nachmittag von der etwas milderen Sonne bräunen ließen.

Auch Thomas stellte den Motor ab, schaute eine Weile versonnen aufs Wasser, dann drehte er sich zu Sofia. »Keine Sorge, ich mache es so kurz wie möglich: Meine nunmehr Exfrau Ulrike hat sich in meinen Freund verknallt. Na ja, darauf folgte die übliche geheime Affäre, die viel zu spät aufgeflogen ist.« Leicht aufgebracht schlug er sich gegen die Stirn. »Heute frage ich mich wirklich, wie ich so lange so dermaßen naiv sein konnte. Ich habe Ulrike jede noch so alberne Lüge abgenommen. Ihre wie aus heiterem Himmel so häufigen Treffen mit etlichen Freundinnen. Fast jeden Tag mit einer anderen. Das Übernachten bei einer alten Tante, von der ich zuvor nicht mal etwas gehört hatte. Aber Ulrike musste ein ganzes Wochenende bei ihr bleiben, weil die Arme eine schlimme Lebensmittelvergiftung hatte.« Demonstrativ zog er eine Augenbraue in die Höhe. »Bescheuert, nicht wahr? Ich muss dir wohl nicht erklären, mit wem Ulrike in Wahrheit das Wochenende verbracht hat?«

Statt einer Antwort berührte Sofia ihn leicht am Oberarm. Thomas sprach leise weiter: »Irgendwann riecht aber auch der dümmste Esel Lunte. Ich habe mir heimlich ihr Handy geschnappt und bin die Nachrichten durchgegangen.« Offenkundig zerknirscht zuckte er mit den Schultern. »Ich weiß, das macht man nicht. Und ich habe mich auch erbärmlich gefühlt …«

»Es war in deiner Situation nur verständlich«, versuchte Sofia, ihn moralisch zu unterstützen, »es klingt ja leider wirklich so, als ob dir deine Exfrau jede Menge Lügen aufgetischt hätte.« Gedankenverloren schüttelte sie den Kopf. »Ich könnte es auch nicht ertragen, wenn Matteo mich belügen würde.«

Für einen Moment trafen sich ihre Blicke, und Sofia glaubte, so etwas wie Entsetzen in Thomas' Augen zu erkennen. Erschrocken fragte sie nach: »Was ist los?«

Eilig senkte Thomas den Blick und schien sich auf einmal brennend für das Steuerrad vor ihm zu interessieren, über das er mit den Fingern immer wieder prüfend strich. Sofia wiederholte ihre Frage, denn plötzlich heulte ein ganzes Orchester von Sirenen in ihrem Kopf los.

»Was meinst du?«, fragte Thomas in unschuldigem Ton.

Sofort kam sich Sofia völlig verrückt vor, stammelte mit einer resignierten Geste: »Ach, im Moment bin ich wohl völlig durch den Wind. Eine Sekunde lang habe ich doch tatsächlich gedacht, du weißt etwas über Matteo.« Sie redete fast wie gehetzt weiter, bemerkte dadurch nicht, dass Thomas den Mund öffnete, um etwas zu entgegnen. »Aber du kennst Matteo ja gar nicht. Wie sollst du da etwas über ihn wissen?« Sofia war klar, dass sie ihm nun einen fast flehenden Blick zuwarf, warum, konnte sie sich auch nicht so recht erklären. »Oder weißt du etwas, das ich wissen sollte?«, fragte sie schließlich. Herrje, jetzt sah sie wohl schon überall Gespenster!

Thomas atmete tief durch, so als ob er Zeit zum Überlegen bräuchte, dann sagte er langsam: »Du hast doch gesagt, dass zwischen Matteo und dir wieder alles in bester Ordnung ist, nicht wahr?«

Fast automatisch nickte sie mit dem Kopf. Aufrichtiger wäre es gewesen, wenn sie ihm von ihren Zweifeln erzählt hätte, von dem seltsamen Gefühl in der Magengegend, das sie immer wieder wie aus dem Nichts überrollte. Aber sie traute sich nicht. Schlicht und ergreifend hatte sie Sorge, dass ihre Beziehung, wenn sie ihre

Ängste erst einmal laut ausgesprochen hätte, in sich zusammenfallen würde wie das sprichwörtliche Kartenhaus. Der leichteste Windhauch genügte ...

»Natürlich weiß ich nichts von Matteo«, sagte Thomas rasch, allerdings wandte er seinen Blick dabei ab, fügte in fast barschem Ton hinzu: »Möchtest du nun wissen, wie es mit Ulrike und mir weiterging, oder nicht?«

»Natürlich«, beeilte sie sich zu sagen. Sie nahm ihm seinen plötzlichen Anfall schlechter Laune nicht übel, ein Blinder bemerkte doch, dass er immer noch unter dem Betrug und der Trennung litt.

Zumindest lächelte er sie jetzt freundlich an, bevor er weitersprach: »Als ich herausfand, dass sie mich mit meinem guten Freund Florian betrog, ist natürlich eine Welt für mich zusammengebrochen. Ulrike und ich waren bestimmt nicht das Traumpaar schlechthin, das keine Probleme hatte. Aber wir haben uns geliebt.« Seine Stimme klang jetzt gedämpfter: »Zumindest dachte ich das. Deshalb wollte ich ihr auch verzeihen, habe viel versucht, um sie wieder zurückzugewinnen.«

Sofia rutschte unbehaglich auf ihrem Sitz hin und her. Dass diese Geschichte nicht gut für Thomas ausgegangen war, lag ja nun auf der Hand. Als er weitersprach, war sie dann aber doch völlig baff über die Dreistigkeit dieser Ulrike, die mit den Männern spielte, als ob sie bloß Schachfiguren für sie wären.

»Ulrike wollte nicht zu mir zurückkommen. Zumindest nicht gleich. Erst als sie nach zwei Monaten gemerkt hat, dass Florian und sie doch kein absolutes Dream-Team waren, stand sie plötzlich vor mir.« Nach einem kurzen Räuspern sprach er weiter: »Schluchzend ist sie mir um den Hals gefallen und hat mir erklärt, dass sie schwanger ist. Von mir wohlgemerkt, ein Kind, das wir uns schon lange gewünscht hatten. Zu diesem Zeitpunkt hatte ich mit Ulrike bereits abgeschlossen, obwohl ich immer noch völlig neben mir gestanden habe.«

Hilflos warf er die Hände in die Luft. »Aber ein Kind war für mich eine völlig andere Perspektive. Es hat mir auch wirklich erneut das Herz geöffnet. Und der Gedanke, dass das kleine süße Ding von Anfang an ohne Vater aufwachsen würde, schien mir unerträglich.«

Sofia konnte sich vorstellen, was als nächstes kam, tastete sich vorsichtig an die bittere Wahrheit heran: »Aber sie war gar nicht schwanger, stimmt's?«

»Nein, sie hatte nur mit diesem Trick versucht, mich weichzuklopfen. Und hatte es ja tatsächlich geschafft.«

»Wie hast du es herausgefunden?«

Thomas klang zermürbt, als er schließlich weitersprach: »Wieder das Telefon. Dieses Mal war es durch einen Zufall. Ulrike dachte, ich wäre bereits ins Büro gegangen, ich hatte jedoch meine Jacke im Flur vergessen. Sie war dermaßen in ein Telefongespräch mit einer Freundin vertieft, dass sie gar nicht gemerkt hatte, wie ich noch mal zurückgekommen bin. Dieser Freundin hat sie erklärt, dass sie das Märchen von der Schwangerschaft noch ein wenig aufrechterhalten wollte, dann würde sie eben eine Fehlgeburt erleiden.«

Sofia starrte ihren Jugendfreund fassungslos an, kam sich mittlerweile wie in einem schlechten Krimi vor. Ganz schwindelig war ihr von dieser schrecklichen Geschichte schon geworden. »Das darf doch nicht wahr sein«, murmelte sie, am liebsten hätte sie Thomas in den Arm genommen, doch das traute sie sich nicht. Bestimmt wäre ihm eine solche dramatische Mitleidsbekundung schrecklich peinlich gewesen. Schnell wandte sie den Blick ab, schaute aufs Wasser, auf dem im warmen Sonnenlicht die Wellen tanzten.

»Ich habe Ulrike natürlich zur Rede gestellt, konnte es nicht fassen, dass sie mich so dreist belogen hatte.« Er schnappte nach Luft. »Und weißt du, was sie gesagt hat?«

»Dass sie Sorge hatte, dich ohne diese Lüge von der Schwangerschaft nicht mehr zurückzubekommen?«, fragte Sofia mit gerunzelter Stirn.

»So ähnlich. Außerdem hat sie erklärt, dass sie ohnehin nicht sicher war, ob sie lieber mit mir oder Florian zusammen wäre. In ihrem Herzen ist es wohl kunterbunt zugegangen. Aber zumindest war mir endlich klar, dass ich Ulrike nicht mehr wollte. Ich kam mir zwar vor wie ein Boxer, der k. o. in seiner Ecke lag und nur noch stöhnte. Aber Ulrike war nun endgültig Vergangenheit für mich.«

Mit einem wehmütigen Lächeln sah er seine Jugendfreundin an, die sich jetzt endgültig nicht mehr zurückhalten konnte. Ohne noch länger zu überlegen, schlang Sofia die Arme um seinen Hals, drückte Thomas freundschaftlich an sich. »Du wirst dich wieder neu verlieben und glücklich werden«, sagte sie voller Mitgefühl, »da bin ich mir ganz sicher.«

Als sie sich wieder voneinander gelöst hatten, ein wenig peinlich befangen, wie sie fand, fügte sie hinzu: »Dein Umzug nach Italien, der Tapetenwechsel, waren goldrichtig.«

»Da bin ich ganz deiner Meinung«, sagte Thomas und machte mit weit ausholender Geste einen Rundblick über den See. »Hier ist es herrlich. Und heute bin ich froh darüber, dass ich nie mit Ulrike hergekommen bin.« Er zwinkerte Sofia zu. »Sie mag keine hohen Temperaturen.«

»Oh, wie schade«, konnte sich seine Jugendfreundin mit einem boshaften Grinsen nicht zurückhalten, gleich darauf versuchte sie, nicht länger allzu zynisch zu sein: »Ich möchte Ulrike nicht verurteilen, offenbar war sie gefühlsmäßig völlig verwirrt.« Kämpferisch reckte sie ihre Faust in die Höhe: »Aber wer meinen lieben Freund verletzt, der sollte sich vor mir in Acht nehmen.«

Thomas lachte laut auf, dann nahm er Sofia noch mal kurz in den Arm. »Du warst schon immer ein wundervoller Mensch«, flüsterte er ihr ins Ohr, »bitte lass es nicht zu, dass man dir wehtut.«

Fast erschrocken wich er danach zurück und ließ seine Sonnenbrille wie ein Visier über seine Augen klappen. Dann stellte er mit einer eiligen Handbewegung den Motor des Bootes an. »Was hältst du von einer riesigen Portion Gelati als Abschluss unserer Bootstour?«, fragte er dabei betont heiter.

Sofia stieg nach einem kurzen Moment der Verwirrung auf seinen lockeren Ton ein: »Sehr gern. Aber nur, wenn ich bezahlen darf.« Als er sie entrüstet anschaute, meinte sie mit einem schiefen Grinsen: »Das Boot hast schließlich du bezahlt.«

»Und?«, gab Thomas keck zurück und wendete Richtung Bardolino, »darüber sprechen wir noch.«

»Mamma mia, bist du anstrengend«, regte sich Sofia künstlich auf, grinste dabei aber so breit, dass ihr die Mundwinkel wehtaten. Erstaunt stellte sie fest, dass sie sich schon lange nicht mehr so wohlgefühlt hatte wie die letzte Stunde hier auf dem See. Trotz Thomas' trauriger Erzählung von seiner Trennung, trotz ihrer immer wiederkehrenden zermürbenden Gedanken über die Zukunft mit Matteo. »Du tust mir gut«, rutschte es ihr plötzlich heraus, und in der nächsten Sekunde spürte sie, wie sich eine tiefe Röte über ihre Wangen zog.

Auch Thomas sah sie ziemlich perplex an. »Nicht das, was du denkst«, stammelte sie nun verlegen, »ich meine, einfach als Freund. Auch wenn wir uns ewig nicht mehr gesehen haben.«

»Ach so«, tat Thomas schrecklich enttäuscht und klimperte unter der Sonnenbrille mit seinen geschwungenen Wimpern, »und ich dachte schon, du machst mir eine Liebeserklärung. Direkt auf dem schönen Gardasee.«

»Hättest du wohl gern«, stieg Sofia auf seinen Ton ein und schlug ihm aufs Knie.

Als Antwort streckte Thomas ihr die Zunge heraus, so als ob er noch der kleine Junge von damals wäre, und löste damit bei Sofia einen heftigen Lachanfall aus. Sie konnte gar nicht mehr aufhören zu lachen, wischte sich eine Lachträne nach der anderen aus den Augenwinkeln. Auch ihr deutscher Jugendfreund prustete los, und als sich erneut ihre Blicke trafen, hätte sie ihm gern gesagt, dass sie einfach nur dankbar war für die schöne gemeinsame Zeit. Doch diesmal verkniff sie sich jede Bemerkung, Thomas sollte schließlich nicht denken, dass sie ihm schöne Augen machen wollte. Stattdessen erklärte sie ihm mit Nachdruck, dass er nicht die geringste Chance hätte, das anstehende Gelati zu bezahlen.

Thomas, der das Boot sicher an den Anlegeplatz manövrierte, stöhnte gespielt entnervt auf. »Himmel, ich hatte gar nicht mehr in Erinnerung, dass es so mühsam ist, dich als beste Freundin zu haben.«

»Tja, jetzt weißt du es«, sagte Sofia schmunzelnd, fügte ernster hinzu: »Aber beste Freundin klingt gar nicht mal so übel.«

Ungefähr zur gleichen Zeit wusste Pietro in der Trattoria »A Elena« nicht mehr, wo ihm der Kopf stand. Eben war Beatrice mit verheulten Augen und knallrotem Gesicht angekommen. Anstelle einer Begrüßung hatte sie ihn, der gerade dabei gewesen war, frische rotweiß karierte Tischtücher auf die Tische vor dem Lokal zu legen, angefahren: »Herzlichen Dank dafür, dass du mir nichts gesagt hast!«

Kurz hatte Pietro den Ahnungslosen gemimt, obwohl ihm natürlich gleich klar war, was hier gespielt wurde. »Was willst du von mir?«, herrschte er Beatrice nicht minder unfreundlich an, »was sollte ich dir denn gesagt haben?«

Trotz der Tränen funkelten Beatrices Augen vor Zorn, als sie weitersprach: »Vielleicht, dass Alessandro mich mit seiner Kollegin, dieser Laura, betrügt? Das hätte mir echt weitergeholfen.« Wie einen Dolch streckte sie ihren Zeigefinger in seine Richtung. »Aber so war ich die ganze Zeit die Dumme, die Alessandros schwachsinnige Ausreden geglaubt hat.« Ihre Stimme triefte nun vor Zynismus. »Ein ganz lieber Freund bist du!«

Pietro schluckte einige Male, spürte tatsächlich, wie sich schlechtes Gewissen in ihm ausbreitete. In der nächsten Sekunde siegte jedoch der Zorn über Beatrices Unverschämtheit. Auch wenn er sich dabei reichlich lächerlich vorkam, baute er sich wie ein Stier in der Arena kurz vor dem Angriff vor ihr auf. Mit bedrohlich leiser Stimme sagte er dann: »In erster Linie war ich Alessandros Freund, schon vergessen? Und da war es natürlich logisch für mich, dass ich ihn nicht verpetze. Würdest du doch bei einer Freundin von dir auch nicht machen, oder?« Er wartete keine Antwort ab, sprach einfach weiter: »Aber ich habe ihm etliche Male erklärt, dass es eine Schweinerei ist, was er tut, und dass er gefälligst damit aufhören soll.«

Hektisch wischte sich Beatrice eine Träne von der Wange, dann eine weitere, die in Richtung Kinn hinabkullerte. »Ja, ich weiß, es war nicht deine Aufgabe, mir reinen Wein einzuschenken. Außerdem war ich ja auch so was von naiv.«

Ohne Vorwarnung schlug sich Beatrice mit der flachen Hand heftig gegen die Stirn, so abrupt, dass Pietro, dessen Nerven im Moment ohnehin nicht die besten waren, erschrocken zurückzuckte. So viel zum wilden Stier. Vielmehr fühlte er sich gerade wie ein geprügelter Hund, der einfach nur unter einen der Tische kriechen und winselnd eine Pfote über seine Augen legen wollte.

»Ich war eine furchtbar dumme Ziege!«, schimpfte Beatrice weiter, »es lag doch auf der Hand, dass Alessandro mich andauernd belogen hat. Aber ich habe ihm trotzdem geglaubt.« Ihre Stimme drohte zu brechen, als sie einräumte: »Besser gesagt, ich wollte ihm glauben. Wollte nicht wahrhaben, dass er unsere Liebe dermaßen mit Füßen tritt.«

Mitleidig strich Pietro nun über ihren nackten Oberarm. »Es tut mir wirklich leid für dich.«

»Danke«, murmelte sie und schaute ihn dabei direkt an. Im Moment schienen die goldenen Sprenkel in ihren grünen Augen jegliche Strahlkraft verloren zu haben. Dennoch fand Pietro ihre Augen nach wie vor wunderschön.

Peinlich berührt räusperte er sich und sah dann rasch zu Boden. »Ich hoffe, du kommst über Alessandro hinweg. Rasch verbesserte er sich: »Oder Ihr versöhnt euch wieder. Der Idiot wird in Windeseile merken, dass er ohne dich nicht sein kann.«

»Aber ich kann ohne ihn sein«, erklärte sie mit trotzig vorgeschobener Unterlippe, was einfach zum Anbeißen aussah, wie Pietro, der längst wieder in ihre Richtung schaute, verärgert bemerkte.

Beatrice zog eine Augenbraue in die Höhe. »Nein, nein! Mit diesem Schweinehund möchte ich nichts mehr zu tun haben. Nie, nie wieder. Der kann mir gestohlen bleiben.«

Sie machte eine kurze Pause, in der es Pietro angesichts ihres sanften Lächelns, das sie ihm schenkte, sehr heiß wurde. Und als wäre sie ein anderer Mensch, zwinkerte Beatrice ihm nun zu und sagte: »Auch andere Mütter haben schöne Söhne. Vielleicht lehne ich mich ja ein wenig zu weit aus dem Fenster, aber ich habe das Gefühl, als ob du mich gern hast. Womöglich mehr, als man eine gute Freundin gern haben sollte.«

Entsetzt über diese Worte, die wie ein Pfeil ins Schwarze getroffen hatten, klappte Pietro den Mund auf. Er sah nun plötzlich aus wie ein Fisch an Land, der verzweifelt nach Luft schnappte. Und wie bei diesem Fisch kam kein einziger Laut über seine Lippen. Pietro brauchte eine ganze Weile, bis er seine Sprache wiederfand, doch dann hatte er keine Lust mehr, noch länger seine Gefühle zu verheimlichen. »Ja, du hast recht, ich bin hin und weg von dir. Und das schon seit Monaten. Aber ich denke nicht, dass es eine gute Idee ist, wenn wir beide überstürzt etwas miteinander anfangen.«

Verwirrt über seine eigenen Worte hielt er inne. Von wo war denn auf einmal dieser Gedanke hergekommen? In Wahrheit würde er doch alles geben, um mit Beatrice, seiner heimlich geliebten Göttin, zusammenzukommen. Doch anstatt all seinen Charme aufzubieten, war er auf einmal die Spaßbremse! *Sei ehrlich, du möchtest nicht ihr Trostpreis sein. Und auch nicht ihre Waffe, um sich an Alessandro zu rächen*, tönte eine gar nicht mal so leise Stimme in seinem Kopf, *und etwas anderes wäre es nicht.*

Wie zur Bekräftigung schüttelte Pietro den Kopf. »Nein! Es würde nur noch mehr Verwirrung stiften«, sagte er zu einer völlig enttäuscht wirkenden Beatrice, »sei doch ehrlich, auch wenn sich Alessandro fies benommen hat, liebst du ihn immer noch.«

»Stimmt«, flüsterte sie, fügte dann noch verlegen hinzu: »Scusa, dass ich dir schöne Augen gemacht habe«, hinzu.

»Na gut, ich verzeihe dir«, sagte Pietro gespielt feierlich, musterte sie dann mit einem besorgten Blick: »Wirst du heute überhaupt arbeiten können?«

Sie nickte entschlossen. »Auf jeden Fall. Die Ablenkung wird mir guttun. Daheim würde ich doch nur wahnsinnig werden.«

Da Pietro nichts mehr sagte, atmete sie tief durch und eilte an ihm vorbei ins Lokal.

Nachdenklich sah er ihr nach, fühlte sich einerseits wie elektrisiert, andererseits seltsam leer. Allzu lange hatte er jedoch keine Zeit, zu grübeln: Auf einen Schwung wurden gleich vier Tische von Paaren und Familien besetzt, Pietro kam kaum damit nach, Speisekarten zu bringen und Getränkebestellungen aufzunehmen. Ungeduldig blickte er sich nach Antonio um, der an diesem Tag so gar nicht in die Gänge zu kommen schien. Wie eine Seemannsbraut, die auf ihren Liebsten wartet, stand er da und starrte sehnsüchtig aufs Meer. Er fixierte natürlich die Straße, aber mit einem Blick, der völlig entrückt wirkte. Dagegen schien er nicht so richtig zu bemerken, dass in seiner Trattoria inzwischen der Teufel los war. Gerade mal an einem einzigen Tisch hatte er ein Glas Wein serviert. »Pappa«, raunte Pietro ihm zu, »ich schaffe es nicht allein, du musst mir helfen.«

Hilflos deutete er auf einen weiteren Tisch, an dem eben eine vierköpfige Familie Platz genommen hatte. Nicht nur die Kinder schauten hungrig in der Gegend herum – ein Blick, den Pietro von ungeduldigen Gästen nur zur Genüge kannte. »Natürlich«, sagte Antonio und zog eine beschämte Grimasse, »ich muss endlich in die Gänge kommen.«

Wieder blickte er die kleine Straße entlang, auf der etliche Leute entlangbummelten. Pietro folgte seinem Blick, konnte aber nichts Auffälliges bemerken. Eng umschlungene Pärchen, Familien mit Kinderwagen, zumeist Touristen, die die kleinen, verwinkelten Straßen so bezaubernd fanden. Hin und wieder hetzte auch im schnellen Schritt ein Geschäftsmann vorbei, allerdings auch kein außergewöhnlicher Anblick.

»Ist alles in Ordnung?«, fragte Pietro seinen Vater, von dem eine ganz eigenartige Anspannung ausging.

Antonio nickte zwar, sah aber gar nicht so aus, als ob wirklich alles in Ordnung wäre. »Ja, ja«, sagte er schließlich, »es ist nichts. Nur …« Anstatt weiterzusprechen, zuckte er mit den Schultern.

Langsam war Pietro, der merkte, wie die Gäste der Trattoria ihm immer ungeduldigere Blicke zuwarfen, mit seiner eigenen Geduld am Ende. Er konnte die Leute sogar verstehen, für sie sah es aus, als ob der Wirt und sein Sohn ein gemütliches Schwätzchen halten würden, während sie nicht mal ein Glas Wasser auf den Tisch gestellt bekamen.

»Jetzt sag schon Pappa, was los ist!«, fuhr er seinen Vater ungewöhnlich schroff an, was ihm sofort leidtat.

Normalerweise brachte er Antonio stets Respekt entgegen, wie er es von seinen Eltern trotz all ihrer liebevollen Hingabe für ihre Bambini gelernt hatte. Doch Antonio nahm ihm seine gereizte Frage nicht übel, sagte stattdessen kleinlaut: »Ich mache mir Sorgen um Maria Fiori. Vor einer halben Stunde ist sie hier vorbeigekommen, die Boutique hatte sie bereits geschlossen gehabt. ›Ich husche bloß für zehn Minuten rauf in meine Wohnung, um mich frisch zu machen, dann komme ich zu dir auf einen Teller Spaghetti.‹« Erneut zuckte er mit den Schultern. »Aber jetzt ist es eben schon viel länger her und irgendwie hat Maria blass ausgesehen.«

»Pappa!«, konnte sich Pietro nicht zurückhalten und rollte mit den Augen, »wie lange warst du bitte verheiratet? Wenn Frauen sagen, sie sind in zehn Minuten mit ›dem Sich-Frisch-Machen‹ fertig, brauchen sie mindestens doppelt so lang. Oder rechne lieber gleich mal mit der dreifachen Zeit.«

»Meinst du?«, fragte sein Vater hoffnungsvoll, konnte seinen Blick jedoch weiterhin nicht von der Straße loseisen.

An der nächsten Ecke lag Maria Fioris Wohnung, von dort musste sie kommen. Hach, würde sie doch endlich mit ihren eiligen Schritten und dem kleinen Otello an der Leine auftauchen, dann wäre ihm um einiges wohler. Für einen Moment hatte sich Antonio durch die Aussage seines Sohnes beruhigt gefühlt, doch nun kroch erneut ein eiskalter Schauer seinen Rücken hinunter. »Sie hat wirklich sehr blass gewirkt«, murmelte er zerknirscht.

Pietro, der nun nicht mehr länger hier stehen konnte, hätte seinem Vater am liebsten erklärt, dass Maria Fiori mit ihrer Vorliebe für Make-up und reichlich Wangenrouge gar nicht in der Lage war, blass zu wirken. Doch sein Vater wirkte dermaßen unglücklich, dass er sich diese Bemerkung lieber verkniff. Stattdessen meinte er einer plötzlichen Eingebung folgend: »Was hältst du davon, wenn du auf einen Sprung bei ihr vorbeigehst und nachsiehst, ob alles in Ordnung ist?«

Antonio, der normalerweise nicht mal sein volles Lokal verlassen würde, wenn ihm eben ein Bein abgehakt worden wäre, nickte zustimmend. »Das werde ich machen, mein Junge. Bin gleich wieder da.«

Und schon eilte er mit weit ausholenden Schritten die Straße entlang und ließ einen ziemlich verwirrten Pietro allein zurück, der sich mit einem Ruck umdrehte. *Auf in die Höhle des Löwen*, dachte er bei sich, während er vermutlich flinker als jedes noch so sportliche Wiesel von einem Tisch zum anderen eilte, um die Bestellungen aufzunehmen. Dabei lächelte er professionell, obwohl ihm bewusst war, dass er hier nur verlieren konnte. Doch plötzlich war Beatrice an seiner Seite, brachte volle Weingläser und Wasserflaschen an die Tische.

»Du bist ja auf Zack«, meinte er anerkennend, als sie nebeneinander an der Bar arbeiteten.

»Ich habe gesehen, dass Antonio davongerannt ist. Da muss ich dir doch helfen.«

Mit einer sehr verlegen wirkenden Miene stieß sie Pietro den Ellenbogen in die Seite. »Bitte vergiss, was ich vorhin zu dir gesagt habe. Es ist mir wahnsinnig peinlich.«

Pietro lachte kurz auf, dann setzte er sein ahnungslosestes Gesicht auf. »Keine Ahnung, wovon du sprichst.«

»Va bene, sehr gut«, musste nun auch Beatrice lachen, zwar nur kurz, aber immerhin.

In der nächsten Sekunde zuckten sowohl sie als auch Pietro wie vom Blitz getroffen zusammen. Antonio war mit hochrotem Kopf in die Trattoria gestürmt, stand nun vor ihnen und rief: »Es tut mir leid, aber ich muss weg. Sofort.«

Ohne eine weitere Erklärung holte er aus einer Lade hinter der Bar seine Autoschlüssel und war, ohne noch zu weiteren Worten gedrängt werden zu können, wieder zur Tür hinausgestürmt.

Kapitel 7

Antonio hatte mehrmals an Maria Fioris Wohnungstür geklingelt, zuerst ziemlich gesittet bloß einmal. Erst nach einer angemessenen Pause hatte er seinen Finger erneut auf die Glocke gedrückt. Dann war er, weil sich drinnen nichts rührte, zunehmend ungeduldig geworden, hatte mehrmals hintereinander geklingelt, bis er schließlich Sturm läutete, wie ein kleiner ungezogener Junge bei einem Klingelstreich. Dennoch war es, abgesehen von Otellos zunehmendem Gebell, in der Wohnung still geblieben. Der kleine Hund schien innen direkt vor der Tür zu stehen, abwechselnd bellte und winselte er nun. Immer mehr beschlich Antonio ein beängstigendes Gefühl. »Maria, ist alles in Ordnung bei dir?«, rief er mehrmals, offenbar laut genug, dass nun die Nachbarin, eine sehr alte, weißhaarige Frau, den Kopf aus ihrer Tür steckte.

Zuerst schaute sie misstrauisch, dann jedoch schien sie Antonio zu erkennen. »Sie sind der Wirt von der Trattoria in unserer Straße, nicht wahr?«, fragte sie neugierig.

Antonio nickte genervt, denn im Moment hatte er wirklich keine Zeit für Geplänkel. Doch dann hatte er einen Einfall. »Haben Sie vielleicht einen Schlüssel für Marias Wohnung, Signora?«

»Ja, habe ich«, sagte die Nachbarin wie aus der Pistole geschossen, fügte dann mit gerunzelter Stirn – obwohl ihr Gesicht auch so schon jede Menge Falten hatte – hinzu: »Was wollen Sie denn bei Maria? Wissen Sie, ich kann Sie natürlich nicht einfach in die Wohnung hineinlassen, auch wenn ich Sie kenne.« In distanziertem Tonfall, während sie ihre, einen breiten Spalt geöffnete Tür nachdrücklich ein Stück zuzog, setzte sie nach: »Ich kenne Sie ja auch nur vom Sehen. Also fast. Zwei-, dreimal war ich bei Ihnen essen.« Offenkundig ihre kleinen grauen Zellen anstrengend, legte sie den Zeigefinger an den Kopf. »Also das war an meinem fünfundachtzigsten Geburtstag vor zwei Jahren, dann bei der Feier zu Paolos bestandenem Führerschein.« So, als ob Antonio nachgefragt hätte, fügte sie hinzu: »Paolo ist mein Enkel, ein sehr artiger Junge. Fleißig und immer höflich. Den Führerschein hat er im Übrigen gleich beim ersten Mal bestanden.«

Antonio, den im Moment wirklich nichts weniger interessierte als die Familiengeschichten der seiner Meinung nach furchtbar geschwätzigen alten Frau, stöhnte lautstark auf.

»Liebe Signora«, unterbrach er sie mit rasendem Puls, »es könnte sich hier um einen Notfall handeln. Maria wollte vor einer halben Stunde bei mir in der Trattoria sein, ist aber nicht gekommen, was überhaupt nicht ihre Art ist.«

Marias Nachbarin sah ihn anklagend an. »Ja, warum haben Sie das denn nicht gleich gesagt?«

Antonio hielt sich mit einer barschen Antwort zurück und war der Frau stattdessen mehr als dankbar, als sie in ihrer Wohnung verschwand, um gleich darauf mit einem Schlüssel in der Hand zurückzukommen. »Darf ich?«, fragte Antonio und nahm ihr, ohne eine Antwort abzuwarten, den Schlüssel ab.

Dann schloss er mit zittrigen Fingern die Wohnungstür auf. Drinnen sprang ihm sofort Otello schwanzwedelnd an den Beinen hinauf, aber von Maria war immer noch nichts zu sehen oder zu hören. Inzwischen hatte Antonio die letzte Hoffnung, es könnte sich hier um eine harmlose Sache handeln, aufgegeben. Er wünschte sich, in der nächsten Sekunde einer erstaunt dreinblickenden Maria gegenüberzustehen, die im Badezimmer ihren Lidstrich nachzog. Vielleicht noch mit Kopfhörern über den Ohren, durch die sie in atemberaubender Lautstärke eine Verdi-Oper genoss.

»Maria!«, rief er atemlos, stürmte zuerst in das Wohnzimmer, welches er leer vorfand. Im Schlepptau hatte er natürlich die inzwischen laut jammernde Nachbarin. Im Schlafzimmer dann erstarrten beide wie vom Blitz getroffen. Maria Fiori lag komplett angezogen, aber mit geschlossenen Augen auf ihrem breiten Doppelbett in einer Unmenge von Zierkissen und wirkte, als würde sie schlafen. Doch ihre fahle Gesichtsfarbe widersprach dieser Theorie gewaltig.

Und auch die Nachbarin sprach ein wahres Wort: »Bei dem Lärm, den Sie veranstaltet haben, wäre sogar eine Tote aufgewacht.« In der nächsten Sekunde schlug sie sich, über ihre eigenen, womöglich zynisch passenden Worte erschrocken, auf den Mund, bekreuzigte sich dann dreimal hintereinander. »Was rede ich nur für einen Unsinn«, flüsterte die alte Frau und trat ans Bett.

Dort stand bereits Antonio und fasste nach Marias Hand. Gleichzeitig betrachtete er ängstlich ihr trotz des Make-ups fahl wirkendes Gesicht. »Maria«, sagte Antonio leise und begann, die Frau sanft zu rütteln.

Er hatte sich bereits auf das Schlimmste gefasst gemacht und brach dann, als Maria zu stöhnen begann, vor Dankbarkeit fast in Tränen aus. *Sie ist nicht tot, sie ist nicht tot*, schoss es ihm immer wieder durch den Kopf – gleichzeitig war ihm klar, dass sich Maria jedoch in keinem normalen Zustand befand. Irgendetwas war passiert, etwas äußerst Bedrohliches. Zwar hätte er am liebsten ihre Hand nicht wieder losgelassen, trotzdem zückte er sein Handy und wählte den Notruf.

Dann ging alles sehr schnell. Die Sanitäter und ein Notarzt waren in wenigen Minuten da und brachten Maria ohne Umschweife zum Krankenwagen. Antonio durfte, da er kein Angehöriger war, nicht im Krankenwagen mitfahren. »Frau Fiori hat keine Kinder und keinen Mann«, versuchte er den Arzt noch umzustimmen, doch der winkte ab.

»Beruhigen Sie sich erst mal, dann kommen Sie ein bisschen später ins Krankenhaus nach.«

Da Antonio offenbar sehr mitgenommen und besorgt aussah, klopfte ihm der Arzt, kurz bevor er im hinteren Teil des Krankenwagens verschwand, auf die Schulter. »Es war knapp, aber Frau Fiori geht es wieder besser.« Er deutete auf die Sauerstoffmaske, die auf ihrem Gesicht lag, während sich ihr Brustkorb regelmäßig hob und senkte. »Wir sehen uns später im Krankenhaus.«

Antonio konnte bloß stumm nicken. Er bat die Nachbarin, für ein paar Stunden Otello zu übernehmen, was diese bereitwillig tat. Dann eilte er im Laufschritt in die Trattoria zurück, um seine Autoschlüssel zu holen. Er bemerkte fast wie durch einen Nebel, dass sich Fußgänger überrascht umdrehten, weil er wohl ein seltsames Bild abgab: der ältere Herr mit bodenlanger Schürze, der wie bei einem Wettrennen an ihnen vorbeirannte. Doch das war ihm herzlich egal.

Am nächsten Morgen stand Sofia vor Matteo auf. Obwohl ihr Freund auch am späten Abend nach ihrer Heimkehr beschäftigt gewesen war und nur kurz von seinem Papierstapel auf dem Schreibtisch aufgeblickt hatte, fühlte sie sich nicht mehr ganz so niedergeschlagen. Nun ja, sie war keineswegs glücklich. Das Gefühl, dass ihre Beziehung auf wackligen Beinen stand, ließ sich nun mal nicht einfach abschalten. Auch wenn Matteo ihr bis jetzt immer wieder versichert hatte, dass bei ihnen alles zum Besten stehen würde. Gestern war er erst spät nachts ins Bett gekommen und hatte sich nicht wie früher an sie gekuschelt. Auch Sofia war auf ihrer Bettseite geblieben, hatte sich nur kurz zu ihm gedreht, um ihm einen flüchtigen Gute-Nacht-Kuss zu geben. Mit einem lauten Gähnen hatte er ihn, wie es ihr schien, ziemlich halbherzig erwidert. Sie brauchte sich nichts vorzumachen: Die Zeichen standen nicht gut. Dennoch fühlte sich Sofia stärker als zuvor. Und sie wusste auch, woran es lag: Das Gespräch mit Thomas über seine gescheiterte Ehe hatte ihr die Augen geöffnet. So schlimm es auch war, seinen geliebten Partner zu verlieren, als viel schlimmer empfand sie es, an der Nase herumgeführt zu werden. Diese Heimlichtuereien, die Zweifel, die man nicht sehen will und die sich nach einiger Zeit doch als brutale Wahrheit herausstellen. »Nein, das möchte ich nicht mehr«, murmelte sie, als sie Weißbrot in den Toaster steckte, gleich darauf die Kaffeemaschine anstellte.

Sie musste heute erst am späten Vormittag in der Touristeninformation erscheinen, und auch Matteo hatte an diesem Morgen Zeit für ein kurzes gemeinsames Frühstück. Dabei würde sie ihn bitten, nichts anderes zu tun, als ihr endlich offen die Wahrheit zu sagen. »Nichts als die Wahrheit«, sagte sie erneut, zog gleich darauf eine unglückliche Grimasse. Himmel, war es nun schon so weit, dass sie Selbstgespräche führte?

Lange konnte sie darüber nicht nachdenken, denn ihr Handy, das endlich wieder aufgeladen war, klingelte.

Beatrice meldete sich mit aufgeregter Stimme: »Guten Morgen, Sofia! Endlich funktioniert dein Handy wieder! Wieder mal vergessen, aufzuladen?«

»Guten Morgen, tut mir echt leid«, erwiderte Sofia mit schlechtem Gewissen. In letzter Zeit hatte sich kaum eine Gelegenheit gefunden, um sich mit ihrer Freundin ausführlich zu unterhalten. Mehr als ein paar rasch gewechselte Worte zwischen Tür und Angel in der Trattoria waren nicht drinnen gewesen. Dabei wusste Sofia, dass Beatrice mit Alessandro im Moment nicht besonders glücklich war. *Diese Beziehung ist ein einziges Auf und Ab*, dachte sie skeptisch. So ganz verstand sie nicht, warum Beatrice mit dem launenhaften Alessandro überhaupt zusammen war. *Zum Glück hat sie ja Pietro als besten Freund*, beruhigte sie sich im nächsten Moment im Stillen – und da fiel auch schon der Groschen. Pietro! Ihr Bruder, der heimlich in jemanden verliebt war, wie Angelina erzählt hatte. Plötzlich erschien es Sofia glasklar, wie in riesigen Buchstaben auf die Küchenwand geschrieben. Die Blicke, wenn er Beatrice ansah, sein Lächeln, wenn er sich auf den Weg in die Küche der Trattoria machte, in der er Beatrice vermutete. Verärgert über sich selbst, stöhnte Sofia laut auf. Da hätte sie auch früher draufkommen können! Also wirklich!

Doch bereits in der nächsten Sekunde hatte sie keine Zeit mehr für ihre erhellenden Schlüsse, denn Beatrice begann zu erzählen: »Mit Alessandro und mir ist es aus und vorbei. Bereits seit einiger Zeit betrügt er mich mit einer Arbeitskollegin.« Sofia reagierte ehrlich bestürzt, doch Beatrice wiegelte sofort ab. »Ich bin traurig und vermisse ihn. Aber vor allem bin ich stinkwütend, dass er mich so lange hintergangen hat.« Ihre Stimme wurde lauter: »Das kann man doch einem Menschen, den man liebt, nicht antun. Er hätte mir gleich die Wahrheit sagen sollen.«

»Vielleicht dachte er am Anfang ja, es wäre nur ein kleiner Ausrutscher«, traf Sofia, ohne es zu wissen, sogar den Nagel auf den Kopf.

Beatrice schnaubte wütend auf. »Mir ist es egal, was er gedacht hat. Aber jetzt ist er für mich gestorben.« Im nächsten Moment stieß sie einen spitzen Schrei aus.

»Was ist denn passiert?«, fragte Sofia alarmiert.

»Gestern ist noch etwas viel Schlimmeres geschehen«, sagte Beatrice, »das hätte ich dir gleich erzählen sollen.«

»Was denn?«

Langsam hatte Sofia genug von Hiobsbotschaften, dennoch hörte sie, wie Beatrice mit bekümmerter Stimme erklärte: »Maria Fiori hatte einen Herzanfall, und dein Pappa hat ihr das Leben gerettet.«

Entsetzt schnappte Sofia nach Luft und fragte dann mit schwacher Stimme: »Wie geht es ihr?«

»Schon viel besser. Sie liegt noch im Krankenhaus, weil zwei Gefäße am Herzen gedehnt werden mussten, aber das hat gut geklappt, ganz ohne Komplikationen. Sie ist sozusagen über dem Berg. Und dein Pappa ist ein Held.«

Unwillkürlich musste Sofia schmunzeln. »So, wie du das sagst, klingt es, als ob mein Vater im Superman-Kostüm mit wehendem Umhang bei Maria Fiori zum Fenster hereingeflogen wäre und sie auf seinen Armen ins Krankenhaus gebracht hätte.«

»Na ja, er hatte normale Sachen an und seine lange Schürze«, entgegnete Beatrice kichernd, »aber Helden erkennt man eben nicht immer auf den ersten Blick.«

»Wie weise du sprichst«, sagte Sofia mit einem warmen Lächeln und musste plötzlich an Thomas denken. Der wusste vermutlich gar nicht, dass er für sie auch eine Art Held war. Tja, zumindest jemand, durch den sie erkannt hatte, was sie ertragen konnte und was nicht. Kurz überlegte sie, ob sie Beatrice von ihrer geplanten Aussprache mit Matteo erzählen sollte, doch da hörte sie aus dem Schlafzimmer bereits, wie ihr Freund aus dem Bett sprang. »Was ist mit Pietro?«, fragte sie noch rasch, auch auf die Gefahr hin, in ein Fettnäpfchen zu treten.

»Was soll mit ihm sein?«, fragte Beatrice in unvermutet distanziertem Ton zurück.

»Du weißt, was ich meine«, schoss Sofia einen Versuchsballon ab. Gerade betrat Matteo unrasiert und mit wuscheligen Haaren die Küche und deutete auf den gedeckten Tisch. Sie nickte ihm zu, sprach dann wieder in ihr Handy, weil Beatrice stumm geblieben war. »Ich wollte nicht indiskret sein, dachte nur, du möchtest mir etwas erzählen.«

»Mal in Ruhe bei einem Glas Wein«, gab Beatrice mit einem tiefen Seufzer zurück. »Vielleicht schaffen wir ja demnächst einen gemeinsamen Abend. Ich kenne in Lazise ein fantastisches Fischrestaurant, das hat auch am Schließtag der Trattoria offen.«

»Fabelhafte Idee. Ich glaube, ich weiß, welches Lokal du meinst«, stimmte Sofia ihr zu, »es wird höchste Zeit für einen Mädelsabend.« Die andere lachte kurz auf, leider klang es gar nicht fröhlich. »Ich drück dich«, sagte Sofia mitfühlend, bevor sie sich verabschiedete.

Dann wandte sie sich mit einem dicken Kloß im Hals an Matteo. »Ich dachte, wir frühstücken gemeinsam und reden endlich offen über uns.«

Schlagartig wurde das braun gebrannte Gesicht des Tierarztes um etliche Stufen blasser. »Was meinst du? Es ist doch alles bestens. Wir haben eine Fernbeziehung und dann sehen wir weiter. Und …«

Sofia sah ihn an, wie er hilflos mit den Armen in der Luft herumruderte, und fast tat er ihr leid. Gleichzeitig stieg eine Wahnsinnswut in ihr hoch. Sie vermutete zwar keine andere Frau in seinem Leben wie bei Alessandro, dennoch kam sie sich furchtbar verschaukelt vor. »Sag mir endlich die Wahrheit«, sagte sie in einem für sie ungewöhnlich energischen Ton.

Dann schnappte sie sich ihre Kaffeetasse und ließ sich auf einen Stuhl fallen. Matteo blieb noch eine Weile stehen, bevor er sich ihr gegenüber hinsetzte. Am Anfang stierte er bloß auf das Tischtuch, doch irgendwann begann er zu reden.

Thomas, der zu dieser Zeit bereits an seinem Schreibtisch saß und sich eigentlich um den endgültigen Entwurf für den Eingangsbereich der zu planenden Hotelanlage in Lazise kümmern sollte, konnte sich einfach nicht konzentrieren. Da mochte er noch so lange die Pläne, die er auf seinem Computerbildschirm aufgerufen hatte, anstieren. Immer wieder musste er an den vergangenen Nachmittag und Abend mit Sofia denken. Das glitzernde Wasser des Gardasees, ihre nackten Zehen, die sie ins kühle Nass gesteckt hatte. Und dazwischen immer wieder ihr hübsches, warmherziges Gesicht, mal ernst, mal lächelnd. Obwohl Thomas ganz allein in seiner Wohnung saß, warf er einen verlegenen Blick um sich. So, als ob jemand seine schwärmerische Miene entlarven würde. Dabei kam er sich auch ohne Zeugen schon lächerlich genug vor. Nur ein paar Stunden hatte er gemeinsam mit seiner Jugendfreundin, eher Kinderfreundin, verbracht und schon war er hin und weg von ihr. »Gib doch zu, dass es dich siedend heiß erwischt hat«, murmelte er nun, während seine Schultern immer tiefer nach unten sanken.

Wütend presste er die Augen zusammen und stöhnte dann tief auf. Ja, er hatte sich tatsächlich in Sofia verliebt: in ihre herzliche Art, in ihre braunen Augen. Wenn er ehrlich war, eigentlich in alles. Und dennoch waren seine Gefühle natürlich völlig sinnlos. Sofia liebte ihren Matteo – gegen den Thomas mittlerweile einen so riesigen Groll hegte, dass er am liebsten in der Tierarztpraxis auftauchen und dem anderen zwischen all den Meerschweinchen und Kätzchen die Hölle heiß machen würde. Die eigene Freundin so dreist zu belügen, weil er zu feige war, ihr von Angesicht zu Angesicht die Wahrheit zu sagen. Dann lieber aus sicherer Entfernung durchs Telefon säuseln oder womöglich gar nur ein paar Worte per Handy schreiben – wie ein unreifer Teenager. »Aber du bist doch auch nicht besser«, wusch Thomas sich in der nächsten Sekunde gleich selbst lautstark den Kopf.

Er hätte Sofia gestern die Wahrheit sagen können oder zumindest dieses Telefongespräch von Matteo erwähnen sollen, welches er »rein zufällig« mitangehört hatte. So sollte sich ein Freund wohl benehmen und den anderen nicht dumm sterben lassen. In der nächsten Sekunde haderte er bereits wieder mit dem Gedanken. Womöglich hätte er Sofias Beziehung zerstört, weil dieser wankelmütige Matteo ohnehin seine Meinung wieder geändert hatte, sich nun mit Sofia auf ewig verbunden wähnte, vielleicht schon die Unzahl der gemeinsamen und natürlich unwiderstehlich entzückenden Kinderchen vor sich sehend. Da hätte er, Thomas, natürlich wie der sprichwörtliche Elefant im Porzellanladen alles kaputtgeschlagen und Sofia bloß geschadet.

Obwohl – und dafür schämte sich Thomas nur ein wenig – er in Matteo absolut nicht den idealen Partner für Sofia sah. Ganz offenkundig hatte dieser egoistische und unbeständige Mann die liebenswerte Sofia nicht verdient. Keinesfalls! Wütend warf Thomas, was sonst gar nicht seine Art war, seinen Kugelschreiber auf den Boden und hätte am liebsten den ganzen Becher Stifte, der auf dem Schreibtisch stand, mit Schwung ausgeleert. In letzter Sekunde zog er die Hand zurück. Inzwischen kam er sich ohnehin wie ein Kleinkind vor, das einen gewaltigen Trotzanfall hatte. »Zeit, wieder erwachsen zu werden«, sagte er mit lauter Stimme und atmete tief durch.

Noch war nichts verloren, noch konnte er sich als ehrlicher Freund erweisen, der Sofia die Wahrheit sagen würde. Auch auf die Gefahr hin, dass sie auf ihn, als Überbringer der schlechten Nachricht, ebenfalls wütend werden könnte. Und, dass sie, trotz seiner Bemühungen einfach nur kumpelhaft zu wirken, gestern gemerkt hatte, wie absolut hingerissen er von ihr war, und nun dachte, er wolle mit einer Lüge oder einer haltlosen Übertreibung seinen Nebenbuhler aus dem Rennen schmeißen. *Egal, dann ist es eben so!*, schoss es ihm durch den Kopf, während er sein Telefon unter einem Stapel Papiere hervorfischte.

Sofias Handy klingelte. Als sie einen Blick aufs Display warf, sah sie, wer anrief, doch sie ging nicht ran. Matteo, der mit zerknirschter Miene am Küchentisch saß, sich abwechselnd durch die Haare fuhr oder in seinem Kaffee rührte, hatte gerade das gesagt, vor dem sie sich am meisten gefürchtet hatte.

»Es tut mir wirklich leid«, meinte er nun im Flüsterton, »ich wollte bestimmt nicht mit dir spielen. Aber in mir sind die Emotionen rauf- und runtergegangen, irgendwann wusste ich selbst nicht mehr, was ich eigentlich will.«

Sofia schluckte einige Male, bevor sie antwortete. Anstatt wütend zu sein, so wie sie es für solch einen Moment – den sie in Wahrheit hatte kommen sehen – angemessen gefunden hätte, fühlte sie sich innerlich völlig ausgebrannt. »Im Grunde habe ich es bereits geahnt oder vielmehr gewusst«, sagte sie, selbst ein wenig erstaunt darüber, dass sie eigentlich nicht besonders überrascht war, weil Matteo nun endgültig ihre Beziehung beendet hatte, »aber ich habe mich wohl an den sprichwörtlichen Strohhalm geklammert.« Bei den letzten Worten tropfte eine dicke Träne ihre Wange hinunter und klatschte dann auf die Tischdecke, natürlich lautlos. Doch für Sofia war es so, als ob sie dabei einen lauten Knall hören würde. Aufgeschreckt hob sie den Kopf, sah dem Mann, den sie irgendwie immer noch liebte, obwohl sie sich die letzten Wochen ebenfalls innerlich von ihm entfernt hatte, direkt in die Augen. »Es ist besser so. Besser, als wenn ich noch länger in der Luft gehangen hätte.«

Matteos Augen füllten sich nun auch mit Tränen, mit einer ärgerlichen Geste wischte er sie weg. Dann stand er auf, um Sofia in den Arm zu nehmen. Sie wusste, sie hätte allen Grund dazu, ihn zornig wegzustoßen und ihm dabei alle möglichen Schimpfworte an den Kopf zu werfen, aber das würde sie auch nicht glücklicher machen. Dann war ihr Ende eben reichlich unspektakulär, ohne die gern bemühte »italienische Leidenschaft«, aber im Moment tat es ihr besser, in seinen Armen zu weinen, als sich wie eine Furie zu gebärden. Eine ganze Weile standen sie so da, ein wenig kam sich Sofia dabei vor, als ob jemand gestorben wäre. Natürlich musste sie sofort an ihre Mutter denken, und dieser Gedanke ließ die Tränen nur noch reichlicher fließen. Aber so empfand man eben, wenn man einen geliebten Menschen verlor. Obwohl Matteo weiterhin am Leben war, gehörte er in Zukunft nicht mehr zu ihr. Vielleicht würden sie noch ein wenig Kontakt haben und ein paar höfliche oder eher flapsige Zeilen zu den Geburtstagen austauschen. Aber mehr, das spürte Sofia ganz genau, würde ihr malträtiertes Herz nicht vertragen. Sie wollte gar nicht wissen, wie es mit ihrem nunmehr Exfreund weiterging, in wen er sich verliebte, von wem er sich trennte, falls auch die nächste Frau nicht die fürs ganze Leben war. Nein, danke, eindeutig zu viele Informationen, die ihr jedes Mal nur einen weiteren Schlag in die Magengrube versetzen würden.

»Ich bin so ein Idiot, dass ich mein Glück einfach wegwerfe«, flüsterte Matteo ihr ins Ohr, »aber ich kann nicht anders.«

Sie rückte ein Stück weit weg von ihm, betrachtete genau sein Gesicht, als ob sie es sich einprägen wollte. Was natürlich Unsinn war, in den nächsten Wochen würde sie ihn noch öfter sehen, als ihr lieb war. »Es ist schon besser so«, hörte sie sich dann selbst sagen, »eigentlich habe ich schon nach dem ersten Abend gewusst, als du Schluss gemacht hast, dass es nicht wieder gut wird mit uns. Ich wollte es aber unbedingt glauben.« Müde zuckte sie mit den Schultern. »Es kommt also nicht wirklich überraschend.«

Matteo, offensichtlich immer noch wütend auf sich selbst, schlug sich gegen die Stirn. Das sah so theatermäßig dramatisch aus, dass Sofia in einer anderen Situation als dieser »Schlussmachszene« laut aufgelacht hätte. So zogen sich zumindest ihre Mundwinkel für eine Sekunde in die Höhe, um gleich darauf wieder herabzusinken. »Ich mache mich fertig für die Arbeit«, sagte sie, »am Abend bin ich in der Trattoria. Ist vielleicht ganz gut, wenn wir uns nicht mehr so viel sehen.«

Matteo musterte sie besorgt. »Ist wirklich alles so weit okay, dass du zur Arbeit kannst?«

»Ja«, sagte sie knapp, obwohl natürlich gar nichts okay war. Aber die letzten Wochen hatten ihr tatsächlich geholfen, innerlich bereits von ihm Abschied zu nehmen. Das hatte ihr Herz offenbar ganz in Eigenregie geleistet, ohne sich ein Einverständnis von ihrem Verstand zu holen. Einmal noch nickte Sofia ihrem Exfreund zu, dann beeilte sie sich, ins Badezimmer zu kommen. Dort knallte sie hinter sich die Tür zu, sank auf den Badewannenrand und konnte gar nicht mehr aufhören, zu schluchzen. Zumindest kam es ihr so vor, dabei stand sie eine halbe Stunde später schon fertig geduscht und angezogen auf der Straße und lief den kurzen Weg zur Touristeninformation.

Thomas!, schoss es ihr durch den Kopf, *der hatte doch angerufen.* Kurz zögerte sie, ob sie ihn in ihrem angeschlagenen Zustand zurückrufen sollte, entschied sich jedoch dafür. Bei ihm hatte sie einfach das Gefühl, dass sie ihm alles erzählen konnte, eben wie einem uralten Freund. Es war fast skurril, aber der gestrige Nachmittag hatte sie ihrer Meinung nach auf eine verblüffende Art und Weise zusammengeschweißt. *Wie Winnetou und Old Shatterhand*, musste sie trotz ihres Liebeskummers amüsiert denken, denn natürlich übertrieb sie heftig. Dennoch war da in ihr das Gefühl, dass sie jetzt am liebsten mit ihm sprechen würde. Gleich nach dem ersten Klingeln meldete er sich, mit einer dermaßen reumütigen Stimme, als ob er weiß Gott was angestellt hätte.

»Sofia, gut, dass du anrufst«, sagte er, »ich muss dir etwas beichten. Es muss sein, auch wenn du mich dafür hassen wirst.«

Sofia, die gerade um die Ecke in die Straße bog, in der sich die Touristeninformation befand, blieb wie angewurzelt stehen. »Was hast du denn getan?«

Am anderen Ende der Leitung hörte sie, wie Thomas entnervt mit der Zunge schnalzte. »Frag mich lieber, was ich nicht getan habe«, antwortete er dann in bitterem Tonfall.

Jetzt verstand Sofia gar nichts mehr. »Kannst du mir einfach erzählen, was geschehen ist?«, fragte sie so freundlich wie möglich, obwohl ihr das Rätselraten in dem erbärmlichen Zustand, in dem sie sich gerade befand, wirklich keinen Spaß bereitete.

»Natürlich«, sagte Thomas schnell, begann dann in abgehackten Sätzen von einem Gespräch zu erzählen, welches er zuerst unbeabsichtigt, dann jedoch, zugegeben, wie gebannt belauscht hatte. »Es war ziemlich sicher Matteo, der jemandem erzählt hat, dass er mit dir Schluss machen möchte, es aber noch so lange hinauszögern will, bis er in Deutschland ist«, meinte er abschließend. Da Sofia nichts sagte, nur scharf atmete, fügte Thomas hinzu: »Ich habe hin und her überlegt, ob ich dir das erzählen soll oder nicht. Zuerst war ich dafür, dann hast du berichtet, dass zwischen dir und Matteo alles in bester Ordnung ist. Da wollte ich nichts zerstören.« Er räusperte sich. »Aber als guter Freund sollte man in einem solchen Fall die Wahrheit sagen, auch wenn es für dich schlimm ist. Du hast es nicht verdient, hinters Licht geführt zu werden, bis sich dein feiner Matteo in Nürnberg in Sicherheit wähnt.«

»Danke, dass du es mir gesagt hast«, antwortete Sofia, auch wenn sie über diese Wendung nicht wirklich überrascht war. Das passte doch sehr gut zu Matteos, ja, anders konnte man es nicht nennen, feigem Verhalten. Hastig lehnte sie sich gegen eine Hauswand, ihre Beine fühlten sich auf einmal wie zu weich gekochte Spaghetti an, drohten, beim nächsten Schritt nachzugeben. »Ich kann gut verstehen, dass du gehadert hast. Mir wäre es sicher nicht anders ergangen, wenn ich so ein Gespräch mitangehört hätte. Im Grunde weiß man nicht, ob man dem anderen mit der traurigen Wahrheit weiterhilft oder etwas Zerbrechliches, was sich vielleicht zaghaft wiederaufgebaut hat, völlig zerstört.«

Sie hörte, wie Thomas laut aufatmete. »Du nimmst es mir also nicht übel, dass ich eine so unangenehme Nachricht für dich habe?«

»Nein, ganz bestimmt nicht.« Ein wenig hektisch blinzelte sie die aufsteigenden Tränen weg. »Es ist gut, dass ich es weiß. Auch wenn es natürlich weh tut, zu sehen, wie feige Matteo ist. Früher hätte ich ihn ganz anders eingeschätzt.«

»Und was wirst du jetzt tun?«, fragte Thomas zaghaft nach.

»Gar nichts«, sagte sie, stieß sich mit einem Ruck von der Hauswand ab. Auch wenn ihre Knie kurz einknickten, stand sie gleich darauf wieder kerzengerade da. Höchste Zeit, um auf eigenen Beinen zu stehen – in diesem Moment wohl im wahrsten Sinne des Wortes. Weil es Thomas angesichts ihrer Antwort offenbar die Sprache verschlagen hatte, klärte sie ihn auf: »Matteo und ich haben uns heute getrennt. Nachdem du mir gestern von Ulrike und ihren Heimlichtuereien erzählt hast, dürften sich nachts in meinem Kopf ein paar Rädchen gedreht haben. Nach dem Motto: Mach dir nicht länger selbst etwas vor. Im Grunde habe ich es ohnehin schon lange gespürt, dass Matteo nicht mehr richtig bei mir ist. Und als ich ihn gebeten habe, die Wahrheit zu sagen, kam sie. Schonungslos, aber zumindest die Wahrheit.«

»Sofia«, sagte Thomas voller Mitgefühl, »wenn ich irgendetwas für dich tun kann …«

»Bitte kein Mitleid«, unterbrach sie ihn, bevor sie weiterlief, »ich bin gleich in der Touristeninformation und möchte nicht wie ein verheulter Schlosshund ankommen.«

»Alles klar«, sagte Thomas schnell, »dann hilf mal den armen Touristen, über die Runden zu kommen! Nicht, dass sie im Gardasee noch in die falsche Richtung schwimmen.«

»Danke für den Tipp«, musste Sofia gegen ihren Willen lachen, »werde ich mir merken.«

Ohne jegliche weitere Dramatik verabschiedeten sie sich voneinander. Thomas schlug noch vor, dass er am Abend in der Trattoria vorbeikommen könnte. »Gern«, sagte Sofia, der in diesem Moment die arme Maria Fiori einfiel. Sobald sie eine freie Minute hatte, würde sie sich bei ihrem Vater melden. Aber jetzt, entsetzt warf sie einen Blick auf ihre Armbanduhr, auf der die Zeiger offenbar gerast waren, musste sie sich beeilen.

Am Abend in der Trattoria schaute Beatrice ihre Freundin, nachdem diese vom Beziehungsende mit Matteo erzählt hatte, völlig perplex an. »Das gibt's doch nicht, dass wir jetzt beide zur gleichen Zeit ohne Freund dastehen«, sagte sie immer wieder kopfschüttelnd, »das hätte niemand gedacht.«

Die ohnehin zarte Blondine wirkte dabei so verletzlich, dass Sofia gar nicht anders konnte, als sie sanft an sich zu drücken. »Du wirst sehen, wir werden das schon schaffen«, tröstete sie Beatrice. Es war eine merkwürdige Situation, denn sie war ja ebenfalls in einer Phase, in der sie Beistand benötigte, aber Beatrice war offenbar einem Zusammenbruch nahe.

»Ich dachte immer, Alessandro ist der Mann, mit dem ich alt werde. Mit dem ich Kinder haben werde«, jammerte sie in Tränen aufgelöst.

Sofia warf einen raschen Blick nach draußen zu den Tischen, glücklicherweise waren noch nicht allzu viele besetzt – doch viel Zeit blieb jetzt nicht, um in Selbstmitleid zu baden. »Ich weiß, ich weiß«, sagte Sofia sanft, entschloss sich dann jedoch zu offenen Worten: »Sei doch mal ehrlich, du hast es doch schon lange geahnt, dass irgendetwas mit Alessandro nicht stimmt. So ging es mir auch mit Matteo. Aber …«

»… keine von uns wollte es wahrhaben«, beendete Beatrice den Satz, »und jetzt bin ich froh, dass ich diesen Betrüger los bin. Nie wieder lasse ich mich von seinen abscheulichen Lügen einwickeln, da kann er mit Tausenden von Rosen vor meiner Tür stehen.« Sie versuchte ein tapferes Lächeln, das zwar etwas verunglückt wirkte, eher als hätte sie sich eben auf die Zunge gebissen, straffte dabei jedoch den Rücken. Dann schnäuzte sie sich kräftig in ein Taschentuch und nickte Sofia zu. »So, jetzt gehen wir es an.«

»Tun wir«, stimmte Sofia ihr zu und machte sich mit zwei Speisekarten in der Hand auf den Weg zu einem Tisch, an dem eben ein Paar Platz genommen hatte. Ein großer dunkelhaariger Typ und eine attraktive Blondine, die ihre langen Haare schwungvoll in den Nacken warf.

An der Tür stieß Sofia fast mit ihrem Vater zusammen. »Hoppla«, sagte dieser ungewohnt sanft und kniff seine Tochter leicht in die Wange, »geht's wieder besser? Oder möchtest du lieber nach Hause gehen?«

»Bestimmt nicht«, wehrte Sofia, die ihren Pappa beim Kommen kurz eingeweiht hatte, ab, »zu Hause begegne ich ohnehin nur Matteo, und der ist der Letzte, den ich im Moment sehen möchte.« Sie zwinkerte Antonio kurz zu. »Ablenkung ist schon immer am besten gewesen bei Liebeskummer.«

»Kluges Mädchen«, lachte er kurz auf, dann meinte er leise: »Und wie steht es mit Beatrice? Im Moment sollten wir unsere Trattoria anstatt ›A Elena‹ wohl besser ›Zu den verlassenen Frauen‹ nennen.«

»Himmel, was bist du gemein!«, quiekte Sofia empört auf, in Wahrheit war sie ihrem Vater für sein unsentimentales Verhalten aber fast dankbar, »Beatrice ist traurig, aber auch froh darüber, nicht daheimsitzen und Trübsal blasen zu müssen.«

»Na, dann ist es ja fast gut.« Antonio zog eine kleine Grimasse und eilte zur Bar.

Sofia selbst bemühte sich, endlich zum Tisch des Paares zu kommen, die Blondine warf bereits reichlich ungeduldige Blicke um sich. Als Sofia näherkam, erkannte sie die Frau, der es offenbar ebenso erging: »Oh, da ist ja meine nette Beratung aus dem Tourismusbüro«, flötete sie in Richtung ihres Begleiters, dann strahlte sie Sofia breit an. »Das hätten Sie wohl nicht gedacht, dass ich tatsächlich bei Ihnen in der Trattoria lande. Aber auch in unserem Hotel hat man uns von der fantastischen Küche hier vorgeschwärmt.«

So, als ob sie sich nun widerwillig für dieses Lokal hatte entscheiden müssen, zuckte sie gottergeben mit den Schultern. Der Mann, dem dieses Verhalten wohl peinlich war, sagte rasch: »Meine Frau und ich freuen uns, hier zu sein. Sie hat mir auch sehr nett erzählt, wie Sie diverse Sehenswürdigkeiten rund um Bardolino empfohlen haben. Zum Beispiel das Olivenölmuseum.«

Sofia blinzelte einige Male erstaunt, über Museen hatte sie mit der Blondine nun wirklich nicht gesprochen. Oder hatte sie da etwas vergessen? Nein, jetzt fiel ihr auch wieder ein, dass die Infos über Restaurants in Lazise ja wohl nicht für den eigenen Mann gedacht waren. Die Blondine, die sie nun warnend ansah, hatte schließlich vorgehabt, mit jemand anderem hinzugehen. Und hatte es ja nicht laut genug herausposaunen können. *Armer Kerl*, schoss es Sofia durch den Kopf, die im Moment von hinterlistigen Heimlichkeiten und Betrügereien entschieden die Nase voll hatte. Aber dieses Paar ging sie nun mal nichts an, auch nicht, wenn die arrogante Blondine ihren Gatten sogar im Urlaub zu betrügen schien. »Das Olivenölmuseum ist wirklich sehr interessant«, erklärte sie deshalb, ohne zu lügen, schließlich hatte sie die falsche Annahme des Mannes nicht bestätigt. Aus dem Augenwinkel bemerkte sie, wie die Frau sichtlich aufatmete. »Man erfährt viel über die Geschichte des Olivenbaumanbaus, von den alten Römern bis heute. Und im Shop können Sie gutes Olivenöl kaufen.« Sie lächelte zuerst die hellblonde Frau, dann den Mann an. »Und mit dem Olivenöl bringen Sie sich gleich ein Stück Urlaub mit nach Hause.«

»Danke«, sagte der Mann, wandte sich dann mit zärtlicher Stimme an seine Frau: »Da müssen wir unbedingt hin.«

»Machen wir«, sagte diese knapp und zog ihre Hand, über die er eben kurz gestreichelt hatte, ruckartig weg. Dann wandte sie sich an Sofia. »Mein Mann hat hier beruflich zu tun, deshalb sind wir eine ganze Weile hier und werden noch genug Zeit für das Olivenölmuseum haben.«

»Sicher«, sagte Sofia in professionell freundlichem Ton und nahm die Bestellungen auf.

Dabei verkniff sie es sich, das Gesicht zu verziehen, obwohl diese Blondine es erneut spielerisch geschafft hatte, ihr innerhalb weniger Minuten den letzten Nerv zu rauben. Aber egal, schließlich mussten sie ja keine Freundinnen werden. Es reichte vollkommen, wenn sie hier in Kürze mit den zwei bestellten Gläsern Bardolino antanzte und nur wenig später mit den hausgemachten Spaghetti. Erleichtert, der nervigen Blondine zumindest für kurze Zeit zu entkommen, lief Sofia in die Küche zurück, um ihre Bestellung aufzugeben. Als sie den Zettel mit den georderten Gerichten auf den dafür vorgesehenen Nagel spießte, lächelte sie kurz Francesco zu. Der Koch war eben damit beschäftigt, Zwiebeln und Speck in einer Pfanne anzubraten, während Beatrice zwei Teller mit dampfend heißer Lasagne in die Durchreiche stellte. »Wie geht es eigentlich Pietro?«, fragte sie in unschuldigem Ton. »Ihr habt den Dienst getauscht, nicht wahr?«

»Ja, weil er heute ein Date mit meiner Arbeitskollegin Angelina hat«, sagte Sofia beiläufig und wollte eben mit einem Geschirrtuch die heißen Teller anheben. Als sie jedoch Beatrices bestürzte Miene bemerkte, zog sie ihre Hände zurück. »Ist alles in Ordnung?«

»Klar«, sagte Beatrice hastig, schüttelte jedoch den Kopf, als ob sie ein Boxer wäre, der sich nach einem gewaltigen Schlag erst wieder fangen musste, »ich habe nur nicht gewusst, dass Pietro und Angelina …«

Sie führte den Satz nicht zu Ende, verzog bloß den Mund. Sofia, die nun gar nichts mehr verstand, zuckte mit den Schultern. »Keine Ahnung, was das werden soll. Aber oft fällt die Liebe dorthin, wo man sie gar nicht vermuten würde.«

Sie zwinkerte Beatrice kurz zu, nahm dann endlich die beiden Teller und eilte in den Biergarten der Trattoria. Da sie keinen Blick mehr in Richtung Beatrice warf, konnte sie auch nicht sehen, dass diese auf einmal wie versteinert dastand.

Kapitel 8

»Dieser Abend war wirklich wunderschön«, sagte Pietro kurz vor Mitternacht, als er sich von Angelina verabschiedete.

Die beiden standen vor Angelinas Haustür, Sofias Freundin hatte ihren Schlüssel bereits aus der Handtasche gefischt. Dabei hoffte sie sehnlichst, dass Pietro entgangen war, wie sehr ihre Hand dabei gezittert hatte. Möglichst gelassen nickte sie. »Ja, es war wirklich sehr nett.« Fast wäre ihr noch herausgerutscht, dass sie so ein Treffen gern wiederholen würde. Unglaublich, wie im Flug waren die Stunden mit Pietro in dem Hafenlokal vergangen. Sie hatten miteinander gelacht und zwischendurch auch ernste Gespräche geführt. Natürlich war seine unglückliche Liebe zu Beatrice eines der Hauptthemen gewesen. Allerdings eines, welches ihr, Angelina, nicht besonders gut gefallen hatte. Immer wenn der Name seiner Angebeteten fiel, war ein kleiner, feiner Stich durch ihren Brustkorb geschossen. *Du bist albern*, hatte sie sich dann selbst gesagt und sich insgeheim über ihre absonderlichen Gefühle amüsiert. *So weit kommt es noch, dass du für diesen Schürzenjäger schwärmst*, war es dann bei ihr in Gedanken weitergegangen, gleichzeitig hatte sie ihren

Schutzpanzer, der ihr all die Jahre gute Dienste geleistet hatte, angelegt.

»Ich hoffe, es hat dich nicht zu sehr gelangweilt, dass ich dir von Beatrice erzählt habe«, sagte Pietro jetzt auch noch.

»Natürlich nicht«, sagte Angelina und gab sich einen Ruck, wobei sie versuchte, den gigantischen Sternenhimmel über ihnen zu ignorieren, der gemeinsam mit der nur gedämpft strahlenden Straßenlaterne Pietros Gesicht in einem sanften Licht erscheinen ließ. Dabei funkelten seine blaugrauen Augen wie Edelsteine auf dem Meeresgrund, und seine markanten Wangenknochen zeichneten sich weicher ab als tagsüber. *Lass den kitschigen Schmus!*, hätte sich Angelina fast selbst laut angeblafft, im letzten Moment konnte sie sich gerade noch auf die Lippen beißen. »Es ist doch okay, wenn man sich aussprechen kann«, sprach sie dann, nachdem sie tief durchgeatmet hatte, mit einem etwas gequälten Lächeln weiter, »dafür sind gute Freunde ja schließlich da.«

»Danke, du bist fantastisch«, erwiderte Pietro und sah ihr tief in die Augen.

Sie versuchte, sich dagegen zu wehren, dennoch schossen heiße Wogen durch ihren Körper, sodass ihr bald Schweißperlen auf der Stirn standen. Hektisch fuhr sie sich durch die kurzen dunklen Haare und dann möglichst unauffällig über ihre nasse Haut.

Hatte Angelina bis jetzt noch nicht verstanden, warum so viele Frauen auf Pietro abfuhren, kapierte sie es nun endlich: Er war kein Casanova, der mit coolen Sprüchen und billigen Komplimenten arbeitete. Nein. Er war stattdessen liebenswert und einfühlsam – und dass er zusätzlich noch richtig gut aussah, tat seinem Erfolg beim weiblichen Geschlecht bestimmt auch keinen Abbruch. *Aber warum bei mir*, musste Angelina nun denken, sie selbst zählte doch nun wahrlich nicht zu den Frauen, die leicht von Männern zu beeindrucken waren. Und schon gar nicht von solchen, die ohnehin wie Schmetterlinge von einer Blume zur anderen flatterten. Tja, vielleicht landete er ja irgendwann bei Beatrice, und sie war die, bei der er schließlich bleiben würde. Und genau das sagte sie auch laut: »Womöglich werdet ihr doch noch ein Paar.«

Pietro, der eben näher an sie herangetreten war, sah sie verwirrt an. »Was meinst du?«

»Na, Beatrice und du«, sagte sie mit einem demonstrativen Augenrollen, »was hast du denn gedacht?«

Pietro zog eine Grimasse. »Sorry, ich war mit meinen Gedanken gerade ganz woanders.«

»Ach so«, murmelte sie, dann sagten sie beide eine Weile gar nichts, schauten sich einfach nur in die Augen.

Dabei näherten sich ihre Gesichter – bloß ein kleines Stück, so als ob sie sich beide nicht so recht trauen würden, aufs Ganze zu gehen. Fast schon spürte sie seine Lippen auf ihrem Mund, zumindest konnte sie es sich lebhaft vorstellen, wie sie sich anfühlen würden. Weich, mit einem

Hauch vom Rotwein, den sie vorhin gemeinsam getrunken hatten. Doch um nichts in der Welt hätte sie sich getraut, den ersten Schritt zu machen. Denn dann wäre es unwiderruflich gewesen, und sie hätte dieses Kribbeln im Bauch, das sie den ganzen Abend begleitet hatte, nicht mehr ignorieren können. *Vergiss es!*, kreischte es wie eine Alarmglocke in ihrem Kopf, *bei einem Mann, der eine andere liebt, kannst du nur verlieren! Und wenn er die andere nicht mehr will, ist Pietro bestimmt wieder der, der er immer war.* So als ob man ihr Eiswürfel über den Kopf geleert hätte, wich sie entsetzt zurück, und der Moment zerplatzte. *Was für ein Glück*, dachte Angelina, auch wenn ihr Körper etwas ganz anderes wollte.

Schließlich durchschnitt ihr Schlüssel die Stille, als er mit einem lauten Klirren auf dem Kopfsteinpflaster landete. Peinlich berührt bückte sie sich, um ihn aufzuheben und stieß dabei mit ihrem an Pietros Kopf, der sich ebenfalls gebückt hatte.

»Aua!«, schrie Angelina schroffer auf, als der Schmerz es eigentlich zugelassen hätte, nur um diese seltsame Stimmung zwischen ihnen endgültig zu vertreiben. Als sie sich beide wieder aufgerichtet hatten, sah sie ihn gespielt tadelnd an. »Du musst auch jeder Frau wehtun, nicht wahr?«

»Scusa, das wollte ich nicht«, sagte Pietro mit zerknirschter Miene, dann berührte er Angelina ganz leicht am nackten Oberarm.

Es war mehr ein Hauch, und dennoch stellten sich sofort die kleinen Härchen an der betroffenen Stelle auf.

»Du hast gemeint, dass ich vielleicht mit Beatrice zusammenkomme«, sagte Pietro, schüttelte gleich darauf den Kopf, »das glaube ich aber nicht. Diese Geschichte ist einfach viel zu verfahren.«

»Aber du bist doch verliebt in sie, nicht wahr?«, fragte Angelina mutig, obwohl sie die Antwort gar nicht hören wollte.

»Ich weiß es ehrlich gesagt gar nicht«, hatte Pietro zumindest den Anstand, zu antworten.

Wenigstens etwas, wo sie sich doch vor wenigen Momenten fast geküsst hätten. Dennoch glaubte sie ihm kein einziges Wort. »Mach's gut, du alter Schwerenöter!«, sagte sie bewusst flapsig und umarmte ihn kurz.

Jedoch nicht kurz genug. Er schaffte es noch, ihr einen Kuss auf ihre Wange zu hauchen. »Es war wirklich schön mit dir«, flüsterte Pietro ihr ins Ohr, bevor sie sich von ihm losriss. Vielleicht ein wenig brüsk, aber immer noch besser, als in seinen Armen zu schmelzen wie ein verliebter Teenager.

Du bist wahrscheinlich doch eine verliebte Dreißigjährige!, krähte eine freche Stimme in Angelinas Hinterkopf, welche sie zu ignorieren versuchte. Ohne sich noch mal umzudrehen, schlüpfte sie durch das Haustor und drückte es hinter sich fest zu. Dann lehnte sie sich dagegen und atmete tief durch. Einmal, zweimal, gleich noch einmal. Erst dann stieg Angelina mit schweren Schritten die Treppe zu ihrer Wohnung hinauf, nicht ohne sich wie ein Mantra immer wieder in Gedanken vorzusagen: *Nein, du wirst dich nicht in Pietro verlieben.*

Wochen später war sie immer noch dieser Meinung und erzählte es auch offen Sofia, als sie mit ihr telefonierte. »Er liebt doch Beatrice«, jammerte sie ihrer besten Freundin ins Ohr, die gerade in ihrem Schlafzimmer stand und einen wehmütigen Blick auf die leeren Regale des offenen Kleiderschranks warf. Matteo war vor Kurzem nach Nürnberg gezogen, und auch wenn sie sich bis dahin die letzten Wochen weitgehend aus dem Weg gegangen waren und er auf dem Sofa übernachtet hatte, war das Gefühl vom endgültigen Aus und Vorbei doch bitter.

»Ich denke nicht, dass er mit Beatrice zusammen sein möchte, das hat er mir ganz deutlich gesagt«, erklärte sie nun Angelina.

Allerdings verschwieg sie die Tatsache, dass Beatrice alles Mögliche unternahm, um Pietro zu bezirzen. »Es geht nicht um Rache an Alessandro, und er ist auch kein Trostpflaster«, hatte Beatrice Sofia gegenüber mehrfach beteuert, doch Sofia war sich nicht so sicher, ob das stimmte.

Keinesfalls würde sie Beatrice unterstellen, Spielchen mit Pietro zu treiben, aber es war doch offensichtlich, dass die junge Frau im Moment ziemlich durcheinander war und das Alleinsein schrecklich fand, was sie auch stets betonte. Sofia seufzte leise auf. Auch sie fand das Leben als plötzlicher Single nicht gerade berauschend, vermisste dieses enge Miteinander, den Umstand, dass man sich alles sagen konnte – und wenn es auch die unbedeutendste Kleinigkeit war. Und nachts allein im Bett zu liegen, welches ihr nun viel zu groß erschien, war auch keine erbauliche Neuigkeit in ihrem Dasein. Dennoch wollte sie erst mal mit sich selbst klarkommen, bevor sie sich in eine neue Beziehung stürzte. An ganz schlechten Tagen war sie sogar insgeheim der Meinung, dass eine solche neue Beziehung ohnehin nie kommen würde. Jetzt schüttelte sie ihre dunklen Locken und versuchte, ihrer Freundin Mut zuzusprechen. »Pietro würde sich gern wieder mit dir treffen«, erklärte sie Angelina, »er fragt mich eigentlich fast jeden Tag, wie es dir geht.«

»Dann kannst du ihm sagen, mir geht es fabelhaft«, fiel die andere ihr ins Wort, »einfach super, und ich habe Affären am laufenden Band.«

Als sie sich dieses Fließband, auf dem Angelinas Lover sitzen sollten, bildlich vorstellte, musste Sofia trotz ihrer gedämpften Stimmung laut auflachen. »Hehe, dann kommst du ja gar nicht mehr zum Schlafen«, japste sie.

»Na und?«, gab ihre Freundin trotzig zurück, »schlafen kann ich, wenn ich alt bin.« Ihre Stimme sollte sicherlich witzig klingen, bekam jedoch nun einen bitteren Beiklang: »Wenn ich alt und einsam bin und bloß zwei dicke Katzen als Mitbewohner um mich habe.«

»Ach, sei doch nicht so dumm!«, schimpfte Sofia. »Du bist eine wunderschöne und liebenswerte Frau. Und vielleicht solltest du dein Glück, das vor dir steht und dir zuwinkt, endlich mal beim Schopf packen!«

Am anderen Ende der Leitung hörte sie ein lautes Murren, dann sagte Angelina: »Ich traue diesem sogenannten Glück nicht – vermutlich streckt mir das Schicksal bald die Zunge raus und schreit ›Ätsch!‹«

»Herrje, bist du stur«, antwortete Sofia ein wenig hilflos.

Auf ihrer imaginären To-Do-Liste notierte sie: noch einmal mit Pietro reden, ob er tatsächlich mehr für Angelina empfindet und sich nicht doch bloß ablenken möchte. Dann verabschiedete sie sich ein wenig hektisch von ihrer Freundin, da es gerade an der Wohnungstür klingelte. Als sie daran dachte, wer sie besuchen wollte, huschte unwillkürlich ein kleines Lächeln über ihre Lippen.

Zur gleichen Zeit saßen vor der Trattoria »A Elena« Antonio und Pietro unter einem großen Sonnenschirm an einem der Tische und unterhielten sich. Nun ja, das Gespräch verlief sehr einsilbig, fast war Pietro froh, dass sie gleich für das Abendgeschäft öffnen würden. Denn dafür, dass Antonio ihn um eine Unterredung gebeten hatte, kam von seinem alten Herrn nicht gerade viel. Stattdessen starrte Antonio unaufhörlich die Espressotasse an, die er in der Hand hielt. So als ob auf dem Grund des heißen Gebräus schier unerreichbar sein vorbereiteter Text liegen würde.

»Pappa, was ist denn los?«, fragte Pietro schließlich, weil er diese angespannte Stille langsam, aber sicher unerträglich fand.

Antonio räusperte sich, dann begann er endlich zu sprechen: »Als Sofia und du mir gesagt habt, dass es mit meinem unfreundlichen Verhalten gegenüber den Gästen so nicht weitergehen kann, habe ich mich so richtig geschämt.«

»Wir haben das nicht böse gemeint«, unterbrach Pietro ihn betreten, er hatte dieses entsetzliche Gespräch von vor einigen Tagen noch gut im Kopf.

Sofia und er hatten nach den richtigen Worten gerungen, um nicht belehrend und respektlos zu erscheinen, aber es war dringend nötig gewesen. Die ersten Tage nach Maria Fioris Herzattacke war Antonio noch mild gestimmt gewesen, doch dann wurde es schlimmer als je zuvor. Der Höhepunkt des Grauens war schließlich erreicht, als Antonio einem Gast wütend den Teller voll mit Scampi vom Tisch gefegt hatte, weil dieser Gast es doch tatsächlich gewagt hatte, nach einer weiteren Serviette für seine vom Öffnen der Scampi klebrigen Finger zu fragen. Da mussten sie einfach handeln, auch wenn ihnen ihre Moralpredigt mindestens so unangenehm war wie Antonio. Der im Übrigen – was seine Kinder nicht mal wunderte – völlig uneinsichtig und wutentbrannt reagiert hatte. »So weit kommt es noch, dass ich mich von meinen unverschämten Bälgern erziehen lasse!«, hatte er gebrüllt und noch so einiges mehr. Doch jetzt schaute er Pietro dermaßen reumütig an, dass diesem das fast noch unangenehmer war als die bekannten Ausbrüche.

»Ihr hattet völlig recht«, redete Antonio weiter, »ich habe mich einfach skandalös verhalten. Wenn ich so weitermache, verschrecke ich wirklich noch alle Gäste und kann die Trattoria bald zusperren.« Tränen traten in seine Augen, als er nach einer kurzen Pause meinte: »Elenas und mein Lebenswerk hätte ich fast weggeschmissen, weil ich in meiner egoistischen Trauer dachte, ich kann mir nun alles erlauben.«

»Pappa«, sagte Pietro mitleidig und legte seine Hand auf die des älteren Mannes, »ich kann so gut verstehen, wie schwer es für dich ist.«

»Für uns alle ist es schwer«, sagte Antonio und wischte die Träne, die sich nun ihren Weg über seine rechte Wange bahnte, nicht weg, »aber du und Sofia, ihr zwei bemüht euch, ihr zwei haltet durch, während ich mich wie ein alter Trottel gehen lasse.« Mit einer fahrigen Handbewegung deutete er zum Himmel. »Eure Mutter wäre sehr stolz auf euch, so richtig stolz. Und über mich könnte meine liebe Elena bloß entsetzt den Kopf schütteln.« Seine letzten Worte waren nur mehr gebrochen über seine Lippen gekommen, da er nun heftiger weinte.

Herrje! Pietro wünschte sich in diesem Moment nichts sehnlicher als den alten, wütenden Antonio zurück! Es zerriss ihm geradezu das Herz, seinen Vater so dermaßen niedergeschlagen zu erleben. »Pappa«, sagte er leise, »für dich war und ist es doch am schwersten. Du hast den Menschen verloren, der jeden Tag an deiner Seite war.«

Antonio hob den Kopf und seufzte auf. »Aber ich bin euer Vater und als der habe ich eine Aufgabe. Die bestimmt nicht darin besteht, wie ein Kleinkind umherzurennen und alles kaputtzumachen.«

Die beiden Männer sahen sich nur an, sagten nichts. Pietro merkte peinlicherweise, dass ihm nun auch die Tränen kamen. Ziemlich erbärmlich kam er sich vor, gleichzeitig hatte er sich seinem Vater wohl schon lange nicht mehr so nah gefühlt wie gerade jetzt. So, als ob sie es abgesprochen hätten, standen sie gleichzeitig auf und umarmten sich. Wie lange sie so dastanden, hätte Pietro später nicht sagen können. Auf jeden Fall fuhren sie auseinander, als ein belustigt wirkender Francesco vor ihnen stand. »Na, haben die Herren Heulsusen genug geweint für heute?«, fragte er mit einem breiten Grinsen, »und darf's dann vielleicht noch ein Espresso sein?«

»Frecher Hund«, schimpfte Antonio, musste aber genauso wie sein Sohn laut auflachen.

»Scher dich lieber in die Küche! Einen Kaffee kann ich mir selbst noch machen.«

Francesco zwinkerte Pietro zu und verschwand wieder. Gleich darauf wurden sie erneut gestört. Alessandro stand mit einem bunten Blumenstrauß vor ihnen und stammelte: »Ist Beatrice hier?«

»Allerdings«, sagte Pietro, dessen sentimentale Stimmung nun innerhalb von Sekundenbruchteilen verpufft war, unwirsch, »du findest sie in der Küche.«

»Aha«, murmelte Alessandro, dann sah er Pietro mit einem anklagenden Blick an. »Ich kapiere einfach nicht, warum du nichts mehr von mir wissen willst. Dich habe ich ja schließlich nicht betrogen.«

Pietro, der sich seit dem explosiven Ende von Alessandros Beziehung tatsächlich nicht mehr bei seinem alten Freund gemeldet und keinen seiner Anrufe entgegengenommen hatte, baute sich vor dem anderen auf. »Du hast mich in eine unmögliche Situation gebracht.« Er machte eine kleine Pause, in der er die Augen verdrehte. »Hättest du mal auf mich gehört, dann wäre Beatrice wohl immer noch deine Freundin.« Mit abfälliger Miene zeigte er auf den Blumenstrauß. »Mit dieser Laura scheint es ja auch nicht so richtig zu laufen.«

»Ich möchte bloß meine Beatrice zurück«, sagte Alessandro mit belegter Stimme, fast trotzig fügte er hinzu: »Und meinen besten Freund.«

Ohne ein Wort drehte sich Pietro um und wollte einfach weggehen, dabei lief er fast seinem Vater, der immer noch neben ihnen stand, in die Arme. »Junge, sei doch nicht so«, raunte der ihm zu, »gute Freunde sind wie Goldstücke unter Kieselsteinen.«

»Was für ein guter Freund«, äffte Pietro ihn nach, was ihm sofort leidtat.

»Scusa«, murmelte er und drehte sich erneut zu Alessandro um.

Der stand jedoch gar nicht mehr da, Pietro sah ihn bloß noch durch die Tür der Trattoria verschwinden. *Auch gut*, dachte Pietro wütend. Wenn Alessandro nicht mal drei Sekunden warten konnte, war es mit seiner ach so großen Sehnsucht nach ihrer Freundschaft wohl nicht weit her. Pietro, der nun mit dem Rücken zum Lokal stand, schaute sich rasch um. Gut, es kamen noch keine Gäste. Dann konnte er ja mit Antonio endlich das bereden, was er schon lange auf dem Herzen hatte.

Auch Sofia und er hatten sich darüber unterhalten – und im Gegensatz zu ihm fand seine Schwester den Gedanken, dass Antonio nicht länger allein bleiben würde, sogar sehr tröstlich. »Mamma hätte nicht gewollt, dass er ein einsamer Greis wird. Sie wusste doch, wie wichtig es ihm war, neben einem geliebten Menschen einzuschlafen und wieder aufzuwachen.« Als Pietro sie erschrocken angesehen hatte, gab sie ihm einen Klaps auf die Schulter. »Wir leben auch unser eigenes Leben und wollen jemanden an unserer Seite haben.« Auf Pietros Protest, dass er es ganz gut allein schaffte, war sie gar nicht erst eingegangen, sondern hatte sofort weitergesprochen: »Pappa hat auch das Recht, glücklich zu sein.«

Tja, und genau das wollte Pietro seinem Vater nun sagen. Auch wenn er sich insgeheim wand vor Peinlichkeit, weil er mit seinem Vater nun gleich über Liebe sprechen musste. Allein der Gedanke, dass sein Vater körperliche Begierden hatte … Nein, er wollte lieber gar nicht daran denken. Brrr! Aber es führte kein Weg daran vorbei, ihm zu sagen, dass sich seine Kinder sehr darüber freuen würden, wenn aus seiner guten Freundschaft zu Maria Fiori mehr werden würde. Zaghaft setzte er an: »Maria Fiori ist dir sehr dankbar, dass du sie damals gerettet hast.«

Antonio stöhnte entnervt auf. »Was heißt gerettet? Ich war zufällig zur richtigen Zeit am richtigen Ort, da war gar nichts dabei.«

Pietro hätte ihm gern erklärt, dass das keineswegs so gewesen war. Dass sein Vater sich ganz gezielt aufgemacht hatte, um nach dem Rechten bei Maria zu sehen, weil er sich sorgte. Aber gut, er wollte jetzt nicht wegen Kleinigkeiten anfangen, sich mit seinem Vater zu streiten. Außerdem ging es ja gar nicht um die Rettungskation. Also begann er noch einmal: »Sofia und ich freuen uns auf jeden Fall, dass ihr, also du und Maria, euch so gut versteht.«

Sein Vater, der mit dem Rücken zur Straße stand, schaute ihn verständnislos an. »Was heißt gut verstehen? Maria ist ein Gast, mit dem ich mich hin und wieder unterhalte. Ein paar Sätzchen, so wie mit anderen Gästen auch.«

Pietro versuchte, ruhig zu bleiben. Wusste er doch ganz genau, dass in letzter Zeit die Augen seines Vaters immer einen besonderen Glanz bekamen, wenn er die Boutiquenbesitzerin erblickte. Und so dumm war Pietro bestimmt nicht, um zu glauben, sein Vater würde jeden seiner Gäste mehrmals im Krankenhaus besuchen. Mit Pralinen und Blumensträußen – wer's glaubte. Aber Antonio wollte es ihm offensichtlich besonders schwermachen, seine angedachte Mission zu erfüllen. Entschlossen reckte Pietro das Kinn, das letzte Stück seines Weges würde er auch noch schaffen. »Pappa, ich wollte dir nur sagen, dass Sofia und ich uns freuen würden, wenn aus Maria und dir …« Er machte eine kurze Pause. »Mehr wird als einfach nur Freunde.«

Schlagartig färbte sich Antonios Gesicht knallrot, und bevor ihn Pietro warnen konnte, legte er los: »Doch nicht mit Maria Fiori«, sagte er überdeutlich, obwohl sein Sohn ihn verzweifelt versuchte, zu stoppen.

»Pappa, bitte nicht!«

Aber Antonio war in Fahrt gekommen: »Mich interessiert Maria nicht. Kein bisschen! Diese alte Schachtel mit ihrem breiten Hintern!«

Entsetzt riss Pietro die Augen auf, starrte auf etwas, das hinter Antonio auf der Straße zu sein schien. Nun drehte sich auch Antonio um – und erblickte Maria Fiori, die wie aus dem Nichts aufgetaucht war. Am ganzen Körper zitternd, stand sie neben ihrem Hündchen, ihre Stimme klang allerdings erstaunlich fest, als sie sagte: »Gut zu wissen, Antonio, was du von mir hältst!« Über ihre Lippen glitt ein bitteres Lächeln: »Und da mein Hintern ohnehin bereits fett genug ist, verzichte ich heute lieber mal auf deine üppigen Spaghetti.«

»Maria, es tut mir leid«, stammelte Antonio, aber die Boutiquenbesitzerin stapfte mit Otello an der Leine ohne ein weiteres Wort davon.

»Was bin ich nur für ein Idiot!«, sagte Antonio mehr zu sich selbst als zu Pietro.

Der hätte am liebsten eifrig genickt, entschied sich dann aber dafür, rasch in der Trattoria zu verschwinden. An der Tür wäre er um ein Haar mit Alessandro zusammengestoßen, der wutschnaubend das Weite suchte. Nicht ohne zuvor noch den Blumenstrauß auf einen der Tische zu pfeffern.

Als Sofia die Wohnungstür öffnete, stand sie einem fröhlich grinsenden Thomas mit einem Werkzeugkoffer in der Hand gegenüber, dessen Miene jedoch bereits in der nächsten Sekunde besorgt wirkte.

»Wie geht es dir?«, fragte er mit gerunzelter Stirn.

Sofia, die zur Seite trat, um ihn in die Wohnung zu lassen, meinte schulterzuckend: »Mit jedem Tag besser.« Da ihr guter Freund sie zweifelnd ansah, bekräftigte sie ihre Aussage: »Natürlich bin ich traurig, dass es zwischen Matteo und mir aus und vorbei ist.« Mit einer etwas fahrigen Bewegung strich sie sich eine Locke aus dem Gesicht. »Aber seien wir doch ehrlich: Wenn Matteo nicht mehr glücklich mit mir war, dann war ich eben nicht die Richtige.«

»Da hast du wohl recht«, sagte Thomas und seufzte leise auf. Gleich darauf zwinkerte er ihr zu: »Obwohl ich mir beim besten Willen nicht vorstellen kann, dass man mit dir unglücklich sein könnte.«

Prompt – und für Sofia völlig unverständlich – machte ihr Herz einen kleinen Hüpfer. Doch schon im nächsten Moment kapierte sie, was mit ihr los war: Es tat ihrer geschundenen Seele einfach gut, etwas Liebes zu hören. Verlassen zu werden, war, ob man es sich eingestehen wollte oder nicht, eben auch ein gewaltiger Knacks für das eigene Ego. »Lieb von dir«, sagte sie deshalb zu Thomas, »da fühle ich mich nicht mehr ganz so sehr wie das kleine hässliche Entlein, das niemand haben möchte.«

»Gern geschehen«, sagte er, plötzlich kam es Sofia so vor, als ob er sie mit einem sehr nachdenklichen Blick bedachte, doch gleich darauf lächelte er wieder. »Als hässliches Entlein würde ich dich eigentlich auch nicht bezeichnen«, sagte er höflich, »aber du wirst sehen, allein ist man oft besser dran. Kann ich zumindest von mir selbst behaupten.«

»Womöglich denke ich auch bald so«, murmelte Sofia, die auf einmal einen unangenehmen Stich in der Brustgegend verspürte.

Hatte Thomas ihr eben durch die Blume mitteilen wollen, dass sie sich keinerlei Hoffnungen bei ihm machen sollte? War sie ihm womöglich zu aufdringlich, und der arme Kerl hatte Angst, dass sie sich in ihrer Einsamkeit sofort an ihn klammern würde? *Sei nicht so überempfindlich*, protestierte eine gar nicht mal so leise Stimme in ihrem Kopf, *er hat einfach von sich gesprochen und gemeint, dass er gern Single ist. Er hat dir bestimmt nicht unterstellt, dass du ihm zu nahetrittst. Hoffentlich*, dachte Sofia, während ein heißer Schauer ihren Rücken hinunterschoss.

Es wäre wirklich unangenehm und peinlich, wenn Thomas sie als irgendwie aufdringlich empfinden würde. Plötzlich schien eine ganz seltsame Stimmung zwischen ihnen zu herrschen, die Sofia leider nur so einordnen konnte, dass sie mit ihren heimlichen Befürchtungen wohl doch ins Schwarze getroffen hatte. Thomas hatte klarstellen wollen, dass er keinerlei Interesse an ihr hatte, damit es gar nicht erst zu einer heiklen Situation kommen konnte. Also gut, da brauchte er keine Angst zu haben, sie würde sich ihm schon nicht nackt an den Hals werfen. Instinktiv trat sie einen Schritt zurück, meinte dann in betont munterem Ton: »Ist echt nett von dir, dass du mir mit dem Regal über der Küchenspüle hilfst. Ich wollte ja Pietro fragen, aber er …«

»Hat zwei linke Hände?«, ergänzte Thomas ebenso munter.

Ein wenig erleichtert atmete Sofia innerlich auf, die Stimmung zwischen ihnen schien wieder in Ordnung zu sein. Und sie bemühte sich wirklich, nicht beleidigt zu wirken, weil Thomas ihr schon mal einen Korb im Voraus gegeben hatte. So albern das auch klang.

»Zwei linke Hände ist jetzt vermutlich etwas fies ausgedrückt«, sagte sie mit einem breiten Grinsen, »aber um ehrlich zu sein, hätte ich Angst um das Regal, die Wand … und Pietros linke Hände.«

Thomas lachte laut, dann zückte er sein Werkzeug. »Ich hoffe, bei mir bleibt alles heil.«

»Habe ich dich jetzt unter Druck gesetzt?«, fragte Sofia, »dann schaue ich lieber rasch weg.«

»Mach das.«

Thomas warf ihr einen dermaßen warmherzigen Blick zu, dass sie auf einmal wie verrückt blinzeln musste, so gerührt war sie. Himmel, benahm sie sich albern. Offenbar tat sie Thomas sehr leid, und er wollte nur das Beste für sie. Gleichzeitig hatte er Angst, dass sie zu viel von ihm wollte. Es blieb ihr wohl nichts anderes übrig, als offen mit ihm zu sprechen, wenn sie die Freundschaft zu diesem netten Mann aufrechterhalten wollte. Dann wären alle Missverständnisse aus der Welt geschafft. *Am besten gleich jetzt*, dachte sie, *dann ist es ausgestanden*. Tja, wenn nur ihre Feigheit nicht wäre! Sofia hätte sich selbst einen Stoß verpassen wollen, aber sie brachte die richtigen Worte einfach nicht über die Lippen. Stattdessen sagte sie: »Wie wäre es mit einem Espresso?«

Thomas nickte heftig. »Damit würdest du mir schon mal das Leben retten.«

Unwillkürlich musste sie lachen. »Wenn es so einfach ist, dir das Leben zu retten, dann tue ich das sehr gern.«

Erneut trafen sich ihre Blicke, und wieder fühlte sich Sofia geradezu umarmt. Erschrocken drehte sie sich um und machte sich länger als notwendig an der Kaffeemaschine zu schaffen. Als sie dann die dampfende Tasse auf den Küchentisch stellte, war Thomas bereits mit dem Regal beschäftigt. Mit sehr geschickten Händen ersetzte er die alten Schrauben, mit denen das gute Stück nur noch sehr wacklig an der Wand befestigt war. Nach wenigen Minuten, in denen sie beide schwiegen, war er fertig und drehte sich zu Sofia um. »So, das sollte jetzt halten.«

»Danke, du bist ein Schatz«, sagte sie verlegen. Auf einmal wusste sie nicht mehr, wie sie sich in seiner Gegenwart benehmen sollte. War sie zu freundlich, würde Thomas es womöglich als aufdringlich empfinden, gab sie sich zu kühl, würde er sich fragen, ob sie auf ihn wütend wäre. Also wählte sie die betont kumpelhafte Variante, die wohl auch wunderlich wirken musste. Zumindest machte Thomas ein ganz seltsames Gesicht, als sie ihm ein wenig zu fest auf den Rücken klopfte. »Gut gemacht«, rief sie dabei aus und zuckte dann erschrocken zurück, weil Thomas sich wegen ihres dämlichen Geklopfe am Kaffee verschluckt hatte.

»Geht schon«, meinte er hustend und wischte sich die Tränen aus den Augen. Dann sah er sie erneut mit diesem weichen Blick an, den sie inzwischen schon fast fürchtete, und fragte: »Und, gibt es noch etwas?«

»Äh«, stammelte Sofia und überlegte fieberhaft, ob sie nun dieses leidige Thema, das offenbar zwischen ihnen stand, ansprechen sollte.

Doch Thomas hatte zum Glück etwas anderes gemeint und schaute sich suchend in der Küche um. »Kann ich noch etwas reparieren?«

»Nein, nein«, kicherte sie erleichtert, »ansonsten ist nichts kaputt.«

»Okay«, sagte er gedehnt, »falls du aber wieder Hilfe brauchst, bin ich jederzeit dein Mann.«

»Das werde ich mir merken«, sagte sie und sah, dass sein Blick durch das offene Fenster auf den Gardasee gefallen war. »Schöner Ausblick, nicht wahr?«

Er nickte. »Traumhaft. Wenn man das funkelnde Wasser so sieht, bekommt man unheimliche Lust, direkt hineinzuspringen, stimmt's?«

Er wandte sich an Sofia, die erst jetzt merkte, dass sie viel zu dicht beisammenstanden. Um nicht den Anschein zu erwecken, ihm mit Absicht so nahegekommen zu sein, machte sie einen jähen Satz zurück. Thomas' erstauntes Gesicht darüber versuchte sie, zu ignorieren. »Ja, ich hätte auch unheimlich große Lust, schwimmen zu gehen«, sagte sie, merkte dabei selbst, welch verträumten Klang ihre Stimme auf einmal bekommen hatte.

»Dann tun wir das doch einfach«, meinte Thomas, »du musst doch heute nicht in die Trattoria, oder?«

Fast hätte sie geschwindelt und erzählt, dass sie unbedingt Pietro ablösen musste. Allein der Gedanke, nur mit einem Bikini bekleidet neben Thomas auf einem Badetuch zu liegen, verursachte ein merkwürdiges Prickeln in ihrem Bauch. Doch sie hatte eindeutig zu lange mit der falschen Antwort gezögert, im Lügen war sie eben noch nie gut gewesen. »Ich habe Zeit«, sagte sie deshalb wahrheitsgemäß, »ein paar Züge im See wären fantastisch.«

So kam es, dass sie tatsächlich kurz darauf an einem kleinen, gar nicht mal so überfüllten Strand in der Nähe ihrer Wohnung nebeneinander auf ihren Badetüchern lagen und Sonnenmilch auf ihrer Haut verteilten.

Natürlich jeder bei sich selbst, Sofia traute sich ja nicht mal, zu Thomas rüberzuschauen, obwohl der durchtrainierte Mann mit den ausgeprägten Brustmuskeln wirklich zum Anbeißen aussah. Von woher kam denn nun dieser Gedanke? Verwirrt über sich selbst, verzog sie den Mund und drückte dabei jedoch peinlicherweise zu fest auf die Flasche mit der Sonnenmilch, sodass ein viel zu großer Klecks auf ihrem nackten Bauch landete.

»Upps, da meinst du es aber heute echt gut mit dem Sonnenschutz«, lachte Thomas, »dabei bist du doch ohnehin schon so braun.« Er deutete auf seine tatsächlich sehr viel hellere Haut. »Gegen dich bin ich ein Käsekuchen.«

»Ich bin eben durch und durch eine Italienerin«, lachte Sofia und meinte dann ohne weiter nachzudenken: »Du kannst dir gern Sonnenmilch wegnehmen.«

In der nächsten Sekunde spürte sie, wie ihre Wangen zu glühen begannen – und das lag ganz bestimmt nicht an der immer noch recht kräftigen Nachmittagssonne. *Bestimmt denkt er, ich möchte ihn verführen*, dachte sie und kam sich einfach erbärmlich vor – *die verlassene Dreißigjährige mit Torschlusspanik, bei der es in seinen Augen offensichtlich gar nicht anders sein konnte, als dass sie ihren Jugendfreund nötigen wollte, sich auf sie einzulassen.*

Glücklicherweise wirkte Thomas völlig unbekümmert, als er mit der flachen Hand sanft Sonnenmilch von ihrem Bauchnabel entfernte. »Danke dir«, meinte er, »es ist aber auch für dich gut. So bleibt dir wenigstens erspart, in spätestens einer halben Stunde neben einem knallrot gekochten Hummer zu sitzen.«

»Das möchte ich wirklich nicht«, musste Sofia lachen, bevor sie wieder ernst wurde.

Verlegen räusperte sie sich einige Male, ihr Mund fühlte sich auf einmal so trocken an, vielleicht sollte sie doch lieber ein anderes Mal … Mindestens tausend Gründe fielen ihr ein, warum jetzt nicht der richtige Zeitpunkt war, um dieses ernste Gespräch mit Thomas zu führen: die wunderbare Stimmung hier am Strand inmitten fröhlicher Familien und verliebter Paare; der Umstand, dass man so ein Gespräch doch besser vorbereiten musste, um nicht unnötig ins Fettnäpfchen zu treten; und wenn sie noch mal scharf nachdachte, fielen ihr bestimmt noch mehr Ausreden ein. Dennoch gab sie sich einen Ruck, schaute Thomas fest in die Augen. Kurz und schmerzlos war für sie die richtige Devise, wie sie eben entschieden hatte.

»Thomas«, sagte sie deshalb, sie klang wohl ziemlich gehetzt, aber das war jetzt auch egal, »du hast vorhin bei mir zu Hause erklärt, dass du sehr gern Single bist und diesen Umstand nicht ändern möchtest.«

»Nein, so habe ich das nicht gesagt«, erhob Thomas Einspruch, doch Sofia streckte ihm abwehrend die flache Hand entgegen, sie musste jetzt unbedingt loswerden, was zu sagen war.

Auch wenn sich vor Peinlichkeit innerlich gerade alles in ihr verkrampfte, wollte sie nun keine Sekunde länger warten und endlich diesen, zwischen Thomas und ihr herrschenden Umstand aufklären. »Ich wollte nur klarstellen, dass ich auch vorhabe, in nächster Zeit allein zu bleiben. Und du brauchst deshalb keine Angst zu haben, dass ich auch nur im Geringsten etwas anderes möchte, als dir eine gute Freundin zu sein.«

Offenbar verdutzt riss Thomas die Augen auf – oder war er etwa enttäuscht? So ganz konnte sie seine Miene nicht deuten, aber das war auch egal. Was sie jetzt dringend brauchte, war eine gehörige Abkühlung. Ohne ein weiteres Wort sprang sie auf und rannte in Richtung See. Fast wäre sie mit einem kleinen Jungen, der plötzlich hinter einem Sonnenschirm hervorschoss, zusammengestoßen, und schlug deshalb ganz rasch einen Haken.

Dann spürte sie die kühlen Wellen an ihren Beinen, bis sie völlig in den See eintauchte. Ihr ganzer Körper genoss es, vom klaren Wasser umfangen zu werden, offenbar war sie vorhin bis fast zum Siedepunkt erhitzt gewesen. Als sie nach wenigen Sekunden wiederauftauchte, warf sie die nassen Locken nach hinten und blinzelte in das blendende Sonnenlicht. Vielleicht hatte sie ihre Erklärung etwas arg holprig abgegeben, es würde sie jedenfalls nicht wundern, wenn Thomas sie nun ein wenig wunderlich finden würde. Aber besser so, als dass sie sich hier noch länger zum Narren machen würde. Schließlich sah sie in Thomas nur einen guten Freund. Nicht mehr! Und es war sehr wichtig gewesen, genau das klarzustellen.

Mit einem kleinen Seufzer auf den Lippen schaute sie Richtung Strand, um zu sehen, ob Thomas auch ins Wasser kommen wollte, drehte den Kopf, und plötzlich bebte ihr ganzer Körper. Thomas war direkt vor ihr, Wassertropfen hingen in seinen langen Wimpern, und um ein Haar wäre sie direkt in seine Arme geschwommen. *Natürlich nicht*, kreischte sie innerlich auf, presste dann fest die Lippen aufeinander, wütend, weil sie plötzlich dieses dumme Bild in ihrem Kopf hatte, dass ihr Mund den von Thomas berührte und dass sich das dann auch noch wunderbar anfühlen würde. *Die Sonne und der See, die zaubern diese seltsame Stimmung*, sprach sie sich im Stillen Mut zu, bevor sie mit kräftigen Zügen ein ganzes Stück weg von Thomas schwamm.

In der Trattoria sah Pietro derweil seinen Vater, der eben diese Gemeinheiten über Maria Fiori verzapft hatte, bestürzt an. »Das kannst du so nicht stehen lassen«, sagte er und deutete auf Maria, die sich bereits ein ganzes Stück entfernt hatte.

»Wie soll ich das bloß wiedergutmachen?«, murmelte Antonio, offenbar über sich selbst entsetzt.

»Das weiß ich auch nicht, aber du musst es zumindest versuchen«, blaffte Pietro ihn an. Eine Riesenwut war in ihm hochgestiegen. Wie konnte sein Vater bloß so dumm sein? Die eigenen Kinder vergönnten ihm ein neues Glück, und er benahm sich wie ein pubertierender Jugendlicher! Als er daran dachte, wie sich Maria Fiori nun fühlen musste, verkrampfte sich sein Magen. »Pappa, nun geh schon!«, sagte er scharf.

Für eine Sekunde lang sah es tatsächlich so aus, als ob Antonio starten würde, sein Gewicht hatte er bereits auf seinen vorderen Fuß verlagert. Doch plötzlich hielt er inne. »Ich kann nicht«, sagte er, »es würde doch alles nur noch schlimmer machen.«

Pietro musste sich auf die Zunge beißen, um seinen Vater nicht als Idioten zu bezeichnen, stattdessen warf er ihm einen bösen Blick zu, der jedoch auch nichts bewirkte. Antonio machte auf dem Absatz kehrt und eilte zur Tür der Trattoria. »Ich habe zu tun«, rief er seinem Sohn über die Schulter zu. Der einsichtige und selbstkritische Antonio hatte sich offenbar in Luft aufgelöst.

»Ich habe auch zu tun«, brüllte Pietro ihn an, dann rannte er Maria Fiori hinterher.

Ihm war klar, dass diese ihren Zorn vermutlich an ihm auslassen würde. Aber egal, das würde er schon überstehen. Die gekränkte Frau jetzt allein zu lassen, brachte er einfach nicht übers Herz.

Kapitel 9

»Mädels, dass wir es endlich geschafft haben! Kaum zu glauben!«, rief Angelina in übermütigem Ton aus und hob ihr Weinglas.

Es war bereits August, und sie saß gemeinsam mit Sofia und Beatrice, wie nunmehr ewig geplant, in dem kleinen Hafenlokal in Lazise, dem südlich gelegenen Nachbarort von Bardolino. Von ihrem Tisch aus hatten sie einen himmlischen Blick auf den Gardasee, der in der sanften Abenddämmerung vor ihnen lag wie ein samtener dunkelblauer Teppich.

Sofia lachte. »Stimmt, schade, dass unser gemeinsamer Mädelsabend immer wieder verschoben werden musste. Aber jetzt sind wir ja endlich hier!« Die drei stießen noch einmal mit ihren Gläsern an, doch Beatrice schien nicht ganz bei der Sache zu sein – oder hatte schlechte Laune.

»Ist alles in Ordnung bei dir?«, raunte Sofia ihr von der Seite zu.

Natürlich wusste sie, dass Beatrice noch immer unter der Trennung von Alessandro litt, bis jetzt hatte sie aber auch jeden seiner Versöhnungsversuche ausgeschlagen. »Wenn er denkt, ich verzeihe ihm, hat er sich geirrt«, hatte sie erst letztens wieder zu Sofia gesagt.

Diese konnte sich keinen richtigen Reim darauf machen. Einerseits hatte sie durchaus den Eindruck, dass die Augen ihrer Freundin zu leuchten begannen, wenn die Rede auf Alessandro kam. Andererseits – und da wusste Sofia auch nicht, wie sie es werten sollte – versuchte Beatrice nach wie vor, Pietro schöne Augen zu machen. Allerdings ohne Erfolg. Und damit hatte sich das nächste große Problem aufgetan: Angelina.

Mit zusammengekniffenen Augen starrte Beatrice diese nun auch böse an, obwohl sie sich früher stets gut mit Sofias Arbeitskollegin und Freundin verstanden hatte. Sie waren zwar nie so eng befreundet gewesen, um zu zweit etwas zu unternehmen, doch unterhaltsame Abende zu dritt hatte es immer wieder gegeben. »Wie läuft es mit Pietro?«, fragte Beatrice nun mit gepresster Stimme.

Sofia war wachsam geworden. Sie hatte sich sehr auf diesen Abend, an dem die Trattoria geschlossen hatte, gefreut. Und witterte nun ganz genau, dass schlechte Stimmung in der Luft lag. Angelina reagierte auch prompt gereizt, was Sofia nicht besonders verwunderte. Ihre Freundin mochte Pietro sehr – »viel zu sehr«, wie diese unter vier Augen stets betonte –, hatte aber gleichzeitig Angst, nur ein kurzfristiges Trostpflaster für ihn zu sein. Sie konnte sich einfach nicht vorstellen, dass Beatrice, in die er so lange heimlich verliebt war, für ihn tatsächlich abgehakt war. Deshalb hatte sie ihm klipp und klar deutlich gemacht, dass sie sich gern hin und wieder treffen könnten, rein platonisch wohlgemerkt, aber mehr wäre nicht drin.

»Was meinst du?«, fuhr sie nun Beatrice an, und sie erschien Sofia dabei wie ein Kampfhund kurz vorm Angriff.

Beatrice tat ahnungslos. »Ihr seid doch jetzt ein Paar, und da wollte ich fragen, ob es eben gut läuft! «

»Wir sind kein Paar. Und das weißt du ganz genau«, sagte Angelina und knallte die Speisekarte auf den Tisch. »Ich habe kein Interesse an ihm.«

Beatrice lachte unglücklich auf. »Wenn es nur so wäre. Aber in Wahrheit lässt du ihn nur zappeln, um ihn so richtig verrückt zu machen.«

»Das sagt ja die Richtige«, schoss Angelina zurück, »du lässt Alessandro zappeln, um ihn noch ein wenig zu quälen. In Wahrheit möchtest du doch zurück zu ihm.«

Schlagartig schoss Beatrice das Blut in den Kopf. Wütend starrte sie Angelina an.

Sofia war sich der Anspannung in der Luft wohl bewusst, wollte aber ja eigentlich einen fröhlichen Abend mit den anderen beiden verbringen, gern mit allem Klatsch und Tratsch, den ihr Leben zu bieten hatte. Aber bitte nicht mit zickiger Stutenbissigkeit. »Lasst es gut sein«, mischte sie sich deshalb ein, »die Liebe ist nun mal kompliziert.«

In der nächsten Sekunde hätte sie sich für diesen platten Satz am liebsten selbst geohrfeigt.

Herrje, war ihr da echt nichts Besseres eingefallen? Zumindest waren jetzt alle Augen auf sie gerichtet. Und leider wurde nun auch sie zum Mittelpunkt des Gespräches.

»Apropos Liebe«, sagte Beatrice daraufhin spitz, »was ist denn jetzt mit deinem Thomas?«

»Zwischen uns ist alles klar, wir sind einfach gute Freunde«, sagte Sofia wie aus der Pistole geschossen. Selbst in ihren eigenen Ohren hörte sich dieser Satz wie eine auswendig gelernte Ausrede an. Aber es war nun mal die Wahrheit. Mit Schaudern dachte sie an die peinliche Unterredung einige Wochen zuvor am Strand zurück. Thomas und sie waren an diesem Abend dann zwar noch ein gutes Stündchen beisammengeblieben, hatten über dies und das gesprochen, doch zum Glück das eine Thema streng gemieden. Sie selbst hatte ihre seltsamen aufwallenden Gefühle endgültig dem heißen Wetter und dem Umstand, dass sie fast nackt waren, zugeschrieben. Offenbar sehnte sich ihr Körper insgeheim nach Berührungen, nach Zärtlichkeit und hatte deshalb an diesem Tag völlig verrückt gespielt. Doch das hatte sie längst überwunden, konnte nun sogar darüber schmunzeln. Seitdem war es ja auch immer wieder zu Treffen mit dem Architekten gekommen. Mal kam er in der Trattoria vorbei, oder sie saßen bei einem Glas Wein am Hafen. Rein freundschaftlich – und das war auch gut so. Vielleicht, also wirklich nur vielleicht, gefiel ihr der Mann ein wenig, doch wenn er keinerlei Interesse an ihr hatte, war das nun einmal so. Durch seine gescheiterte Ehe war er ein gebranntes Kind – und scheinbar genoss er es, völlig unabhängig zu sein.

Beatrice riss sie mit einer weiteren Bemerkung aus ihren Gedanken: »Ihr zwei würdet gut zusammenpassen. Und ich habe das Gefühl, dass du ihn sehr magst.«

»Als guten Freund«, versicherte Sofia eifrig nickend, die sich mittlerweile ein wenig so vorkam, als ob sie einem Polizisten beim Verhör gegenübersitzen würde. Es fehlte bloß die grelle Lampe, die ihr ins Gesicht strahlte. »Thomas hat kein Interesse an einer Beziehung. Und ich schon lange nicht«, sprach sie weiter – hach, warum verteidigte sie sich überhaupt? Aber nun konnte sie gar nicht mehr aufhören, zu reden. »Matteo und ich sind erst seit wenigen Wochen getrennt. Da werde ich mich doch nicht gleich in die nächste Beziehung stürzen.«

Beatrice schaute sie mit hochgezogener Augenbraue an. »Warum eigentlich nicht? Du hast doch kein Gelübde abgelegt, oder etwa doch? Habe ich da womöglich etwas verpasst?«

»Ach, du spinnst doch«, murmelte Sofia und schlug die Speisekarte auf.

Für sie war dieses alberne Gespräch beendet. Auch wenn sie Beatrice gegenüber nicht zu hart sein wollte, ärgerte sie sich über die Freundin. Die musste doch selbst wissen, wie verletzlich man nach einer Trennung war – und dass es einem nicht half, wenn andere dauernd den Finger in die Wunde bohrten.

Angelina, die da schon mehr Feingefühl besaß, klatschte leicht in die Hände. »Um mal über etwas wirklich Wichtiges zu sprechen …«, sagte sie in einem dramatischen Ton, um dann, als beide Augenpaare interessiert auf sie gerichtet waren, hinzuzufügen: »Welches Fischgericht habt ihr euch ausgesucht?«

Die beiden anderen mussten lachten und antworteten unisono, so als ob sie sich abgesprochen hätten: »Gegrillten Alborella.«

Erneut lachten Sofia und Beatrice auf, nun kicherte auch noch Angelina. »Ja, Alborella, einen leckeren Weißfisch, den nehme ich auch.«

Sofia zwinkerte ihr zu: »Wie schön, dass wir drei uns doch einig sind.«

»Ja«, sagte Beatrice und legte die Hand auf Sofias Unterarm. »Sei nicht sauer wegen eben. Ich weiß, ich kann manchmal ziemlich gemein sein.«

»Ach! Wirklich?«, warf Angelina sarkastisch ein.

Sofia sah an Beatrices Miene, dass diese eine patzige Antwort geben wollte, doch dann stieß Beatrice einen spitzen Schrei aus. »Hey, da hinten sitzt doch Thomas!«

Sowohl Angelina als auch Sofia drehten sich in die Richtung. Letztere erkannte den blonden Mann, der drei Tische weiter mit dem Rücken zu ihnen saß, sofort. Sie brauchte ihn gar nicht von der Seite zu sehen. Als sie registrierte, mit wem Thomas hier in Lazise war, versteifte sich ihr gesamter Körper auf der Stelle. Denn sie erkannte auch sofort die attraktive Frau mit den langen hellblonden Haaren aus der Touristeninformation, die mit ihrem Mann in der Trattoria gewesen war. Heute trug diese ein hautenges dunkelrotes Kleid, das durch einen enormen Schlitz, fast bis zur Hüfte, einen famosen Ausblick auf ihre langen, braun gebrannten Beine bot. Sofort kam sich Sofia in ihrem »braven« Sommerkleid mit ausgestelltem Rock langweilig vor.

»Das ist doch die Frau, die vor einigen Monaten bei uns in der Touristeninformation war«, sagte Angelina leise.

»Genau«, stimmte Sofia ihr zu, »dieses Lokal habe ich ihr ja sogar empfohlen.«

Den Zusatz, dass sie nicht gewusst hatte, wer »der interessante Typ« war, mit dem die Blondine sich hier treffen wollte, ohne dass ihr Mann etwas erfuhr, sparte sie sich. Plötzlich spürte sie ein mulmiges Gefühl im Bauch, ohne recht zu wissen, woher es kam. Ganz bestimmt war sie nicht eifersüchtig! Nein, Thomas konnte schließlich tun und lassen, was er wollte. Und bestimmt war er ihr keinerlei Rechenschaft schuldig, mit wem er sich traf. Gut, eine Affäre mit einer verheirateten Frau fand sie jetzt nicht so prickelnd, aber sie wollte sich hier nicht als Moralapostel aufspielen. *Außerdem geht es dich nichts an*, erklärte ihr eine vorlaute Stimme im Hinterkopf. Und doch fühlte sie sich seltsam verletzt. Vielleicht auch deshalb, weil sie sich ein wenig getäuscht fühlte. Vor ihr hatte Thomas so getan, als ob er überhaupt kein Interesse an Frauen hätte, aber für eine Affäre war er unverkennbar offen. Denn die Blondine bedachte ihn mit einem Blick, der keinerlei Zweifel zuließ. Dabei beugte sie sich leicht nach vorne und ermöglichte damit Thomas und auch einem Großteil der anderen Lokalbesucher einen perfekten Blick auf ihr üppiges Dekolleté.

»Du bist so blass«, riss Beatrice Sofia aus ihren unglückseligen Betrachtungen, »ist es wegen Thomas?«

»Beatrice!«, rief Angelina aufgebracht dazwischen. »Musst du denn immer so unsensibel sein?!«

Trotzig schob die andere die Unterlippe wie ein beleidigtes Kleinkind, dem man die Rassel weggenommen hatte, nach vorn. »Darf man jetzt gar nichts mehr sagen?«

»Nicht, wenn es Unsinn ist«, erwiderte Angelina unerbittlich.

Sofia wandte sich nun wieder ihren beiden Freundinnen zu. »Lasst es gut sein, Thomas kann sich doch treffen, mit wem er möchte.« Betont lässig zwinkerte sie Angelina zu. »Und selbst, wenn es unsere etwas überhebliche Touristin ist.«

Thomas Brügger ärgerte sich wahnsinnig – und war doch zu höflich, um es offen zu zeigen. Was tat er hier eigentlich? Katja Ernst, die ihm in aufreizender Pose gegenübersaß, sodass er ein – wohlgemerkt entnervtes – Stöhnen unterdrücken musste, hatte ihn am Vorabend angerufen und mit ihm dieses heutige Treffen in dem bekannten Fischrestaurant in Lazise vereinbart. »Oliver ist heute so eingespannt, deshalb hat er mich gebeten, bei dir durchzuklingeln«, hatte sie ihm ins Ohr gesäuselt, vielleicht hätte ihm das bereits verdächtig erscheinen sollen.

Aber nein, er hatte doch glatt geglaubt, Oliver Ernst, der als Innenarchitekt für die Einrichtung der Hotelanlage hier in Lazise zuständig war, wolle sich zu Teppichböden und Holztäfelungen Thomas' Meinung einholen. Innerlich schüttelte dieser nun den Kopf über sich selbst, weil er ein dermaßen riesiger Idiot gewesen war. Offenbar, so ging er weiter in Gedanken hart mit sich selbst ins Gericht, hatte er ein famoses Händchen dafür, stets auf dem Holzweg zu sein. Wenn er da nur an Sofia dachte! Schmerzlich verzog sich sein Mund, als ihm einfiel, wie kühl sie sich ihm gegenüber verhielt, während er ehrlich gesagt Tag und Nacht an sie denken musste. *Du bist über beide Ohren in sie verknallt*, plärrte ihm eine boshaft klingende Stimme aus seinem Hinterkopf ins Ohr.

Ja, das war er! Wusste er auch selbst! Und er hatte doch tatsächlich gedacht, dass er sich äußerst fair verhielt, wenn er nach Sofias Trennung von Matteo nicht sofort mit seinen Gefühlen bei ihr ins Haus fiel, sich stattdessen als zufriedener Single gab, um der Frau, die er einfach umwerfend fand, Zeit zu geben, das Ende ihrer letzten Beziehung in Ruhe zu verarbeiten. Tja, nur leider hatte Sofia dies als Anlass genommen, ihm klipp und klar zu sagen, dass sie in ihm bloß einen guten Freund sah. *Und ich dachte, da ist mehr*, schoss es ihm ernüchtert durch den Kopf.

So ganz wollte er die Hoffnung noch nicht aufgeben, dass Sofia irgendwann mal mehr für ihn empfand, aber das war eher Selbstschutz. Er wusste schließlich, dass Sofia nicht zu den Frauen zählte, die Spielchen trieben, um sich noch interessanter zu machen. Und Gefühle ließen sich nun mal nicht erzwingen. Das erlebte er ja gerade selbst, denn auch, wenn Katja Ernst eine rundum attraktive Frau war, fand er sie einfach nur schrecklich. Und keineswegs sexy, auch wenn sie das mit ihrem Schmollmund, den sie gerade zog, offenbar sein wollte.

»He, Thomas«, flötete sie, »ich hoffe, du bist mir nicht böse, dass ich dich in eine kleine Falle gelockt habe.« Sie sah ihm tief in die Augen – und Thomas musste sich zurückhalten, um sich nicht an die Stirn zu tippen, so sehr widerte ihn diese, wie er fand, unmögliche Situation an.

Er räusperte sich einige Male, dann begann er zu sprechen: »Katja, ich kenne deinen Mann gut, da würde es mir nicht im Traum einfallen, ihn zu hintergehen.« Da seinem Gegenüber prompt die Gesichtszüge entgleisten, fügte er, wie er hoffte, ausreichend taktvoll hinzu: »Obwohl du natürlich eine wunderbare Frau bist.« *Ein Biest*, dachte er, *das trifft es wohl eher*, doch diese Einschätzung behielt er lieber für sich. Er wollte sich Katja Ernst nicht zur Feindin machen, da er ihr durchaus zutraute, ihren Mann

Oliver, mit dem Thomas bereits öfter gut zusammengearbeitet hatte, gegen ihn aufzuhetzen.

»Danke für das Kompliment«, sagte sie nun von oben herab, »dann vergessen wir diesen Abend am besten.«

Thomas bemühte sich um ein Lächeln. »Ja, das tun wir besser. Oliver braucht gar nichts davon zu erfahren, und ich darf dich jetzt auf ein famoses Abendessen einladen, was mir eine große Ehre ist.«

Katja nickte, und innerlich atmete Thomas bereits erleichtert auf, zum Glück hatte er diese peinliche Situation überwunden. Doch zu früh gefreut. Gerade als er sich nach dem Kellner umdrehen wollte, um die Bestellung aufzugeben, fasste Katja nach seiner Hand. »Mein ganzer Körper sehnt sich danach, von dir berührt zu werden«, sagte sie mit einem Schlafzimmerblick, der in ihm eher einen Fluchtreflex auslöste, als auch nur einen Funken von Begehren zu entfachen.

»Katja!«, rief er entsetzt aus, doch sie interpretierte seinen Einwurf anders.

»Ja, ich will dich auch«, raunte sie ihm zu, »deine blauen Augen sind so unglaublich sexy, dass mir der Atem stockt.«

Ihm stockte auch der Atem, allerdings vor Abscheu. Langsam, aber sicher war er der Meinung, dass diese Katja, die er zuvor erst zweimal kurz auf Hoteleröffnungen gesehen hatte, nicht mehr alle Tassen im Schrank hatte – salopp ausgedrückt.

Wenn Sofia das zu dir sagen würde, wärst du glücklich, krähte die Stimme in seinem Hinterkopf. Tja, wenn er ehrlich war, würde er tatsächlich alles verführerisch finden, was Sofia ihm zuflüsterte. Sogar so einen peinlichen Schmus, den er ihr allerdings keinesfalls zutraute. Aber egal, wie Sofia ihm zeigen würde, dass sie mehr für ihn empfand, dass er für sie der Mann wäre, den sie liebte – ihm wäre alles recht.

Nur saß leider nicht Sofia ihm gegenüber, sondern diese Katja, die ihm immer mehr wie eine riesige Spinne vorkam, die ihr Opfer – also ihn, den naiven Deppen – in ihr Netz locken wollte. Offenbar reizte es sie sogar, dass er sich »zierte«.

»Manchmal darf man nicht an Moral denken, sondern muss sich selbst ein Stück vom Glück gönnen«, flötete sie weiter.

Thomas musste sich sehr anstrengen, um nicht die Augen zu verdrehen. Ob sie wohl diesen Satz auch zu ihrem gehörnten Mann sagte, wenn er sie bei einem Seitensprung erwischte? *Nicht mein Problem*, dachte sich Thomas, obwohl ihm der Innenarchitekt tatsächlich nur leidtun konnte. Er selbst wusste nur zu gut, wie es sich anfühlte, betrogen zu werden. Wäre er mit einem glühenden Eisen gebrandmarkt worden, hätte er es sich auch nicht schlimmer vorstellen können.

Jetzt gab er sich einen Ruck und sagte in kühl-freundlichem Ton: »Ich bin immer noch dafür, dass wir gut essen. Weißt du schon, was du möchtest?«

»Ja«, sagte Katja knapp und presste die Lippen aufeinander, gleichzeitig wedelte sie mit den Händen vor ihrem Gesicht herum, wohl um Tränen zu unterdrücken. Dabei kam sie Thomas wie ein überspannter Teenager vor.

Wohlweislich tat er so, als ob alles bestens wäre und drehte sich um, um nach dem Kellner zu rufen. In der nächsten Sekunde erstarrte er. Er sah Sofia – und auch sie sah ihn, schaute ihm direkt in die Augen. Ihre ernste Miene konnte er nur schwer entziffern. War sie entnervt, weil sie ihn sah? Womöglich, da er sich ohnehin zu oft bei ihr meldete und ihr damit vielleicht bereits gehörig auf die Nerven ging. Oder gefiel es ihr nicht, dass er mit einer anderen Frau hier war? *Das hättest du wohl gern*, raunte ihm die Stimme aus dem Hinterkopf süffisant zu. *Ja, das hätte ich gern!*, würde Thomas am liebsten brüllen, behielt diese Ansicht jedoch für sich.

»Ich komme gleich wieder«, sagte er zu Katja und sprang von seinem Stuhl auf.

In der nächsten Sekunde stand er am Tisch der drei Freundinnen und grüßte in die Runde: »Ciao! Das ist ja ein netter Zufall! Ich habe gerade ein Geschäftsgespräch.«

Obwohl Sofia bereits in der nächsten Sekunde am liebsten im Boden versunken wäre, konnte sie sich, nachdem ihre Freundinnen Thomas begrüßt hatten, nicht zurückhalten: »Die Dame sieht aber nicht sehr geschäftlich aus.«

Äußerlich ungerührt zuckte Thomas mit den Schultern, während innerlich sein Herz einen

Riesensprung vollführte. Das bildete er sich jetzt bestimmt nicht ein: Sofia war eifersüchtig. Vielleicht nur ein wenig, aber das war zumindest ein Anfang. Im Geiste sah er sich bereits am nächsten Tag mit ihr sprechen – er würde ihr offen sagen, was er für sie empfand. Auch auf die Gefahr hin, dass er sich so richtig lächerlich machen würde. »Ich wünsche euch noch einen schönen Abend«, sagte er jetzt aufgekratzt, diese Glückswelle, die ihn eben erfasst hatte, ließ ihn immer höher treiben.

Bis Sofia weitersprach: »Ich kenne diese Dame. Sie war bereits in Pappas Trattoria zu Gast.« Den nächsten Satz sprach sie sehr betont: »Mit ihrem Mann.«

Obwohl Thomas gar nicht verstand, warum, begannen seine Wangen zu glühen. Er war doch völlig unschuldig! »Ich kenne Katjas Mann gut, aber heute hat er keine Zeit«, versuchte er zu erklären, leider klang er dabei, wie er selbst merkte, nicht ganz so locker, wie er eigentlich gewollt hätte.

»Dann ist ja alles bestens«, erklärte Sofia mit einem süffisanten Grinsen, »auf keinen Fall solltest du deine reizende Abendbegleitung länger warten lassen.«

»Werde ich auch nicht«, sagte Thomas verärgert. Was fiel Sofia denn ein, ihn wie einen Ehebrecher zu behandeln?

Hastig nickte er noch in die kleine Runde, dann trat er den Rückzug an. Bei Katja angekommen, zwinkerte ihm diese zu. »Diese kleine

Italienerin gefällt dir wohl, nicht wahr?«, meinte sie spöttisch – und leider wieder einmal nicht allzu leise.

Erschrocken wandte sich Thomas noch mal zu Sofias Tisch um, doch dort waren alle Köpfe hinter den Speisekarten versteckt. Ein wenig erleichtert seufzte Thomas auf, auch wenn ihm der Gedanke nicht gefiel, dass Sofia ihn für einen Typ halten könnte, der eine Affäre mit einer verheirateten Frau hatte. Das musste er unbedingt so schnell wie möglich klarstellen. Doch jetzt bat er erst mal den Kellner an den Tisch, den er endlich entdeckt hatte.

In dieser Nacht wälzte sich Sofia, wie es ihr schien, endlos lang in ihrem Bett herum. An Schlaf, den sie sich so sehr herbeisehnte, war ärgerlicherweise nicht zu denken. Immer wieder erschien dieses schreckliche Bild vor ihren geschlossenen Augen: Thomas mit der attraktiven Blondine, eng umschlungen, küssend …

Als ihre Fantasie nun vollends verrückt spielte und sie einen nackten Thomas mit einer ebenso nackten Blondine, die rittlings auf ihm saß, vor sich sah, setzte sie sich ruckartig auf. »Es reicht«, murmelte sie erbost. Sie verstand sich selbst nicht so recht. Was ging sie denn bitte das Liebesleben anderer Leute an? Auch nicht das von guten Freunden, die ja nichts anderes als genau das sein wollten. *Obwohl du in ihn verliebt bist*, schoss es ihr plötzlich durch den Kopf.

Erschrocken über diesen wirren Gedanken, der von weiß woher gekommen war, ließ sie ihren Blick im Zimmer umherwandern. Sie hatte die Vorhänge nicht völlig geschlossen, deshalb drang durch ein geöffnetes Fenster ein wenig Licht von einer Straßenlaterne in den Raum. So mochte es Sofia am liebsten. Vor allem seit ihre Mutter gestorben war, fühlte sie sich in völliger Dunkelheit nicht mehr wohl. Zum Leidwesen von Matteo, der immer gestöhnt hatte: »Bei dieser Showbeleuchtung kann doch kein Mensch schlafen!« Der Kompromiss war gewesen, den Vorhang nur ein winziges Stück offen zu lassen, genauso weit, dass zumindest ein winziger Lichtspalt blieb. Jetzt, wo sie allein lebte, ließ sie den Vorhang weiter geöffnet. Das Licht der Straßenlaterne erschien Sofia auch diese Nacht tröstlich, doch vielleicht hinderte es sie ja nun beim Einschlafen. Mit einem kleinen Seufzer sprang sie aus dem Bett und zog den Vorhang ganz zu. Auf ihrem Rückweg in fast völliger Dunkelheit tastete sie sich ans Bett heran, ließ sich dann mit einem uneleganten Plumps aufs Laken fallen und schloss die Augen. Sofort fuhren ihre Gedanken wieder Karussell. Nein, sie war natürlich nicht in Thomas verliebt.

Doch, doch!, krähte es als Antwort in ihrem Hirn, fast als hätte ein Dämon von ihr Besitz ergriffen. *Bloß eine kleine Schwäche*, rechtfertigte sie sich im Stillen, *Thomas ist ein attraktiver und sympathischer Mann, wie könnte man ihn nicht fantastisch finden?*

Vielleicht war sie ja auch bloß einsam und kam nicht damit zurecht, allein zu leben. Bereits in der nächsten Sekunde wusste sie, dass das nicht stimmte. Nachdem Matteo ausgezogen war, hatte die Wohnung durchaus in den ersten Tagen seltsam leer auf sie gewirkt. Aber dieses Gefühl war rasch vergangen, denn mehr denn je hatte sie gespürt, wie richtig es sich für sie anfühlte, dass Matteo endlich weg war. Neben jemandem zu leben, der einen nicht mehr liebte, war eine viel größere Qual. »Und jetzt?«, fragte sie leise in die Dunkelheit, »bist du wirklich in Thomas verliebt?«

Ein Lichtschein drang für einen kurzen Moment ins Zimmer, da ein Windstoß den Vorhang leicht zur Seite gewirbelt hatte. Prompt zuckte Sofia zusammen, dann musste sie über sich selbst lachen. Herrje, sie war ja schreckhafter als eine kleine Maus! Dabei sollte sie nun endlich schlafen und sich nicht den Kopf darüber zerbrechen, ob sie in einen Mann verliebt war, der vermutlich gerade schwitzend und stöhnend mit einer anderen im Bett lag. Sofia blinzelte einige Male, um endlich das Kino in ihrem Kopf zu vertreiben. Vielleicht fand sie ja Ruhe, wenn sie einen Vorsatz fasste: Sie würde mit Thomas in nächster Zeit sprechen und ihm ehrlich sagen, dass sie mehr für ihn empfand, als sie zunächst für möglich gehalten hatte. Jedoch auch, dass dieser Umstand keineswegs zwischen ihnen stehen sollte. Es war schließlich bloß eine kleine Schwärmerei, nicht mehr. Ein wenig erleichtert über ihre, wie sie fand, gar nicht mal so üblen Gedanken, kuschelte sie sich fester in ihre dünne Decke und schloss die Augen – doch bereits in der nächsten Sekunde schoss sie wie von der Tarantel gestochen hoch. Ihr Handy, das im Wohnzimmer lag, klingelte. *Vielleicht ist es Thomas*, musste sie peinlicherweise denken, als sie durch die Räume hetzte.

Doch dann las sie Matteos Namen auf dem Display des Telefons, und sie spürte, wie Enttäuschung in ihr aufstieg.

»Ciao, Matteo«, sagte sie ein wenig außer Puste, »ist was passiert?«

Ihr Exfreund wirkte beleidigt, als er antwortete: »Muss denn immer was passiert sein, wenn ich dich anrufe?«

Sie biss sich auf die Unterlippe, um ihm nicht zu erklären, dass sie sich eine Sendepause gewünscht hatte, um besser mit der Trennung umzugehen. Dieser Entschluss war richtig gewesen – und auch, wenn Matteo nun seit fast zwei Monaten in Nürnberg lebte, sah sie keinen Grund, dies zu ändern.

Offenbar war ihm das auch wieder eingefallen, denn er fügte hinzu: »Ja, ja, ich weiß. Du wolltest einen totalen Schnitt. Daran habe ich mich ja auch gehalten. Doch jetzt ist alles anders geworden.«

Sie kapierte gar nichts. »Was ist anders geworden? Und weißt du überhaupt, wie spät es ist?«

»Ja, tut mir leid, aber ich musste jetzt mit dir reden. Über meine Gefühle! Ich bin hier nicht glücklich. Die anderen Tierärzte sind ja recht nett, kommen sich aber doch als die klügsten Menschen der Welt vor. Mir fehlt meine Praxis mit Ernesto, ich vermisse die Hündchen und Kaninchen. Und sogar die Katzen, die mir bei jeder Impfung am liebsten die Augen auskratzen würden.«

Unvermutet musste Sofia lachen. »Dann komm doch wieder zurück nach Bardolino!«

»Meinst du das ernst?« Seine Stimme klang hoffnungsvoll. »Würdest du es gut finden, wenn ich wieder zurückkäme? Wir beide könnten doch wieder ganz von vorne anfangen. Dich vermisse ich nämlich ganz besonders«, fügte er mit zärtlicher Stimme hinzu.

Sofia war so entsetzt, dass sie fast ihr Telefon fallen ließ. Hier lag offenbar ein gewaltiger Irrtum vor. Auch wenn es ihr nun leidtat, Matteo gleich vor den Kopf stoßen zu müssen. Und nichts anderes würde sie tun, denn ihr half diese Situation hervorragend, ihre Gefühle zu orten. Und diese waren in Bezug auf Matteo eindeutig – so wie die Beziehung mit ihm eindeutig für sie vorbei war.

Seine erste Reaktion war ein empörtes Schweigen, wie sie es anhand seiner keuchenden Atmung einordnete. Endlich fand er seine Sprache wieder: »Ich verstehe ja, dass du mich zappeln lassen möchtest. Ich war ja auch ein unschlüssiger Idiot. Aber du brauchst doch nicht gleich alle Türen zuzuschlagen!«

»Ich lasse dich nicht zappeln«, fiel sie ihm ins Wort, »für mich ist es vorbei. Ich liebe dich nicht mehr. Und darüber bin ich sogar sehr froh.« Kurz schluckte sie, weil ihr diese Worte recht hart erschienen, aber sie fand die Wahrheit in diesem Fall besser als irgendein langes Herumreden um den heißen Brei.

»Ich möchte aber trotzdem nach Bardolino zurückkommen«, sagte er fast trotzig.

Sofia musste lächeln. »Natürlich. Die Haustiere hier werden sich wie verrückt freuen. Auch der kleine Otello.«

Kurz lachte er auf, es klang jedoch eher wehmütig, dann meinte er: »Es ist nur schade, dass du dich nicht wie verrückt freust.«

Darauf gab sie keine Antwort und verabschiedete sich rasch. Einem Teil von ihr tat Matteo, der offenbar so gar nicht wusste, was er wollte, leid. Doch ein anderer Teil, und der war um einiges größer, war unendlich froh darüber, dass sie mit seiner Wankelmütigkeit nichts mehr zu tun hatte. Sie musste laut gähnen und ihre nackten Füße fühlten sich ganz kalt an. Mit raschen Schritten tappte sie in ihr Bett zurück und war, kurz nachdem sie sich in ihr Kissen gekuschelt hatte, auch schon eingeschlafen.

Wenige Tage später saß Pietro neben Angelina auf einer Bank am Hafen und schaute mit missmutiger Miene auf den Gardasee. Gleich musste er in die Trattoria, um dort zu arbeiten – wie er das in seinem Zustand durchhalten sollte, war ihm ein Rätsel. Aber er durfte nicht kneifen, Antonio hatte vorhin angerufen und von einer größeren Geburtstagsgesellschaft erzählt, die kurzfristig reserviert hatte. Vielleicht hätte er Angelina nicht gerade jetzt bei ihrem kurzen gemeinsamen Spaziergang über die Strandpromenade erklären sollen, dass er sie wahnsinnig gernhatte und mit ihr zusammen sein wollte. Doch sie hatte bloß gelacht.

»Möchtest du mich ins Bett kriegen?«, fragte sie ihn nun mit einem Augenzwinkern, »es reizt dich wohl, wenn eine Frau nicht gleich vor dir dahinschmilzt. Normalerweise bist du es ja anders gewöhnt.«

»Du redest völligen Unsinn, und das weißt du«, gab er barsch zurück, bevor er wieder auf die blauen Wellen starrte.

Angelina seufzte laut auf. Herrje, war das hier schwierig! In ihrem Körper kämpften zwei Armeen wie in einer Schlacht gegeneinander. Eine Seite wollte nichts anderes, als dass Pietro und sie ein Paar wurden, denn dass sie sich ehrlich gesagt bereits an ihrem ersten Abend in den witzigen und sensiblen Mann verliebt hatte, stand groß auf allen Schildern und Fahnen dieses Heeres. Mit jedem ihrer freundschaftlichen Treffen hatte sich dieses Gefühl verstärkt – und jetzt kribbelte es bereits in ihrem Bauch, wenn nur jemand den Namen Pietro erwähnte. Also wäre es doch die natürlichste Sache der Welt, sich auf dieses Risiko, das Liebe wohl immer sein würde, einzulassen. *Moment!*, schrie da der Heerführer der anderen Seite, *du hast wohl vergessen, welche Rahmenbedingungen es hier gibt!*

Mit triumphierender Miene zeigte er dann auf die eigenen Fahnen, auf denen in großen Lettern »Beatrice« stand. *Du wirst doch nicht immer der Trostpreis sein wollen? Denn für wen Pietros Herz schlägt, ist ja wohl klar!*

Pietro musterte sie von der Seite, wusste zum Glück nichts von den Streithähnen, die ihre blühende Fantasie zauberte.

»Warum glaubst du mir nicht, dass ich dich liebe?«, fragte er mit leiser Stimme.

»Weil du ewig lang in Beatrice verliebt warst! Und das soll jetzt plötzlich vorbei sein? Einfach so?« Sie schnippte mit den Fingern in die Luft. Den nächsten Satz hätte sie sich gern verkniffen, aber sie empfand plötzlich einen unangenehmen Drang, ehrlich zu sein – auch bei fiesen Wahrheiten. »Beatrice empfindet wohl auch etwas für dich«, sagte sie deshalb, »das hätte an dem Abend in Lazise sogar ein Blinder gemerkt.« In Erinnerung daran verzog sie den Mund. »Ich hatte wohl Glück, dass sie mir nicht an die Kehle gegangen ist.« Anklagend schaute sie ihn an.

Pietro hätte hingegen gern laut aufgestöhnt, um ihr zu zeigen, wie nervig er es fand, dass sie immer wieder über Beatrice sprachen. Für ihn war diese Verliebtheit oder Schwärmerei längst Vergangenheit – und das hatte er Angelina nicht nur einmal gesagt. »Was empfindest du für mich?«, fragte er geradeheraus.

»Ähm, das weißt du doch«, stammelte sie erschrocken, mit dieser Frage hatte sie überhaupt nicht gerechnet. Nervös fuhr sie sich durch die kurzen Haare und schaute ihn mit ihren großen blauen Augen an, die Pietro inzwischen gar nicht mehr missen wollte.

Gern würde er diese Augen, so wie die gesamte fantastische Frau, viel öfter sehen, aber er war schon froh darüber, dass sie sich zumindest hin und wieder auf einen Drink mit ihm traf. Und wenn er zwischendurch »rein zufällig«, weil er in der Nähe etwas zu tun hatte, in der Touristeninformation auftauchte, unterhielten sie sich auch stets eine Weile.

Jetzt berührte er sie zaghaft an der schmalen Schulter. »Nein, das weiß ich nicht. Wenn du mir sagst, dass du rein gar nichts für mich empfindest außer Freundschaft, dann ist es so. Dann würde ich dich bestimmt nicht mehr länger belästigen.«

»He, du Idiot«, sagte sie leise, »du weißt doch, dass ich in dich verliebt bin. Ich bin doch nicht mehr fünfzehn, dass ich es abstreiten würde.«

»Ich bin auch keine fünfzehn mehr«, sagte Pietro, »aber meine Knie schlackern mehr als bei jedem verknallten Teenager. Weil ich dich liebe.«

Die letzten Worte hatte er voller Zärtlichkeit gesagt, die Angelina so sehr rührte, dass sie nach Luft schnappen musste. Die Armeen in ihrem Herzen schlossen gerade Waffenstillstand, die Fahnen mit »Beatrice« wurden verbrannt – und sie selbst ließ geschehen, dass Pietro sie küsste. Kleine Blitze schossen durch ihren Körper, als ihre Lippen sich berührten. Es fühlte sich elektrisierend an, so schön, dass dieser Kuss am besten nie aufhören sollte. Es war eindeutig der wunderbarste Kuss ihres Lebens. Erst nach einer Weile lösten sich ihre Lippen voneinander. »Ist das ein ›Ja‹?«, flüsterte Pietro ihr ins Ohr.

Angelina musste lachen. »Sag jetzt bitte nicht, das war ein Heiratsantrag?«

»Um Himmels willen, nein«, kreischte Pietro gespielt erschrocken auf, »bitte nagle mich jetzt nicht gleich so fest!«

Dabei sah er sie jedoch so zärtlich an, dass sie ihn einfach noch mal küssen musste. »Keine Sorge«, sagte sie dann, »ich habe gar keinen Hammer dabei.«

Lachend drückte Pietro Angelina an sich. »Obwohl … Ich spüre, dass du die Richtige bist.« Da sie ihn mit skeptisch hochgezogenen Augenbrauen ansah, bekräftigte er den letzten Satz: »Schau nicht so, mein Schatz! Ich bin mir da ziemlich sicher.«

»Das heißt, wir zwei, die nie lange irgendwo bei irgendwem geblieben sind, sind endlich angekommen?«

»Angekommen«, wiederholte er voll Liebe in der Stimme und zog sie sanft von der Bank hoch. »Ich würde mit dir am liebsten ganz woanders hingehen, aber ich muss in die Trattoria.«

»Weiß ich doch«, sagte sie und hängte sich bei ihm ein, »was hältst du davon, wenn ich dich auf ein Glas Wein begleite.«

»Solange du mich nicht zu sehr von der Arbeit abhältst.«

Sie kicherte. »Keine Sorge, ich bin mucksmäuschenstill.«

»Das will ich sehen«, lachte er, bevor sie um die nächste Ecke bogen.

Erst jetzt, nach einem Blick auf die Armbanduhr, bemerkte er, dass er spät dran war. Er musste gar nichts sagen, Angelina beschleunigte sofort ihren Schritt, und so kamen sie wenige Momente später im »A Elena« an.

»Da bist du ja endlich!«, herrschte Antonio seinen Sohn anstelle einer Begrüßung an, »die Geburtstagsrunde muss jeden Moment kommen. Zwanzig Leute.«

Warnend hob er den Zeigefinger. »Der Tisch muss tipptopp gedeckt sein. Mit Blumen.«

»Dir auch einen schönen Abend«, murmelte Pietro sarkastisch, aber erst, als sein Vater in der Trattoria verschwunden war.

Sein Benehmen gegenüber den Gästen hatte sich seit dem Tag der großen Einsicht tatsächlich geändert, Antonio war netter geworden. Ausgenommen zu Maria Fiori, bei der sich der alte Sturkopf noch immer nicht entschuldigt hatte.

Die Boutiquenbesitzerin hatte es damals zwar sichtlich gefreut, als sich Pietro bei ihr für die verletzenden Worte seines Vaters entschuldigt und sich förmlich vor ihr auf den Boden geworfen hatte. »Du kannst ja nichts dafür, Junge«, hatte sie erklärt – war seitdem aber nie wieder in der Trattoria erschienen. Pietro atmete tief durch. Okay, jetzt hatte er andere Probleme.

»Ich kann dir ja helfen«, meinte Angelina von der Seite, lächelte ihn an und deutete auf das Pult, auf dessen Rückseite Tischtücher, Servietten und Besteck gelagert waren.

»Da sage ich nicht Nein«, meinte er dankbar, »dafür serviere ich dir auch später einen Teller von der hausgemachten Pasta.«

Lachend rieb sie sich den Bauch. »Jetzt wo du es sagst, spüre ich, dass ich gleich verhungere.«

Pietro stimmte in ihr Lachen ein, wie durch Geisterhand schien sich durch Angelina jede noch so miese Laune in Sekundenbruchteilen aufzulösen. Einen winzigen Kuss musste er ihr noch geben, dann verschwand sie in Richtung der Damentoiletten, um sich schnell frisch zu machen.

Er wollte ihr eben nachgehen, als er von hinten an der Schulter gepackt wurde. Ruckartig drehte er sich um und sah Alessandro vor sich, oder vielmehr ein erbärmliches Spiegelbild seines ehemaligen Freundes. Bestimmt zehn Kilo leichter, was dem ohnehin schlanken Mann gar nicht gut stand. Mit eingefallenen Wangen und dunklen Ringen unter den Augen sagte er: »He, Pietro, mir geht es echt dreckig. Beatrice fehlt mir, du fehlst mir«, und fügte dann leise hinzu: »alles ist beschissen.«

»Das besprechen wir ein anderes Mal, ich ertrinke hier in Arbeit«, sagte Pietro beschwichtigend. Seinen Freund in einem so schlimmen Zustand zu sehen, tat ihm echt weh und brachte seine frühere Absicht, sich von Alessandro auf immer und ewig fernzuhalten, gehörig ins Wanken. Da Alessandro ihn ungläubig ansah, drückte Pietro dessen Oberarm. »Ich meine es ernst, morgen treffen wir uns auf einen Kaffee, bene?«

»Bene«, seufzte Alessandro auf und wandte sich bereits zum Gehen.

Doch dann überschlugen sich die Ereignisse. Als Pietro sich wieder der Tür der Trattoria zuwandte, kam Beatrice aus genau dieser förmlich herausgeschossen. Warum so eilig, kapierte Pietro im ersten Moment nicht. Eigentlich auch nicht im zweiten, als sie beide Arme um seinen Hals schlang und laut: »Mein Schatz, hier bist du ja endlich!«, rief.

Bevor Pietro – starr vor Schreck und völlig verwirrt – etwas sagen konnte, hatte Beatrice ihre Lippen auf seine gelegt und küsste ihn stürmisch. Einige Sekunden lang war er in seinem Entsetzen handlungsunfähig. Das Einzige, wozu er sich imstande sah, war fühlen. Und dieses Gefühl war eindeutig: Es gefiel ihm überhaupt nicht, von Beatrice, die offenbar den Verstand verloren hatte, geküsst zu werden. Als er sie endlich ziemlich grob von sich wegschob, sah er, wie ihre Augen blitzen.

»Spinnst du?«, herrschte er sie an, dann fiel ihm plötzlich Angelina ein.

Falls sie irgendetwas mitbekommen hatte, musste er ihr unbedingt erklären, was hier abgelaufen war. Hektisch – fast wäre er über seine eigenen Beine gestolpert – rannte er in die Trattoria, hörte noch mit halbem Ohr, wie Beatrice genüsslich zu Alessandro sagte: »Jetzt weißt du vielleicht, wie sich das anfühlt.«

Was Alessandro antwortete, bekam er nicht mehr mit, aber es war ihm auch egal. Wichtig war nur Angelina, doch die war verschwunden, wie vom Erdboden verschluckt.

Kapitel 10

Vorhin war sie noch schrecklich hungrig gewesen, doch nun war ihr jeglicher Appetit vergangen. Dabei hatten ihr die Ärzte geraten, regelmäßig zu essen und gut zu schlafen. »Mit so einem Herzinfarkt sollte man nicht spaßen, geben Sie gut auf sich acht!«

»Aber sicher doch«, murmelte Maria Fiori und legte den Käse, den sie eben sorgfältig in Klarsichtfolie verpackt hatte, in den Kühlschrank zurück.

Dann beugte sie sich zu Otello hinunter, der sie mit flehentlichem Blick ansah, offenbar nach dem Motto: »Ich könnte noch eine Kleinigkeit vertragen«.

»Du hast heute schon genug bekommen«, sagte Maria mit liebevoll belehrender Stimme,kraulte dabei den kleinen Hund hinter den Ohren.

Dann richtete sie sich mit einem Seufzer auf und beschloss, an diesem späten Abend endlich alle Gedanken an Antonio Mariani beiseite zu schieben. Sie kam sich ohnehin mehr als lächerlich vor, für den brummigen Gastwirt, der ja offen und laut gesagt hatte, was er von ihr hielt, zu schwärmen. Erneut spürte sie ein flaues Gefühl in der Magengrube, als sie an seine boshaften Worte dachte. Oder war es doch eher der

Hunger? Nun ja, auf jeden Fall war ihr »breiter Hintern« durch ihren fehlenden Appetit in letzter Zeit um einiges schmäler geworden. Und um die Trattoria hatte sie seit diesem Abend einen Riesenbogen gemacht – und hatte auch in Zukunft nicht vor, das zu ändern. Antonio hatte eine Grenze überschritten, was nicht zu verzeihen war.

Aber er hat dir auch das Leben gerettet, schien Otello jetzt mit klugem Blick zu sagen.

Maria musste über ihre eigenen seltsamen Gedanken lachen. Ihr Hund wollte sich nur eine Leckerei erbetteln, das sagte sein treuherziger Blick. Aber gut, Antonio hatte ihr tatsächlich das Leben gerettet, und dafür würde sie ihm ewig dankbar sein. Doch das war es auch schon. Basta. Mit einem Ruck wandte sie sich zur Tür, sie hatte an diesem Abend noch einiges an Buchhaltung für ihre kleine Boutique zu erledigen. Zum Glück war ihre Angestellte Gina in der Zeit, als Maria im Krankenhaus lag, wirklich fleißig gewesen, sodass es kaum finanzielle Einbußen gegeben hatte. Die Mutter eines kleinen Jungen hatte sich sogar bereit erklärt, auch zukünftig mehr Stunden zu übernehmen. »Mein Benno geht nun in die Schule, da braucht er seine Mamma nicht mehr so sehr«, hatte Gina ihr an diesem Tag erklärt, »da würden mein Mann und ich es gut finden, wenn ein bisschen mehr Geld in die Haushaltskasse kommt.«

Maria hatte sich Bedenkzeit erbeten, doch jetzt, als sie sich an ihren Schreibtisch setzte, fand sie diese Idee fantastisch. Ihr ganzes Leben hatte sie viel gearbeitet, mit eigenen Kindern hatte es leider nie funktioniert, und auch ihre Beziehungen waren nicht von langer Dauer gewesen. »Warum sollte sich das jetzt ändern?«, murmelte sie und musste ärgerlicherweise erneut an Antonio denken.

Sie vermisste die Gespräche mit ihm, während er ihr ein leckeres Pastagericht oder gegrillten Fisch servierte. Seine griesgrämige Art hatte in letzter Zeit auch nachgelassen, langsam war wieder der alte, freundliche Antonio zum Vorschein gekommen. Obwohl Maria allen Grund hatte, auf ihn wütend zu sein, tat er ihr auch leid. Elena war eine so bezaubernde Frau gewesen, ihr Verlust hätte wohl jeden liebenden Ehemann umgeworfen. »So, jetzt reicht es!«, rief Maria laut aus und zog den Ordner mit den Belegen zu sich heran. Keine Sekunde länger würde sie sich den Kopf über die Marianis zerbrechen und sich stattdessen um die Ausgaben für Strom und Miete kümmern. Energisch fuhr sie sich durch die kurzen, rot gefärbten Haare und schlug den Ordner auf. Lange kam sie jedoch nicht dazu, sich um die Buchhaltung zu kümmern – ein Klingeln an der Tür riss sie hoch. Verwundert schaute sie auf die Uhr, es war bereits kurz vor elf Uhr am Abend. Sofort musste sie an ihre alte Nachbarin denken, hoffentlich war der nichts Schlimmes passiert. Eilig sprang sie auf und lief zur Tür. Normalerweise fragte sie immer, wer draußen war, doch in ihrer Sorge vergaß sie dies und riss die Tür auf. In der nächsten Sekunde blinzelte sie verwirrt. Denn keineswegs stand ihre Nachbarin dort – sondern Antonio Mariani. In seinen Händen hielt er einen Kochtopf, während er unter seiner Achsel eine Weinflasche eingeklemmt hatte.

Eine Weile sagten sie beide nichts, dann räusperte sich Antonio. »Scusa, dass ich so spät störe. Aber ich esse immer um diese Zeit, wenn die Gäste weg sind – und dachte mir, vielleicht hast du auch Appetit auf Spaghetti?«

Da Maria immer noch nichts sagte, setzte er nach: »Natürlich hausgemacht von Francesco mit der fantastischen Pilzsauce.« Mit besorgtem Blick musterte er sie. »Du bist ja viel zu dünn geworden.«

Langsam erwachte sie aus ihrer Starre und zog süffisant eine Augenbraue in die Höhe. »Ach – und was ist mit meinem dicken Hintern?«

»Den gab es nie und den gibt es auch jetzt nicht«, sagte er wie aus der Pistole geschossen. Auch im schlecht beleuchteten Treppenhaus war gut zu erkennen, wie sich seine Wangen rot färbten.

Maria focht einen inneren Kampf aus. Zu gern hätte sie die unverzeihliche Eiskönigin gespielt und den Rüpel weggeschickt. Doch das schaffte sie einfach nicht. Außerdem begann ihr Magen just in diesem Moment zu knurren. So laut, dass man es bestimmt noch in Lazise gehört hatte. »Komm rein«, sagte sie deshalb und schloss dann hinter Antonio die Wohnungstür.

Kurz darauf saßen sie sich bei vollen Tellern am Esstisch gegenüber, Antonio goss Wein ein. Nach einem umständlichen Räuspern begann er eine offenbar vorbereitete und einstudierte Rede: »Liebe Maria, ich kann mich nur tausendmal für meine dummen Worte entschuldigen.« Er machte eine wegwerfende Handbewegung. »Ach was, hundertausendmal.«

Unwillkürlich musste sie nun lachen. »Jetzt übertreib mal nicht. Wer ist denn jetzt in der Trattoria?«

»Pietro schließt dann später ab. Gemeinsam mit Beatrice.«

Er seufzte laut auf. »Bei den jungen Leuten ging es heute hoch her. Offenbar ist Pietro mit Angelina zusammen, dann aber hat Beatrice ihn geküsst. Obwohl Alessandro da war.« Seufzend schüttelte er den Kopf. »Ich blicke da nicht mehr durch.«

»Ich auch nicht«, murmelte Maria, die überhaupt nichts verstand. Schulterzuckend meinte sie: »Ich hoffe, diese Verwicklungen lösen sich wieder auf. Ist doch nicht schön, wenn man unglücklich verliebt ist.«

In der nächsten Sekunde zuckte sie ertappt zusammen, Antonio dachte doch hoffentlich nicht, dass sie über sich selbst sprach. Dummerweise sah er ihr jetzt direkt in die Augen. »Ja, das ist wirklich schrecklich. Deshalb bin ich ja auch hier.«

»Ich dachte du bist hier, weil du dich entschuldigen wolltest.«

»Das auch«, sagte er so beflissen, dass sie sich ein erneutes Schmunzeln nicht verkneifen konnte, »aber ich wollte dir auch sagen, dass ich dich sehr, sehr gern habe.«

Wie selbstverständlich fasste er nach ihrer Hand, was sich für Maria einfach richtig anfühlte. »Ich habe dich mehr als gern, aber es war nicht einfach, mir das einzugestehen, wegen …«

Er stockte mitten im Satz.

»Elena«, sprach Maria den Namen laut aus, »das kann ich gut verstehen. Und wir brauchen auch nichts zu überstürzen.«

Sie fing Antonios dankbaren Blick auf, der gleichzeitig so viel Zärtlichkeit in sich trug, dass ihr Herz zu stolpern begann. Nein, nein, keinerlei Herzattacke, einfach nur vor Glück. Das auch nicht aufhören wollte, als Antonio aufstand, zu ihr rüberkam und sie ganz sachte in den Arm nahm. So standen sie eine Weile, bis Maria zurückwich und resolut in die Hände klatschte. »So, jetzt aber ran an die Spaghetti, bevor sie noch kalt werden. Ich sterbe sonst vor Hunger.«

»Bitte nicht«, lachte Antonio und kehrte folgsam auf seinen Stuhl zurück.

Erneut sahen sie sich an, Maria hatte das Gefühl, als ob sie ineinander versinken würden, in ihrem Bauch kribbelte es wie in einem Ameisenhaufen – Mamma mia, schlagartig hatte sie das Gefühl, wieder sechzehn Jahre alt und zum ersten Mal verliebt zu sein.

Am nächsten Tag stapfte Beatrice mit unwilliger Miene neben Pietro Richtung Touristeninformation. »Ich weiß gar nicht, was ich dort soll«, maulte sie.

»Das weißt du ganz genau«, schnauzte er sie an. Er musste sich gehörig zusammenreißen, um die Frau nicht unsanft am Arm zu rütteln.

Der vergangene Abend war der schiere Albtraum für ihn gewesen. Angelina blieb verschwunden und ging nicht ans Handy. Erst nachdem er mehrere Male bei ihr angerufen hatte, kam eine Nachricht. Allerdings keine besonders erbauliche. Bloß ein einziger Satz: »Wage es ja nicht, dich noch ein einziges Mal bei mir zu melden.«

Sein Herz war ihm darauf gehörig in die Hose gerutscht, und er hatte sich an diese Aufforderung gehalten. Bis jetzt. Denn nun wollte er persönlich mit ihr sprechen, Beatrice im Schlepptau, die Angelina gefälligst erklären sollte, was der Schwachsinn mit dem Kuss sollte oder vielmehr zu bedeuten hatte. Missmutig schaute sie ihn von der Seite an. »Ich habe dir doch schon tausend Mal gesagt, dass ich Angelina gestern gar nicht gesehen habe, sonst hätte ich dich doch nicht geküsst.« Sie blieb stehen und stampfte zornig mit dem Fuß auf. »Ich habe wirklich keine Lust, vor ihr zu Kreuze zu kriechen. Ich wusste nicht mal, dass ihr beide zusammen seid.«

»Zusammen wart«, verbesserte Pietro sie. Denn dass Angelina nun nichts mehr von ihm wissen wollte, war ja kein Geheimnis.

Finster sah er Beatrice an, konnte es nicht mehr glauben, dass er in dieses unreife und egoistische Ding so lange heimlich verliebt gewesen war. Gut, sie war im Grunde genommen ein liebenswerter Mensch, doch durch die Trennung von Alessandro ziemlich aus der Bahn geworfen. Dennoch war sie auf keinen Fall die Frau, die er sich an seiner Seite wünschte. Sogar sein Körper hatte ihm bei dem unseligen Kuss signalisiert, dass sich das alles nicht richtig anfühlte. Als er daran dachte, wie wunderbar es war, Angelina zu küssen, traten ihm unerwartet Tränen in die Augen. Diese rundum fantastische Frau war es, die er wollte. Beatrice hatte offensichtlich seine Gefühlsaufwallung bemerkt und klopfte ihm nun mit einem schiefen Lächeln auf den Rücken. »Na gut, lass uns diese Sache hinter uns bringen.«

In der Touristeninformation war nach einem regelrechten Ansturm von Urlaubern, die sich nach Hotels, Restaurants und Ausflugszielen erkundigt hatten, ein wenig Ruhe eingekehrt.

»Wohl nur kurz«, war sich Sofia sicher und warf einen besorgten Blick auf Angelina.

Diese saß mit verheulten Augen an ihrem Schreibtisch und musste sich immer wieder die Nase putzen. Viel hatte Sofia nicht aus ihr rausbekommen, bloß, dass es um Pietro ging. »Tut mir leid, das sagen zu müssen, da er ja dein Bruder ist, aber er ist ein richtig fieser Kerl«, hatte Angelina vorhin erklärt, bevor eine Frau das Büro betreten hatte.

Nun hoffte Sofia, dass sie in dieser Sache vermitteln konnte, denn dass Pietro Angelina ehrlich gernhatte, lag ihrer Meinung nach auf der Hand. »Was ist denn geschehen?«, fragte sie geradeheraus.

Angelina sah sie mit blutunterlaufenen Augen an. »Die Kurzfassung ist die: Pietro und ich sind gestern zusammengekommen …«

»Schön!«, unterbrach Sofia sie impulsiv. Schon lange war sie der Meinung gewesen, dass die beiden hervorragend zusammenpassen würden, bellissimo, wenn diese das nun endlich auch bemerkt hatten.

Gleich darauf kam ihr der Freudenschrei völlig idiotisch vor, denn Angelina brach erneut in Tränen aus. *Himmel, muss die Liebe denn immer so schrecklich kompliziert sein?*, fuhr es Sofia durch den Kopf, als sie von ihrem Stuhl hochsprang, um ihre Freundin in den Arm zu nehmen.

Bei ihr lief es ja auch nicht gerade optimal im Moment. Obwohl sie sich in der Nacht, als Matteo angerufen hatte, fest vorgenommen hatte, Thomas von ihren Gefühlen zu erzählen, war ihr diese Idee am nächsten Tag völlig schwachsinnig erschienen. Thomas hatte mit einer anderen Frau in Lazise Händchen gehalten, offensichtlich als Vorspiel zu einer heißen Liebesnacht. Und da sollte sie sich vor ihm zum Deppen machen? Vielleicht noch einen mitleidigen Blick kassieren, der besagte: »Mensch, hat diese Sofia es immer noch nicht mitbekommen, dass ich einfach nicht auf sie stehe? Muss ich jetzt die Holzhammermethode anwenden?«

Innerlich hatte es Sofia bei diesem Gedanken geschüttelt – für sich hatte sie den Entschluss gefasst, erst einmal auf Abstand zu Thomas zu gehen. Was in der Praxis gar nicht so einfach war, denn der Stuttgarter rief andauernd bei ihr an oder tauchte in der Touristeninformation oder in der Trattoria auf. »Furchtbar viel zu tun«, vertröstete sie ihn dann mit einem gespielt bedauernden Blick. Auch vorhin hatte er angerufen und gefragt, ob sie sich nach ihrer Arbeit sehen konnten. »Tut mir leid, ich muss Wein für die Trattoria besorgen, direkt vom Weingut hier in der Nähe.«

Das war nicht mal gelogen, Thomas' Frage, ob er sie denn vielleicht dorthin begleiten durfte, hatte sie jedoch »leider« überhört. Sollte er sich doch mit dieser Blondine treffen – falls die wieder mal Zeit hatte, ihren Mann zu betrügen. Das alles schoss Sofia durch den Kopf, während sie Angelina wie ein Baby im Arm wiegte.

Verägert über die selbstbezogenen Gedanken stöhnte sie auf. Sie sollte jetzt für ihre Freundin da sein und nicht über einen Mann grübeln, der nichts von ihr wissen wollte. »Was ist denn nun gestern eigentlich passiert?«, raunte sie Angelina zu.

Die atmete tief durch und wollte offensichtlich zu sprechen beginnen, ärgerlicherweise öffnete sich jedoch in diesem Augenblick die Tür. *Schlechte Zeit für Kunden*, dachte Sofia frustriert – staunte jedoch nicht schlecht, als sie Pietro erblickte, direkt neben Beatrice.

Gleichzeitig schien Angelina vor Zorn fast zu explodieren. »Wollt ihr zwei mich jetzt völlig fertigmachen?«, schrie sie mit sich überschlagender Stimme.

Sofia warf ihrem Bruder und Beatrice einen warnenden Blick zu. Sie hatte eine böse Ahnung, was geschehen war. Womöglich hatte sich ihr Brüderchen zwischen den zwei Frauen nicht entscheiden können und beiden schöne Augen gemacht. *Werd' doch endlich mal erwachsen!*, hätte sie ihm am liebsten zugerufen.

Doch Beatrice hatte eben das Wort ergriffen: »Angelina, hör mir bitte ganz kurz zu. Ich wusste gestern Abend, als ich Pietro geküsst habe, nicht, dass du in der Trattoria bist.«

»Tolle Entschuldigung«, schnaubte Angelina auf, doch sie ließ die andere weitersprechen.

»Ich konnte ja nicht ahnen, dass ihr zusammen seid«, sagte Beatrice mit wackliger Stimme, »ich habe Pietro bloß geküsst, um Alessandro weh zu tun. Er sollte spüren, wie das ist, betrogen zu werden. Obwohl es ja gar nicht der gleiche Schmerz war, den ich empfand. Schließlich sind Alessandro und ich nicht mehr zusammen, und ich weiß nicht, ob sich das jemals ändern wird.« Mit jedem Satz war ihre Stimme leiser geworden, nun flüsterte sie fast nur noch: »Auf jeden Fall habe ich Pietro mit meinem Kuss überfallen, er konnte nichts dafür.« Der letzte Satz klang ein wenig bitter: »Ich habe übrigens sofort gemerkt, dass er den Kuss ganz schrecklich fand.«

»Stimmt das? Wirklich?«, hauchte Angelina. Als sie zu Pietro schaute, der ihr einen innigen Blick zuwarf, hatte sie regelrecht das Gefühl, dahinzuschmelzen, und ihr Zorn zerplatzte augenblicklich.

»Bitte«, sagte Pietro jetzt zu ihr, nachdem er ganz nah an sie herangetreten war, »betrachte den dummen Kuss von Beatrice als großes Missverständnis, das ausschließlich sie verzapft hat.«

Sofia bemerkte, dass Beatrice ein wenig beleidigt schaute, was sie ziemlich unangebracht fand. »Komm schon«, sagte sie zu ihr und zog sie an der Hand aus der Touristeninformation, »wir lassen die beiden jetzt mal ein paar Minuten allein.«

»Aber klar doch, bin ja kein Unmensch«, erwiderte die andere und deutete kurz auf Angelina und Pietro, die sich gerade küssten.

Sofia wurde es ganz warm ums Herz, es tat einfach gut, ihren Bruder und ihre Freundin so selig und vertraut zusammen zu sehen. Draußen auf der Straße fragte sie ihre andere Freundin: »Und, wie geht es bei dir und Alessandro weiter? Er tut ja wirklich alles, um dich zurückzubekommen.«

»Ich weiß«, murmelte Beatrice und zurrte sich ihren Pferdeschwanz.

»Aber ich weiß nicht, ob ich ihm jemals wieder vertrauen kann. Wer sagt mir denn, dass er so was nicht immer wieder macht?«

Fragend, so als ob sie sich wirklich eine ernsthafte Antwort erwarten würde, blickte sie Sofia an. Diese pustete sich hilflos eine Locke aus der Stirn. »Niemand kann dir das sagen«, sagte sie, »wir sind schließlich alle keine Hellseher.« Sie stupste ihre Freundin in die Seite. »Und, was ist mit dir? Liebst du Alessandro denn noch?«

Die andere schaute sie erschrocken an, ähnelte fast einem Reh, das auf der Straße im Lichtkegel eines Autoscheinwerfers erstarrt. »Ich weiß es nicht«, sagte sie leise, »manchmal sterbe ich vor Sehnsucht nach ihm. Und dann, bloß ein paar Minuten später, kriege ich einen regelrechten Hass auf ihn. Dann wünsche ich ihm die allerschlimmsten Dinge an den Hals.« Sie verzog das Gesicht. »Dann wieder grusele ich mich fast vor mir selbst.«

Sofia war nicht besonders überrascht von Beatrices abgründigen Fantasien. Der Kuss, um ihm wehzutun, war in ihren Augen ja schon ziemlich schräg gewesen. Und dumm. Denn auch, wenn Beatrice nicht wissen konnte, dass Pietros Freundin alles mit angesehen hatte, war diese Aktion einfach nur kindisch und verletzend gewesen. Denn über Pietros ehemalige Gefühle zu ihr wusste sie ja schließlich Bescheid.

Zum Glück sah das Beatrice nun ebenso. »Ich habe mich gestern einfach idiotisch benommen«, sagte sie selbstkritisch, »gerade gegenüber Pietro, der doch immer ein so guter Freund gewesen ist.« Ein kurzes Grinsen huschte über ihr Gesicht. »Aber du hättest Alessandros Blick sehen sollen! Ihm sind fast die Augen aus dem Gesicht gefallen.«

Sofia hob warnend die Hand. »Sag jetzt nicht, dass es das wert gewesen ist!«

»Nein, nein«, sagte Beatrice rasch, doch ihre leuchtenden Wangen straften ihre Worte Lügen. Sie deutete auf die Tür der Touristeninformation. »Aber bei den beiden ist ja noch mal alles gutgegangen, und ich wünsche ihnen wirklich, dass sie miteinander glücklich werden.«

Sofia seufzte laut auf. »Das wünsche ich ihnen auch.« Dann stieß sie Beatrice in die Seite. »Und dir wünsche ich die große Erleuchtung.«

»Wie?« Beatrice kniff verständnislos die Augen zusammen.

»Na, dass du erkennst, was du willst. Ob Alessandro wirklich Vergangenheit für dich ist oder doch die Zukunft.«

»Ja, das würde ich wirklich gern wissen.«

Sie zwinkerte Sofia, die ihr von dem nächtlichen Telefongespräch mit Matteo erzählt hatte, zu. »Du bist da ja um einiges klüger und bist dir im Klaren, wen du liebst und wen nicht.«

»Wen liebst du denn?«, ertönte da hinter ihnen auf einmal eine schelmenhaft klingende männliche Stimme.

Abrupt drehte sich Sofia um, schaute direkt in die blauen Augen von Thomas, die sie, so schien es ihr zumindest, neugierig anfunkelten. »Das werde ich dir bestimmt nicht auf die Nase binden!«, stieg sie auf seinen humorvollen Ton ein, »denn das ist ein sehr großes Geheimnis.«

»Aha«, sagte er, der in den kurzen Jeans und dem hellblauen T-Shirt exakt im Farbton seiner Augen, ziemlich – eigentlich total – umwerfend aussah.

»Was willst du hier eigentlich?«, fragte Sofia verlegen und sah aus dem Augenwinkel, wie Beatrice sich winkend verabschiedete. Geistesabwesend hob auch sie die Hand.

»Ich wollte dich bitten, mich auf das Weingut mitzunehmen. Es würde mich wirklich interessieren«, sagte Thomas mit treuherzigem Blick.

Sie versuchte, gelassen zu wirken, auch wenn ihre Knie sich auf einmal ganz weich anfühlten. Und hätte sie heute nicht etwas Hübscheres anziehen können als ihre langweilige weiße Bluse und den alten Jeansrock, den sie bestimmt schon fünf Jahre besaß? »Du siehst heute mal wieder wunderschön aus«, sagte Thomas, als hätte er ihre Gedanken gelesen, und brachte dadurch ihre Knie nun fast zum Umknicken.

»Danke, danke«, bemühte sie sich jedoch weiterhin um Lockerheit, »du brauchst mich nicht mit Komplimenten zu überhäufen. Ich nehme dich auch so auf das Weingut mit. Bin aber erst in einer Stunde hier fertig.«

»Alles klar«, sagte er mit einem fast schüchternen Lächeln, »ich werde pünktlich sein.«

Sie nickte und wollte – trotz ihrer schwachen Beine – rasch wieder im Tourismusbüro verschwinden. Sicher nicht zur Freude von Pietro und Angelina, aber auf alle Menschen konnte sie nun mal auch nicht Rücksicht nehmen. Fast hatte sie die Tür schon hinter sich ins Schloss geworfen, als Thomas ihr noch etwas nachrief: »Ich muss auch noch etwas Wichtiges mit dir besprechen.«

Wie es mit deiner heißen Blondine läuft?, lag ihr schon auf den Lippen, aber im letzten Moment verkniff sie sich die bissige Bemerkung – und drückte die Eingangstür hinter sich zu.

Thomas war überpünktlich, als er sie später abholte. Mit angespanntem Bizeps wie ein Bodybuilder stellte er sich vor sie hin und sagte über das ganze Gesicht grinsend: »Vielleicht kannst du ja einen starken Mann beim Weinkauf gebrauchen.«

»Auf jeden Fall!«, rief Angelina, die noch eine Stunde länger in der Touristeninformation arbeiten musste, vergnügt zu Sofias Schreibtisch hinüber.

Es war unschwer zu erkennen, dass die hübsche Frau auf Wolke sieben schwebte. Wirklich schön, wie Sofia ganz gerührt fand. Als sie vorhin zurück ins Büro gekommen war, hatten sich Angelina und Pietro so innig geküsst, waren so ineinander versunken gewesen, dass Sofia wie eine strenge Lehrerin in die Hände geklatscht hatte. »So Kinder, genug für heute! Wir wollen doch nicht die Kunden verschrecken!«

Pietro hatte mit seligem Blick gelächelt, so als ob ihm alles außer seiner Liebsten egal wäre. Zumindest hatte er sich davongetrollt, aber nicht ohne Angelina zu versprechen, sie später abzuholen. Jetzt zwinkerte diese Sofia zu. »Lass Thomas alle Kisten schleppen!«

»Mache ich«, antwortete Sofia, die sich nun ehrlich freute, dass er mit von der Partie sein würde.

Mit Thomas zusammen würde es mehr Spaß machen, zu dem Weingut zu fahren, das etwa zwanzig Minuten von Bardolino entfernt lag. Vielleicht konnte er ja auch den einen oder anderen edlen Tropfen verkosten – und ihr so einen Tipp geben, welche Sorte gut in die Trattoria passen würde. Als sie kurz darauf nebeneinander im Auto saßen, sah Thomas sie lächelnd von der Seite an. Sofias Seitenfenster war geöffnet und ihre Locken wehten im Wind. Ein wenig störte das, und sie überlegte gerade, sich einen Pferdeschwanz zu binden, als Thomas sagte: »Deine langen Haare sehen irrsinnig schön aus.« Verlegen zog sie eine Grimasse, die Thomas falsch zu deuten schien: »Also, ich meine natürlich, du siehst wunderschön aus, mit den Haaren, na du weißt schon.«

»Danke für die Blumen«, sagte sie kichernd. Ein wenig wunderte sie sich selbst darüber, aber heute hatte sie eine phänomenal gute Laune. »Schön, dass du mitkommst«, sagte sie, ohne nachzudenken.

»Ich finde es schön, mit dir zusammen zu sein.«

Als sie ihn überrascht ansah, verbesserte er sich hastig: »Ich meine, schön, wenn wir zusammen etwas unternehmen.«

Offenbar verärgert über sich selbst, schlug er sich mit der flachen Hand gegen die Stirn. »Heute rede ich ja nur Stuss.«

»Gar nicht«, sagte Sofia, die plötzlich nach Luft schnappen musste. Der Satz mit dem »zusammen sein« hatte sich in ihren Ohren einfach wundervoll angehört. *Du liebst ihn*, raunte ihr die leise Stimme in ihrem Kopf zu.

Sofia lachte leise auf. Diese Feststellung wäre nicht notwendig gewesen, ihr ganzer Körper sagte ihr, dass sie in Thomas verliebt war, ihr rasender Puls genauso wie ihr Bauch, in dem es dermaßen prickelte, als ob ein Schmetterlingsschwarm darin tanzen würde. Als sie das Auto auf dem Parkplatz vor dem Weingut abstellte, nahm Sofia all ihren Mut zusammen. »Ich muss mit dir reden«, sagte sie leise. Es war ihr egal, ob sie einen Korb bekommen würde, sie musste über ihre Gefühle sprechen.

Nun ja, gleichgültig war ihr die Reaktion von Thomas natürlich nicht – dennoch würde sie auch mit einer peinlich berührten »Absage« zurechtkommen. Nur leider war Thomas bereits ausgestiegen und stand nun auf dem Parkplatz, von dem aus man einen großartigen Blick über die Weinberge und den Gardasee hatte. Gleichzeitig lag ein wunderbarer Duft von Zedern und Zypressen in der Luft. Als Sofia sich neben ihn stellte, sich mehrmals räusperte, um ihre Seele zu erleichtern, drehte er sich auf einmal zu ihr und schaute ihr tief in die Augen. Oh weh, nun drehte ihr Puls völlig durch.

»Wunderschön ist es hier«, sagte er leise. »Sofia! Ich muss dir sagen, ich habe mich endgültig entschlossen, ganz nach Bardolino zu ziehen.«

»Fantastisch«, sagte sie und spürte, wie ihre Augen sich vor Freude mit Tränen füllten.

»Das ist wirklich sehr schön.«

»Ja, findest du?«

Er trat näher an sie ran, berührte sie leicht an der Schulter. »Darf ich dir noch etwas sagen?«

»Ja?«, hauchte sie fast unhörbar. Sie hielt den Atem an, hoffte so sehr auf die erlösenden Worte.

Da sagte Thomas: »Ich möchte dir auf jeden Fall danken, dass du in all der Zeit eine so liebenswerte Freundin für mich gewesen bist. Durch dich habe ich mich hier erst so richtig eingelebt.«

Entsetzt, als ob sie eine riesige Spinne erblickt hätte, die an ihrem Bein hochkrabbeln wollte, machte Sofia einen Satz nach hinten. Dann bemühte sie sich um ein neutrales Lächeln, obwohl sie am liebsten losgeheult hätte. »Gern geschehen«, sagte sie salopp und drehte sich um.

Himmel, in all ihrem Elend war sie zumindest heilfroh, nichts von ihren absurden Gefühlen gesagt zu haben. Für Thomas war sie nicht mehr als nur eine gute Freundin – das sollte sie endlich kapieren. Dummerweise schaute er sie so innig an, dass sie sich wie Wachs fühlte, das dahinschmolz. »Wir sollten dann langsam los«, sagte sie gereizt, »der Winzer erwartet mich. Heute möchte er doch seine neuen Weinsorten vorstellen.«

»Klar«, sagte Thomas und guckte auf einmal ganz zerknirscht drein.

Doch dann schien er sich einen Ruck zu geben. »Ich muss dir etwas beichten«, sagte er mit weicher Stimme und schaute sie dabei unentwegt an.

Konnte er das nicht langsam lassen? Und noch schlimmer war es, dass sie ebenfalls den Blick nicht abwenden konnte. Wie ein Magnet schienen seine blauen Augen sie anzuziehen. »Ja?«, fragte sie atemlos.

Er lächelte kurz, um dann gleich wieder ein ernstes Gesicht zu ziehen. »Bitte, Sofia«, sagte er in fast flehentlichem Ton, »bitte versprich mir, dass du sofort alles vergisst, was ich dir jetzt sage, wenn du es schrecklich findest. Ich würde es nicht ertragen, wenn ich dich als Freundin verlieren würde.«

Sie blinzelte kurz, dann fiel es ihr wie Schuppen von den Augen. Natürlich, Thomas wollte ihr von seiner Affäre mit dieser attraktiven Blondine berichten, offenbar war es ihm wichtig, dass sie ihn verstand und nicht verurteilte.

»Es ist dein Leben«, sagte sie daher kühl, »und es geht mich nun wirklich nichts an, mit wem du schläfst. Und selbst wenn deine Freundin verheiratet ist, dann ist es allein deine Sache.«

»Scusi? Wie bitte?« Er starrte sie völlig befremdet an.

Ok, vielleicht war sie jetzt nicht gerade höflich gewesen, aber von dem Mann, den man liebte, zu erfahren, dass er eine verheiratete Geliebte hatte, war nun mal keine Glücksbotschaft. Erschrocken hielt sie inne. Eigentlich hatte er noch gar nichts gesagt. Sie räusperte sich verlegen. »Scusa, ich sollte dich zuerst reden lassen.«

Offenbar belustigt verzog er das Gesicht, dann sagte er: »Punkt eins: Ich habe keine Geliebte, diese blonde Frau, die du in Lazise gesehen hast, die wollte tatsächlich etwas von mir, aber …« In Erinnerung offensichtlich immer noch entsetzt, schüttelte er den Kopf. »Aber ich muss dir unbedingt etwas sagen. Nur dir.« Seine Stimme war ganz weich geworden. »Ich liebe dich. Mehr als ich mir jemals vorstellen konnte. Ehrlich gesagt war ich bereits hin und weg, als ich dich im Juni nach so langer Zeit in der Trattoria wiedergesehen habe. Doch ich hätte mir lieber einen Finger abgeschnitten, als es zuzugeben. Es wäre doch fies gewesen, dich direkt nach deiner Trennung von Matteo mit meinen Gefühlen zu überrumpeln.«

»Du liebst mich?«, wiederholte Sofia fassungslos, ihr Herz schien auf einmal ein Eigenleben zu entwickeln.

»Ja, aber wenn du mich nicht liebst, dann vergiss alles. Ich möchte dich dann zumindest als Freundin nicht verlieren.«

Sofia konnte nichts sagen, sie konnte nichts anderes tun, ihn nur ansehen. Ihn wirklich anzublicken, ganz lange, diesen Mann, bei dem sie spürte, dass er derjenige war, den sie liebte und mit dem sie glücklich werden würde. *Kitschtante*, musste sie amüsiert über sich selbst denken.

Aber so war es eben, ihre Gefühle überwältigten sie – und das war wunderschön. Oh, da fiel ihr etwas ein, sie konnte doch noch etwas anderes tun. Sie konnte Thomas umarmen, sich von ihm küssen lassen, dabei hochfliegen, immer höher. Es war einfach wundervoll.

Ein Jahr später

»Liebling, wir müssen aufstehen«, wisperte Sofia ihm ins Ohr.

Heute war ein besonderer Tag, sie freute sich wie verrückt auf die Hochzeit, und gleichzeitig war sie so aufgewühlt, dass, obwohl sie im Bett einfach nur dalag, ihr Puls raste. Gut, ruhig lag sie nicht da, seit Stunden schon wälzte sie sich hin und her, hatte in dieser Nacht kaum ein Auge zubekommen. »Ich liebe dich, mein Engel«, flüsterte Thomas zurück und zog sie ganz eng an sich ran, was sich immer noch so überwältigend anfühlte, dass ein heißer Schauer durch ihren Körper raste.

Gleich darauf hatte sie sich jedoch wieder gefangen, sie musste unter die Dusche springen, dann in ihr duftiges langes Kleid in einem herrlichen Pistaziengrün schlüpfen, das jetzt noch außen am Schrank hing. »Sei nicht so aufgeregt, Schatz«, sagte Thomas zu ihr, als er neben ihr im Bad stand und sich rasierte, »es wird alles wunderbar klappen – und du wirst die Schönste sein.«

Gespielt belehrend hob sie den Zeigefinger. »Die Schönste wird die Braut sein.«

»Für mich bist du die Schönste«, beharrte er mit trotzig vorgeschobener Unterlippe.

»Ach, du«, sagte sie mit einer wegwerfenden Handbewegung, doch es lag so viel Zuneigung in ihrer Stimme, dass Thomas sie kein bisschen ernst nahm.

Nach einer halben Stunde war sie selbst überrascht, dass sie es trotz ihrer zittrigen Hände geschafft hatte, sich zu schminken und anzuziehen. Ihre langen Locken hatte sie hochgesteckt, nur zwei Strähnchen umrahmten schmeichelhaft ihr feingeschnittenes Gesicht. Als sie an ihren Pappa dachte, den sie zusammen mit Maria auch gleich vor der Kirche San Nicolo treffen würden, wurde ihr ganz warm ums Herz. Gleichzeitig musste sie schmunzeln. Noch eine ganze Weile lang hatte Antonio es geheim gehalten, dass er seine Maria liebte. Als es dann endlich offiziell war, waren Pietro und Sofia selbst ein wenig überrascht gewesen, wie sehr sie sich freuten. Ihre Mamma wäre auch erleichtert gewesen, da waren sie sich sicher. Und die herzliche Maria, die Sofia in den letzten Monaten zu einer noch lieberen Freundin geworden war, passte perfekt zu Antonio. Sie spielte sich nicht in den Vordergrund, tat gar nicht so, als ob sie die neue Hausherrin im »A Elena« wäre. Sie würde ihre Boutique noch ein Weilchen behalten und dann eventuell ein wenig in der Trattoria mithelfen. Obwohl das dank der neuen Kellnerin gar nicht nötig wäre. »Die beste Idee von Pappa seit Langem«, hatte Pietro mit einem Seufzer der Erleichterung gemeint, als ihm klar war, dass er nicht mehr so oft aushelfen musste.

»Ach, Pietro, kleiner Bruder«, murmelte sie nun, als Thomas und sie zur Tür hinauseilten, »wer hätte gedacht, dass du mal heiratest.«

Thomas, der sah, dass sich Tränen in ihren Augen gesammelt hatten, nahm sie in den Arm. »Irgendwann werden auch kleine Brüder groß. Ist doch schön, dass er seine Angelina hat.«

Sie nickte resolut. »Stimmt.« Sie zog Thomas weiter, konnte es nun kaum noch erwarten, ihre Freundin in dem spitzenbesetzten bodenlangen Traum von einem Brautkleid zu sehen. Hand in Hand liefen sie die Straße entlang: Thomas in einem dunklen Anzug, in dem er einfach fabelhaft aussah. Sofia seufzte leise auf, wäre er nicht schon ihr Schatz, sie könnte sich jeden Tag aufs Neue in ihn verlieben. Sie bogen nun um die letzte Ecke und sahen die charakteristischen Säulen der Kirche San Nicolo. Antonio und Maria standen bereits da und winkten, auch Francesco und seine Frau und andere liebe Menschen waren gekommen. So auch Beatrice und Alessandro, die nach langem Hin und Her doch wieder ein Paar geworden waren. Sofia wünschte den beiden von ganzem Herzen, dass sie ihre Beziehung nun besser behüten würden.

Sie hob die Hand, um zu winken, da spürte sie, wie Thomas sie an sich zog und stehen blieb.

»Du bist die Schönste«, sagte er ernst und sah ihr tief in die Augen. »Aber wenn du meinst, dass immer die Braut die Schönste sein soll, dann …« Er hielt inne, während sie unwillkürlich den Atem anhielt. Würde er jetzt wirklich …

Thomas kniete vor ihr nieder und hielt Sofias Hand. »Möchtest du bald meine Braut sein?«, fragte er sie.

»Ja!«, rief sie überwältigt aus, zog ihn hoch und fiel ihm um den Hals.

Sie spürte seine Lippen auf ihrem Mund, immer wieder wie ein neuer Traum, auch wenn es dieses Mal nur ein kurzer Kuss war – sie wollten ihre Familie schließlich nicht warten lassen.

Die frohe Nachricht würden sie ihren Lieben auch erst am nächsten Tag erzählen. Dieser wunderschöne Sommertag gehörte einzig und allein dem Brautpaar. Eng umschlungen liefen Thomas und Sofia auf ihre Familie und Freunde zu. Ihr pistaziengrüner Rock flatterte dabei im Wind, genauso leicht fühlte sich Sofia auch – und vor Glück geradezu schwindelig. Dankbar blickte sie zum blauen Himmel, über den einige weiße Schäfchenwolken zogen, und voller Zärtlichkeit dachte sie an ihre Mutter. »Ach, Mamma«, flüsterte sie, »wir machen das hier schon.«

Keine Frage, Elena würde bestimmt zufrieden sein, wenn sie sehen könnte, wie sich ihre geliebte Familie wieder aufgerappelt hatte.

»So ist es gut«, hörte Sofia sie wispern – und wenn sie die Augen ein wenig zusammenkniff, sah sie in der einen Wolke sogar ein Gesicht mit einem äußerst verschmitzten Lächeln.

Im Rosenheimer Verlagshaus bereits erschienen

Ein Dirndl zum Verlieben
272 Seiten
ISBN 978-3-475-54826-0

Schon als junges Mädchen wünschte sich Seraina nichts sehnlicher, als eine Dirndlschneiderei zu betreiben. Jahre später erfüllt sie sich endlich ihren großen Traum und eröffnet einen eigenen Laden in Thaur, am Fuße der Tiroler Alpen, der sofort ein riesiger Erfolg wird. Als sie dann auch noch die beiden Freunde Max und Till kennenlernt, scheint ihr persönliches Glück zum Greifen nah. Obwohl Seraina sich zu beiden Männern hingezogen fühlt, kann letztendlich der lebhafte Steuerberater Max ihr Herz erobern. Ihrer Sache sicher, beschließt die junge Frau, Max zu heiraten. Doch hat Seraina wirklich die richtige Entscheidung getroffen?

Mondschein über Seewinkel
304 Seiten
ISBN 978-3-475-54805-5

Wally und Jana sind Cousinen und wohnen gemeinsam in einem edlen Anwesen am Ammersee. Obwohl sie sich sehr nahe stehen, sind sie unterschiedlich wie Tag und Nacht: Wally ist die reiche Erbin einer erfolgreichen Firma und wusste bis zum Tod ihrer Eltern nichts von den harten Seiten des Lebens. Jana verdient ihren Lebensunterhalt mit Handarbeit und setzt sich in ihrer Freizeit nicht nur legal für den Tierschutz ein. Doch die beiden haben eine Sache gemeinsam: Sie haben keinen Mann an ihrer Seite. Durch unvorhergesehene Ereignisse wird das Leben der Frauen jedoch auf den Kopf gestellt, aber die anfangs erschreckenden Veränderungen haben überraschend angenehme Folgen.

Märchenhochzeit zum Verlieben
272 Seiten
ISBN: 978-3-475-54749-2

Obwohl sie selbst überzeugter Single ist, geht die Wahlsalzburgerin Julia völlig darin auf, für glückliche Paare den schönsten Tag ihres Lebens zu planen. Einziger Wermutstropfen ist die neue Kollegin Annemarie, die als Nichte der Chefin ihre Sonderstellung voll auskostet und für Unruhe in der Agentur sorgt.
Als Julia eine Auszeit nehmen will, um ihrer Schwester Kathrin bei einer Familien- und Ehekrise zu helfen, überschlagen sich die Ereignisse und Julia droht ihren Job zu verlieren. In ihrem Heimatort Maria Alm spielen die beiden Frauen nun mit dem Gedanken, sich als Hochzeitsplanerinnen selbstständig zu machen. Ein weiterer Grund, vorerst zu bleiben, ist der attraktive Kindergärtner Alexander. Kann er Julias Überzeugung ins Wanken bringen?